MÁS ALLÁ DE LA VENGANZA

LA SERIE «EL ARTE DE LA VENGANZA»
LIBRO 2

DAN PETROSINI

DAN PETROSINI
MYSTERY & SUSPENSE AUTHOR
www.danpetrosini.com

Puedes mantenerte al tanto de mis escritos y tener acceso a libros sin descuento uniéndote a mi boletín. Normalmente se publica una vez al mes y también contiene notas sobre autoestima, artículos motivadores y artículos sobre vinos. Es gratis. Ver abajo de mi sitio web: www.danpetrosini.com

CRÉDITOS

ISBN impreso: 978-1-960286-76-5

Impreso en Naples, FL, USA

1.ª edición 2024 - English

1

——————

LEER SUBTÍTULOS ERA MOLESTO, PERO LA SERIE DE NETFLIX ERA cautivadora. El drama trataba sobre un negocio de drogas que salió mal. Se entregó un par de paquetes de coca y la escena cambió a una mujer que abrazaba a un niño. Estaban llorando.

La mujer se parecía exactamente a la señora Morse. Eructé una bocanada de los tacos que había comido antes. Con el estómago revuelto, salté del sofá y corrí al baño.

Escupí en el lavamanos y abrí el grifo. Mientras me enjuagaba, mi estómago gruñó. Me senté en el inodoro y cerré los ojos.

La punzante película en mi cabeza comenzó de nuevo.

Ahí estaba yo, caminando a casa desde la escuela. Doblé la esquina de mi cuadra y me detuve.

Un grupo de vecinos hablaba con un oficial uniformado. Alguien tenía la cabeza entre las manos. Era la señora Morse.

Se me hizo un nudo en la garganta. Dando un par de pasos hacia adelante, conté las casas. La nuestra era la quinta desde la esquina.

Entrecerré los ojos. Un policía estaba parado frente a las

escaleras de nuestra casa. Con el corazón a mil, empecé a correr.

A una casa de distancia, pude ver nuestra puerta principal. Estaba abierta.

Frenando, le pregunté al policía:

—¿Qué hace usted aquí?

—Circula, niño, esto es un asunto policial.

—Pero esta es mi casa. ¿Dónde está mi mamá?

—Espera un momento, hijo.

El policía parecía estar a punto de entrar por las puertas del infierno. —¡Sargento! ¡Sargento! —se acercó a dos policías que estaban junto a una patrulla—. Este niño vive aquí.

Subí corriendo las escaleras, de dos en dos.

—¡Oye, no puedes entrar ahí!

Mi madre estaba en el suelo. Dos hombres estaban arrodillados sobre ella. Un halo de sangre rodeaba su cabeza. Se me quebró la voz: —¡Mamá!

Sobresaltados, los policías se levantaron de un salto. Se interpusieron frente a mí y me dieron la vuelta. —Tienes que salir de aquí.

—¡Mami! ¡Mami! ¡Levántate!

—¡Sáquenlo de aquí!

Un par de manos me levantaron. —¡No! ¡Déjenme en paz!

Me sacaron en brazos y me entregaron a la señora Morse. Me tomó de la mano y, con la otra, se secó las lágrimas de la cara. —Vamos. Sé fuerte...

Traté de zafarme. —Quiero ver a mami.

—No puedes, cariño. Ahora no.

—¿Cuándo? ¿Cuándo podré verla?

—Tu papi ya viene de camino a casa desde el trabajo. Él te dirá cuándo.

—¿Qué le pasó? ¿Va a estar bien? Estaba sangrando y todo.

—Están haciendo lo que pueden.

—No se movía.

A la señora Morse le tembló la barbilla. Una lágrima rodó por su mejilla.

Tenía la boca completamente seca. —¿Está muerta?

—Ahí viene tu papi.

El rostro de papá estaba pálido como el papel. —¡Papá! ¡Algo le pasó a mami!

Levantó una mano y empezó a hablar con un policía. Me solté del agarre de la señora Morse. Dando un paso hacia mi padre, un movimiento en lo alto de las escaleras captó mi atención.

Alguien estaba saliendo de espaldas por la puerta principal. Sostenía un extremo de una camilla. La luz rebotó en la brillante bolsa negra que había en ella. Se me hizo un nudo en el estómago; mamá estaba en la bolsa.

Papá tiró de mi mano. —Vamos, no deberías ver esto.

—¡Quiero quedarme con mami!

—La veremos más tarde.

—¿Dónde? ¿Dónde? ¿En la funeraria?

A mi papá le tembló la barbilla. Se dio la vuelta y sus hombros se sacudieron.

—¿Papá? ¿Estás bien?

El señor Amato rodeó a papá con su brazo. —Lo sentimos mucho, Bill.

La esposa del señor Amato me apretó la mano. —¿Por qué no vienes a nuestra casa un ratito?

Me solté de su mano de un tirón. Llorando, seguí la camilla hasta la parte trasera de la ambulancia.

—¿Quién le hizo esto a mi mamá? ¿Quién? ¿Por qué? ¿Por qué hicieron esto?

Un policía que sostenía abiertas las puertas del vehículo de emergencia dijo: —No te preocupes, niño. Sabemos quién fue. Lo atraparemos antes de que anochezca.

Empujé al paramédico y traté de alcanzar la bolsa. Le sentí la pierna. Era como un trozo de tubería.

—¡Papá! Saben quién fue —el martilleo entre mis ojos se aceleró—. ¿Quién, quién le hizo daño a mi mami?

Los detalles del día en que mataron a mi mamá eran vívidos. Era extraño porque la semana siguiente, incluido el funeral, era una nebulosa. Lo único que recordaba del velorio eran unos policías que entraron preguntando por mi padre.

Papá se reunió con ellos en el vestíbulo. Los susurros circularon por la sala, aumentando de volumen mientras la señora Morse se arrodillaba junto a mi silla. —La policía atrapó al hombre que le hizo esto a tu madre.

El desgraciado era Larry Boyd. Y estaba en libertad bajo fianza cuando lo hizo, a pesar de que había golpeado brutalmente a otras dos mujeres. Fue la primera prueba de lo roto que estaba el sistema. Después de que papá murió —un suicidio en cámara lenta con la botella—, me metieron en el sistema de acogida.

Perder a tus padres y que te anduvieran cambiando de un lado para otro ya era bastante duro, pero ser golpeado en un hogar de acogida me consumió con la necesidad de venganza. Después de escapar del abuso, mi primer objetivo fue el señor Bryant, el padre de acogida que me dejó la cicatriz de siete centímetros detrás de la oreja.

Las cosas no salieron bien y, al igual que el hombre que le disparó a mi madre, él murió antes de que pudiera matarlo yo mismo. Después de perderlo todo, me volvieron a robar.

La frustración nubló mi vida. Intenté seguir adelante, aceptando un trabajo como investigador con un abogado llamado Ray Larson. Fue allí donde se presentó una oportunidad para la revancha.

Ir en contra del sistema que me había jodido era imposible. Lo que evolucionó fue en parte un negocio y en parte lo que esperaba que fuera una terapia, buscando venganza en nombre de otros.

2

El Celebration Park empezaba a llenarse de gente. Abriéndome paso entre la multitud que cenaba temprano, esperé cerca del camión de comida de Cousin's Maine Lobster.

Al Ventura, un abogado que me pasaba trabajo, apareció al doblar una esquina y me metí en la fila para pedir.

Le extendí la mano. —Hola, Al, ¿cómo estás?

—Bien, Beck.

—¿Tienes hambre?

Asintió. —Me encantan sus sándwiches de cangrejo.

—Son buenos, pero los de langosta son de otro mundo.

—Me gustan los dos. Oye, ¿qué tal tu viaje?

—Relajante. Estuve en los Cayos dos semanas y después Laura y yo fuimos a las Bahamas seis días.

—¿A las Bahamas? ¿Cómo van las cosas con ella?

—Bien.

—Pensé que habías encontrado a una compañera para toda la vida. ¿Me equivoqué? ¿Pasa algo?

—Nada.

—Puedes contarme. Yo estuve casado y seguiría estándolo si Lee Ann no hubiera muerto. ¿Qué pasa?

—Laura siempre está haciendo preguntas. Quiere saberlo todo: mi familia, a qué me dedico, bla, bla, bla. Yo no soy así. Soy reservado.

—Una relación es un toma y daca. Es natural querer saber todo lo posible sobre la persona con la que estás. No deberías cerrarte en banda. Busca la manera de darle un poco cada vez; por ejemplo, sobre tu familia. Es parte de quien eres.

La última parte era más cierta de lo que me gustaría admitir. —Entiendo. Pero ¿y mi trabajo? Nadie puede saber los detalles de…

—Eres uno de los tipos más listos que conozco. Invéntate una historia. Algo creíble y se acabará el problema.

—Eso estaba haciendo, pero metí la pata al final de nuestras vacaciones.

—Endereza el rumbo. Ella es buena para ti. Tienes que esforzarte.

—Lo intentaré.

—Bien. ¿Se quedaron en la casa de Larson en Lyford Cay?

—Sí, ¡qué lugar! Está, como quien dice, justo al lado de donde vivía Sean Connery.

—He estado allí una vez. Es un lugar mágico.

—Sí, pero quizá fue por haber estado en los Cayos un par de semanas antes, pero se me hizo aburrido. Laura es feliz sentada en la playa leyendo, pero a mí me entra la impaciencia. Fui a pescar y estuvo genial, pero no se puede ir todos los días.

—Muchos lo hacen.

—Eso no es para mí; tengo que mantenerme ocupado.

—A Laura le debe de haber encantado.

—Sí, pero el dinero no es importante para ella; trabaja tres días a la semana desde casa y apenas le alcanza para pagar el alquiler.

—No te quejes; ese es un buen rasgo en una pareja.

—Lo sé.

—Es defensora de pacientes, ¿verdad?

—Sí, cuando una compañía de seguros le da largas a alguien con una receta, ella intenta que se la cubran.

Ventura sonrió. —¡Qué te parece! Los dos ayudan a gente que no conocen.

Hicimos nuestros pedidos y charlamos de nimiedades hasta que la comida estuvo lista.

Mientras llevábamos nuestra cena a una mesa alta, Ventura dijo: —¿Listo para volver al trabajo?

—Definitivamente. Cuéntame sobre la situación que mencionaste.

Las guirnaldas de luces se mecían con la brisa que soplaba desde el canal. Ventura se limpió la boca. —Carajo, esto está buenísimo.

—¿Qué hay del niño que estaba…?

—Es un caso triste. Una de las cosas más tristes con las que me he encontrado.

Dejé mi sándwich y lo miré a los ojos.

Tragó saliva y dijo: —Está bien, está bien. En resumen, el Estado le quitó una niña a sus padres.

—¿Servicios de Protección Infantil?

—Sí.

Recogí mi langosta. —¿Qué edad tenía?

—La niña tenía menos de un año.

—¿Sospechaban que los padres la maltrataban?

Asintió. —Los arrestaron a ambos cuando las pruebas revelaron que la bebé tenía una fractura.

—¿Las autoridades pensaron que los padres golpeaban a la niña?

—Eso o negligencia grave.

Aparté mi sándwich a medio comer. —¿Cómo empezó esto?

—No estoy muy seguro. Alguien denunció la situación al departamento de bienestar infantil.

—Si no pasaba nada, ¿por qué alguien los denunciaría?

Con la boca llena, Ventura se encogió de hombros.

—Tenía que haber algo ahí, ¿no?

—Es complicado. Los padres acudieron a mí en busca de asesoramiento legal. Querían demandar al condado o al Estado por lo que pasó. Realmente lo sentí por ellos.

—¿Por qué no los demandaste si les habían jugado sucio?

—Sé que no te gusta la información de segunda mano. Y dadas las circunstancias, es mejor que lo escuches directamente de los padres.

———

La gente estaba estacionada en los campos de béisbol de césped. Me uní a un torrente de personas que caminaba con dificultad hacia el East Naples Community Park. El anonimato era algo que atesoraba, pero esto era pasarse.

El nombre del complejo turístico inspirado en Jimmy Buffett, Margaritaville, estaba en todos los letreros. El complejo hotelero de Fort Myers no perdía tiempo en grabar su nombre en el suroeste de Florida. Con o sin sal, beber una margarita no era la forma de llegar al campeonato de pickleball.

Pasé rápidamente junto a docenas de canchas; jugadores de pickleball de todas las edades competían para pasar al escenario principal. Letreros que anunciaban una transmisión en vivo de las finales por CBS colgaban sobre la vía principal. ¿Pickleball en la tele? ¿Cuánto dinero había en juego?

Dentro de una zona de carpas, los Duber estaban sentados en una mesa de pícnic. Cuando me acerqué, el marido dejó su taza de café. Tenía buenos instintos.

Le tendí la mano. —Encantado de conocerlo, señor Duber. Soy Beck.

Su camisa azul pálido tenía el cuello deshilachado. —Igualmente. Soy Jim, y ella es Sarah.

Su mano era blanca y suave. —Gracias por venir.

—Señora. —Pasé la pierna por encima del banco y me senté.

Sarah tomó la mano de su esposo y susurró: —¿Puede ayudarnos?

—No sé, pero me gustaría saber qué pasó.

Miró a Jim y luego dijo:

—Bueno. Eh, Katy era, es, nuestra primera hija. Intentamos por, como, cinco años...

Jim la corrigió:

—Casi siete.

Sarah asintió.

—Sí, hicimos todo lo de la fertilidad, como, dos veces...

—Tres veces. Qué desperdicio de dinero.

—Sí, dinero que no tenemos.

Dije:

—Su hija, Katy, ¿fue una sorpresa, entonces?

Sarah sonrió de oreja a oreja.

—Totalmente inesperada. O sea, recé por tener un bebé y funcionó, pero sí, nos tomó, o sea, totalmente por sorpresa. Digo, fue maravilloso.

—Teníamos toda una lista de gente rezando por nosotros, y Dios nos bendijo con ella.

—¿Cuándo nació?

—Es difícil creer que va a cumplir dos años en un par de meses.

—Feliz cumpleaños para ella. Ahora, ¿cuándo empezaron los problemas?

La madre dijo:

—Katy es una bebé excelente, pero parecía estar siempre enferma. Recuerdo que acababa de cumplir diez meses, y una mañana empezó a vomitar. No era muy grave, pero llamamos a la doctora. Nos dijo que la vigiláramos y, si continuaba, que la lleváramos esa tarde. Dijo que tuviéramos cuidado con la deshidratación y que nos aseguráramos de que bebiera lo suficiente...

—Sarah me llamó y compré un poco de Pedialyte en Walmart.

Su esposa continuó:

—No me gustó cómo estaba y la llevé a la pediatra. No pudimos entender qué pasó después de eso. ¿Verdad, cariño?

Jim dijo:

—Ha sido una larga pesadilla. Deberíamos salir en uno de esos programas de *Dateline* o algo así.

El falso dramatismo del presentador de *Dateline* me había hartado desde hacía años. —¿Entonces la llevaste al médico y qué pasó?

—Eran como las once y Jim tenía que irse a trabajar. Es cocinero en New York, New York Pizza. No era para tanto. Es decir, estaba enferma, pero podía arreglármelas sola con ella.

Él agachó la cabeza. —Debí haber estado ahí contigo. Sarah me llamó, histérica, y casi tuve dos accidentes por ir corriendo para allá.

—Cuéntame qué pasó en el consultorio.

Sarah dijo: —Bueno, le revisaron los signos vitales y esas cosas, e iban a ponerle suero para hidratarla, pero se la llevaron para hacerle una ecografía para ver si se había tragado algo o qué sé yo. La verdad es que no recuerdo lo que dijeron después de que nos acusaron.

—¿De qué los acusaron?

—Maltrato infantil. ¿Puedes creerlo? ¡Qué pende... eh, tontería!

¿Pende... tontería? —¿Qué encontraron que los hizo pensar que era maltrato?

—Bueno, todo empezó cuando descubrieron que Katy tenía una fractura en una de las costillas, del lado izquierdo. Me preguntaron qué había pasado y yo les dije que nada. Me preguntaron si se había caído o si se nos había caído. ¿Te imaginas?

—¿Qué pasó después?

—Les dije que no se había caído y que nadie la había dejado caer. Me dijeron que esperara afuera y les pregunté por qué. Me dijeron que tenía que hacerlo. No quería dejar a Katy, pero lo hice, aunque estaba asustada—. A Sarah se le llenaron los ojos de lágrimas y tomó una servilleta.

Jim clavó una uña en la mesa y dijo: —Llamaron a la maldita policía y todo se fue al diablo a partir de ahí.

—¿Por qué?

Sarah dijo: —Bueno, dijeron que hicieron más estudios y encontraron que Katy tenía otras tres fracturas: dos en las piernas y una en el antebrazo. O sea, no podía creerlo; era imposible que se las hubiera hecho. Siempre estamos juntas—. Cerró los ojos por un par de segundos y luego dijo—. Me preguntaron si le habíamos pegado. Fue surrealista. Digo, es indefensa. ¿Quién le haría daño a su propio bebé?

Desafortunadamente, había muchos que habían cruzado esa línea. La cuestión era si los Duber lo habían hecho. —¿Y llamaron a la policía, pensando que alguien estaba maltratando a su hija?

Ella asintió. —No que alguien, sino que o yo o Jim. Cuando dije que no habíamos hecho nada, intentaron que me pusiera en contra de Jim. Como si yo fuera a protegerlo si él le hubiera hecho algo a Katy. ¿Te lo imaginas?

—Sarah me llamó y tuve que irme del trabajo. Nos interrogaron por una hora y, cuando nos dimos cuenta, aparecieron los de Servicios de Protección Infantil.

—Ninguno de ellos era amable, ¿verdad, cariño? Especialmente esa Simone Jackson. Nos trató como a criminales. Es una bruja, eso es lo que es.

—¿Qué pasó después?

El rostro de Sarah se ensombreció. —No nos dejaron llevarnos a Katy a casa. Nos quitaron a nuestra hija. Fue como de película o algo así. Tratamos de explicarles que no habíamos hecho nada y que nunca le haríamos daño a nuestra bebé, pero no quisieron escucharnos.

Se secó los ojos con la servilleta antes de continuar. —Nos hicieron esperar en otra habitación y, de repente, Katy ya no estaba. Estábamos desesperados. Les rogué que nos dijeran dónde estaba, pero se negaron. Dijeron que llamáramos al día siguiente, por la tarde, después de que un supuesto experto en maltrato infantil examinara a Katy. Entonces nos dirían si podíamos visitarla o no. Esa mujer, Jackson, sonrió cuando dijo que cualquier visita tendría que ser supervisada. Y fue entonces cuando yo... me desmayé.

—¿Te desmayaste?

Jim asintió. —Gracias a Dios estaba a su lado. La atrapé antes de que cayera al piso.

———

¿POR QUÉ ME sentía tan de bajón? Tenía un caso nuevo para investigar y buenas pistas en un par más. Usualmente, ese tipo de emoción producía energía.

¿Qué estaba pasando? Aparté la idea de que pudiera ser el caso Duber. Era un caso importante, pero deprimente y demasiado personal.

Me dirigí al refrigerador; una buena comida podría cambiar el ambiente.

El aire fresco del refrigerador se escapó mientras miraba adentro. Nada inspirador. Lo cerré de golpe y me dirigí a la terraza. Me quité la camiseta y me metí a la alberca en shorts.

Se sintió bien. Como un helado o cuando nevaba de niño, tu humor cambiaba de inmediato. Me sequé con una toalla y me cambié. Al entrar a la sala de estar, vi a una pareja caminando afuera. Iban de la mano.

La melancolía volvió a invadirme. —Ven aquí, Toby—. Mi perro levantó la cabeza, pero se quedó en su cama.

Me dejé caer en el sofá y repasé mi última victoria: el caso Petersen. Idear un plan tan elaborado había llevado un montón de tiempo y dinero, pero lo habíamos logrado y se sintió bien. Por un día más o menos. Recordarlo ni siquiera me arrancó una sonrisa rápida.

Tomando mi teléfono, marqué un número. —Hola, Laura.

—Ah, hola, Beck.

No nos habíamos visto desde que volvimos de las Bahamas. —¿Qué haces?

—Nada. Acabo de volver de Grace Place.

Les daba clases de inglés a niños. —¡Qué bien! Y ¿cómo has estado?

—Ya sabes, manteniéndome ocupada. ¿Y tú?

—Todo bastante bien.

—¡Qué bueno!

—Ha pasado mucho tiempo. ¿Quieres que nos veamos?

—¿Hoy?

—Sí, estoy pensando en preparar uno de mis festines mundialmente famosos.

Ella se burló.

—¿Mundialmente famosos?

—Ya sabes, si más gente tuviera la oportunidad de probar mis obras maestras, tendría un programa en el Cooking Channel.

—Haces un desastre de primera; eso sí, te lo concedo.

—¡Ah, vamos! No soy para tanto.

—Oh, sí que lo eres.

—Todos esos chefs de renombre tienen un equipo de limpieza. Yo estoy en desventaja.

—Pobre Beck, tiene que limpiar su propio desorden.

Me reí.

—¿Qué dices? Ven como a las cinco. Pasaremos el rato y te prepararé la mejor cena que hayas probado.

Ella dudó.

—No sé.

—Será divertido.

—¿Qué vas a preparar?

—Lo que quieras. Iré a Whole Foods. Te gustaban las colas de langosta y las verduras a la parrilla, ¿verdad?

Tan pronto como las palabras salieron de mi boca, me arrepentí. Justo antes de irnos de las Bahamas, se lo preparé y tuvimos una pelea monumental. —O podría hacer mi salsa de tomate con albóndigas de pollo, o chuletas de cerdo con miel y ajo, con...

—Está bien.

—Genial. ¿Qué se te antoja?

—Sorpréndeme. ¿A qué hora quieres que vaya?

—Ven a las cinco. Si te parece bien.

—Es perfecto.

—Genial. —Lancé un puñetazo al aire mientras colgaba. ¿Cuál sería la cena? Podía hacer la salsa, o tal vez le gustarían más las chuletas de cerdo.

Mientras decidía improvisar en el supermercado, sonó mi teléfono. Era el fiscal O'Leary. Quería verme por un asunto de un político. Mi salsa tardaba un par de horas en cocerse a fuego lento; tendrían que ser chuletas de cerdo esta noche. Salí de casa.

4

O'Leary estaba sentado bajo la única sombrilla de Aurelio's Family Pizzeria. ¿Cuándo se había mudado el restaurante al centro comercial Coastland?

—Hola, ¿cómo te va?

El fiscal me tomó la mano. —Es interesante, por decir lo menos. ¿Y tú?

—Bastante bien. Sabes, nunca he venido a este lugar.

—Es una cadena, pero hacen una buena pizza.

—De Chicago, ¿cierto?

—Sí, el local original abrió en 1950. ¿Quieres compartir una pizza?

—Solo voy a comer una rebanada. Tengo planes para cenar.

—Pediré una de todos modos. Lo que quede, me lo llevo a la oficina.

Mientras una joven mesera salía del restaurante, le dije: —Suena bien. ¿Qué tal una margarita?

—Esa es mi favorita. —Le pidió a la mesera la pizza y un par de vasos de agua.

Pregunté: —¿Qué se cuece en la fiscalía?

—Mucho trabajo, pero nada fuera de lo común.

—¿Y qué hay del político que mencionaste?

O'Leary esperó a que la mesera dejara los saleros de queso y chile en polvo.

—Creo que es perfecto para ti. No debería ser muy difícil, pero es importante.

Siempre es fácil cuando no tienes que hacerlo tú mismo. —Suena interesante.

—Es perfecto para ti.

¿Por qué la gente no iba al grano? —¿Vas a decirme de qué se trata?

—La mujer se llama Hannah Ruta. Trabajaba en la oficina de Marty Kravitz.

—¿El congresista?

—Exacto. Kravitz nunca conoció una cámara que no le gustara.

Eso describía al noventa por ciento de los payasos de Washington. —¿No hubo un escándalo que lo involucró hace unos dos años?

—Más bien hace tres años. Una denunciante se puso en contacto con la oficina del ombuds del congreso y...

—¿Ombuds?

—Es de género neutro, amigo. En fin, la denunciante era Hannah Ruta. Les alertó sobre lo que creía que era un esquema continuo para desviar dinero de las contribuciones de campaña para uso personal de Kravitz. Estamos hablando de mucho dinero; Ruta dijo que se movieron al menos cinco millones en un período de seis años.

—Suena exactamente a lo que pasa en DC.

—Lamentablemente, así es. Y aun más frustrante fue que el ombuds supuestamente inició una investigación, pero no llegó a nada. Kravitz ni siquiera recibió la más mínima sanción.

—Aquí está su pizza, señores. —La mesera dejó caer servilletas, platos y una obra de arte hecha de carbohidratos.

Nos servimos las rebanadas en nuestros platos. Dije: —¿Lo encubrieron?

O'Leary usó un cuchillo y un tenedor para cortar una esquina. —Así es como funciona el congreso. Hay un defecto fatal incorporado en el sistema: el congreso está a cargo de supervisarse a sí mismo.

Doblé mi rebanada. —Con razón es tan corrupto.

—Sabes, cuando era niño y me preguntaba a qué dedicarme, nunca pensé en la política. Pensé que no había dinero en eso. Vaya que estaba equivocado.

—Amén. La pizza está buena.

—Sabía que te gustaría.

—Investigar a un congresista no es algo que me interese particularmente.

—No es por la parte de la corrupción. Después de que Ruta hiciera la denuncia, se filtró que había sido ella.

—Qué sorpresa.

—Sin duda fue a propósito. La despidieron y desde entonces no ha podido conseguir un trabajo decente.

—¿Kravitz la puso en la lista negra?

—Eso parece. Esparció toda clase de rumores sobre Ruta. Básicamente, Kravitz le arruinó la vida.

Estiré la mano para tomar otra rebanada, pero la retiré. —¿No se defendió?

—Ruta vive en Collier y trabajaba en la oficina que Kravitz tiene en la ciudad, pero nos batearon por la jurisdicción. En realidad, es un asunto federal. Además, no tenemos los recursos para ir tras un congresista.

Limpiándome la boca, sonreí. —Este podría ser un caso divertido.

SONÓ EL TIMBRE. Metí una tabla de cortar y una olla en el lavavajillas y barrí los trozos de brócoli hacia el fregadero con una toalla.

—Hola. —Le tomé el paquete de seis latas a Laura— No tenías que traer nada.

—El otro día me tomé una *Moscow mule* con Susan y pensé en probar estas. Ya vienen preparadas.

Le di un piquito en la mejilla. Se veía espectacular. —¿Qué llevan?

—Vodka, cerveza de jengibre, lima y algunas otras cosas.

—Voy a averiguar y te preparo unas frescas.

—No es necesario. Apenas me tomé una en toda la noche.

—¿Quieres una ahora?

—No, todavía no. Huele delicioso. ¿Qué estás cocinando?

—Chuletas de cerdo con miel y ajo, papas rojas asadas y brócoli.

—Vaya. Te luciste.

—No hay postre, así que tú serás el postre.

Ella sonrió. —Ya veremos eso.

La rodeé con mis brazos. —Hueles delicioso. Me alegro de que hayas venido.

—Ya me conoces, no me perdería una comida gratis. Especialmente una de un chef de fama mundial.

La solté. —No seas payasa.

Sonrió y dijo: —¿Qué puedo hacer? ¿Pongo la mesa?

—¿Quieres comer adentro o afuera?

—A ti te gusta más afuera.

—Solo si a ti te parece bien. Por mí, cualquier opción está bien.

MIENTRAS RECOGÍA LA MESA, Laura dijo: —Estuvo tan bueno que comí demasiado.

—Me alegro de que te gustara.

—¿Quieres dar un pequeño paseo? Me ayudará a hacer la digestión.

—Claro. Toby también necesita salir.

Laura me tomó del brazo y Toby nos guió. A una cuadra, una pareja que empujaba una carriola se dirigía hacia nosotros. Acorté la correa a medida que nos acercábamos.

—Hola —dijo Laura.

Me bajé de la acera mientras Laura se asomaba a la carriola. —Dios mío, es adorable.

—Gracias.

—¿Qué edad tiene?

—Mañana cumple ocho meses.

—Bueno, felicidades. Beck, mira qué preciosura.

Le pasé la correa. —Es linda. ¿Cómo se llama?

—Catherine.

—Hermoso nombre. Que estén bien.

Cada quien siguió su camino. La bebé se llamaba igual que la hija de los Duber. Toby olfateó un arbusto antes de hacer sus necesidades. Caminamos dos cuadras en silencio.

—¿Estás bien? —dijo Laura.

Asentí.

—¿Qué pasa?

—Nada.

—No es nada. Te quedaste callado de repente.

—No sé.

—¿Fue por la bebé? ¿Te da miedo tener hijos?

—No. No es eso.

Se detuvo y me lanzó una mirada. Una que presagiaba problemas. —¿Entonces qué es?

—La bebé me recordó a alguien.

—¿A quién?

La ametralladora de preguntas estaba cargada. —Solo a una niña.

—¿De tu infancia?

Negué con la cabeza. —Es algo relacionado con el trabajo.

—¿De qué se trata?

—De una bebé que les quitaron a sus padres.

—Ay, Dios mío, ¿un secuestro?

Estaba en los registros públicos, así que no era confidencial. —No. Servicios Sociales los acusó de maltrato y no era verdad. Es un verdadero lío.

—Qué terrible, pobres padres. ¿Qué estás haciendo por ellos?

—En este momento, no estoy seguro. Un abogado está reuniendo información y ya veremos.

—Deberían demandarlos por una millonada para asegurarse de que no vuelva a suceder.

La atraje hacia mí y la besé. Apreté mis caderas contra las suyas. —Demos la vuelta.

5

———

Como muchos abogados de lesiones personales, Claude Davis ponía anuncios molestos en la televisión. Su cara también estaba estampada en todas las vallas publicitarias, pero Davis se hizo famoso por un caso tristemente célebre que dio lugar a un documental de televisión.

La oficina de Davis estaba en una plaza comercial cerca del aeropuerto de Naples. Davis tenía arrugas profundas en el rostro, pero una sonrisa cálida.

Su gran mano envolvió la mía. —Un amigo de Ray es amigo mío.

Mi amigo abogado, Ray Larson, tenía una excelente reputación. —Gracias, te agradezco tu tiempo.

Levantó una pila de expedientes de una silla y los puso en el suelo, junto a su escritorio. —Siéntate, siéntate.

—Te ves ocupado.

—Últimamente, solo tomo los casos en los que quiero trabajar. Ray dijo que necesitabas información sobre la defensa de menores.

—Sí. Supuse que con tu experiencia en el caso Green podrías ofrecerme algo de perspectiva.

—Llevo ejerciendo casi treinta años y he llevado cientos de casos. Pero un caso sale en la tele y es de lo único que todo el mundo quiere hablar.

—No, no. Esto es diferente. Vi el documental, y a esa familia la fregaron, pero hicieron parecer que tú crees que las fallas en el sistema son generalizadas.

—«Generalizadas» no es la forma correcta de describirlas. Hay gente buena en el sistema de protección de menores de Collier, pero está lejos de ser perfecto.

—Entendido. ¿Puedo darte algunos antecedentes sobre un caso en particular?

—Claro.

Terminé de contarte sobre los Duber, diciendo: —Y los fregaron por completo. Para colmo, los Duber tienen recursos limitados y tuvieron que pedir dinero prestado para pagar a los abogados que necesitaron.

—Supongo que intentaron demandar por daños y perjuicios.

—Sí, pero firmaron...

Él terminó la frase: —Firmaron una exención para poder ver a su hijo.

—Exacto. No sé cómo la agencia se sale con la suya con tácticas como esa. O sea, uno firmaría cualquier cosa para ver a su hijo después de que se lo han quitado.

—Ellos diseñaron el sistema y los tribunales les permiten discreción. Demasiada, en mi opinión.

—El caso de Netflix, ese fue diferente del que estoy investigando...

—Ambos involucraban acusaciones de maltrato por parte de los padres. En tu caso, fue un problema físico, y en el caso Green, pensaban que los padres estaban sobremedicando y tratando en exceso a la niña. Creían que el dolor de la niña era una invención mental. A fin de cuentas, hay similitudes.

—La mujer que tomó la decisión de llevarse al bebé de los Duber fue una tal Simone Jackson.

Davis frunció el ceño.

—¿La conoce?

—Por desgracia, sí. Después de que logré que los Green se reunieran y antes de que se filmara el documental, los padres empezaron a contactarme. Tomé dos casos antes de darme cuenta de que ese sector del sistema legal no era algo que pudiera digerir. Es un trabajo importante, pero no va conmigo. Me pongo demasiado sentimental. Perjudica el trabajo y mi sueño.

¿Tendría una experiencia personal como la mía? —Lo entiendo. ¿Qué puedes decirme de Simone Jackson?

—¿Por dónde empezar con ella? Jackson es una moralista. La mujer o bien cree que tiene razón o no puede aceptar que pudo haberse equivocado. No lo sé todo, pero en mi opinión es vengativa, y ahí es donde se produce el mayor daño.

—¿Puedes explicar eso?

—Una cosa es tomar medidas en nombre de la protección de un niño, pero cuando surgen pruebas que demuestran que el padre o los padres eran inocentes de cualquier maltrato o negligencia, se debe reconocer y hacer lo necesario para cerrar el caso con el menor daño posible.

—¿Y Jackson no hace eso?

—Parece que conscientemente redobla la apuesta, adoptando una postura vengativa contra los padres que se defienden.

—¿Puedes darme un ejemplo?

—Claro. Lo que le pasó a la familia Wilson lo ilustra perfectamente. El hijo menor de los Wilson, Emerald, que tenía dos años en ese momento, se subió al sofá y se cayó. Se golpeó el hombro con la esquina de una mesa, abriéndose una brecha. No dejaba de sangrar y los padres lo llevaron a la sala de urgencias. Lo curaron, si no recuerdo mal. Requirió un par de puntos, pero durante el proceso el médico de urgencias notó varias manchas en su cuerpo.

—¿Notificó a las autoridades?

—Sí. Lo cual es el protocolo, y no tengo ningún problema con eso. Sin embargo, para ir al grano, la agente a cargo de la respuesta fue Jackson. Ordenó que separaran a los padres del niño hasta que un pediatra con experiencia en maltrato pudiera realizar un examen. Bueno, dejando de lado el hecho de que el médico, un tal Anil Khan, tiene fama de ser demasiado precavido, determinó que probablemente se trataba de maltrato o que se debía a una serie de caídas, y llamaron a la policía.

—Aunque podría haber sido por caídas, ¿llamaron a la policía?

—Sí. Las notas de Jackson lo pasaron por alto, señalando que si se trataba de una serie de caídas, ella creía que equivalía a negligencia por parte de los padres. Los padres fueron arrestados y su otro hijo también fue sacado de su casa. Ahí fue cuando recibí la llamada.

Davis asintió. —Qué desastre. Ya veo por qué no quieres este tipo de casos.

—Inmediatamente ordené exámenes por parte de dos pediatras distintos. Ambos determinaron que el niño tiene un trastorno sanguíneo raro, que le provoca hematomas con más facilidad de lo normal.

—¿Nadie sabía esto antes?

—Al parecer, no. Obtuvimos los expedientes médicos del pediatra del niño, y no había nada en ellos, pero tampoco era como si al niño le salieran moretones con una facilidad extraordinaria.

—¿Qué pasó entonces?

—Se retiraron los cargos y Emerald se reunió con sus padres. Pero Jackson no quería liberar al otro niño del sistema de acogida.

—¿Qué? ¿Por qué no?

—Perdón por la expresión, pero fue una soberana estupidez. El niño tenía un verdugón en la espalda. Jackson dijo que podría haber sido a causa de una golpiza. Los padres y el mismo niño dijeron que se lo había hecho en el parque al caerse de un columpio. No quiso darle el alta hasta que un psicólogo infantil entrevistó al niño. La cosa tardó dos días.

—¿Cree que fue una represalia?

—Definitivamente. A riesgo de sonar ridículo, Jackson es una nazi sedienta de poder.

—No debería haber una sola persona tomando decisiones tan importantes.

—Ella es la peor de todas, pero el doctor Khan y el administrador, un debilucho llamado Jim Clyde, dejan que Jackson los pisotee.

—Usted dijo que estuvo involucrado en otro caso problemático.

6

DESPUÉS DE HABLAR CON DAVIS, EL ABOGADO QUE SE HABÍA enfrentado a Jackson y a los Servicios de Protección Infantil, era hora de hablar con Jason Grimes, el abogado que había representado a los Duber en la batalla por recuperar a su hijo.

Justo antes de la Ruta 41, me salí de Immokalee Road para entrar al centro comercial Riverchase.

El bufete Grimes Family Law estaba escondido en un edificio bajo junto a la clínica dental Cardinale. Entré en un pequeño vestíbulo acristalado y toqué el timbre. Un hombre de unos veinte años levantó la cabeza y salió de detrás del escritorio.

—¿En qué puedo ayudarlo?

—Tengo una cita con el señor Grimes. Me llamo Beck.

—Un momento, señor Beck.

Asomó la cabeza por el umbral de una puerta y se hizo a un lado mientras un hombre alto y desgarbado salía de la oficina.

Jason Grimes rondaba los cuarenta y cinco años. Llevaba una camisa blanca de manga larga y una corbata azul; se había cortado el pelo hacía poco. —Señor Beck, un placer conocerlo.

Nos dimos la mano y lo seguí a una oficina repleta de fotografías. —Tiene usted una familia grande.

Grimes se deslizó detrás de su escritorio y dijo: —Todos ellos son clientes.

—Deben de apreciarlo mucho.

—Cuando logras reunir a una familia, se crea un lazo emocional que perdura. El problema es que no se pueden ganar todos estos casos e, incluso cuando lo logras, por desgracia, toma demasiado tiempo.

—No puedo imaginar por lo que tienen que pasar estos padres.

—Una pesadilla, y es extremadamente difícil para los niños. No están equipados, ni emocional ni intelectualmente, para lidiar con la separación o con las acusaciones formuladas contra sus padres.

—Los niños son más fuertes de lo que uno cree; se adaptan.

—Soy abogado, no psicólogo, pero todo lo que he visto me lleva a creer que estas experiencias dejan cicatrices, y lo más probable es que sean permanentes.

Estuve tentado de preguntarle si había representado a algún niño en una acción legal contra un padre de acogida. —Los niños tienen una gran capacidad de recuperación, pero lo entiendo. Dista mucho de ser lo ideal.

—Puede que una niña tan pequeña como la de los Duber no se vea tan afectada, pero ¿los padres? Decir que son sobreprotectores sería quedarse corto.

—Lo entiendo. ¿Qué puede decirme sobre su experiencia?

—¿Cuál es exactamente su rol, señor Beck?

—Como periodista, busco sacar a la luz situaciones que lo ameritan. Familias como los Duber necesitan saber que hay gente a la que le importa, incluso cuando el sistema de justicia falla.

—No estoy seguro de que el sistema de justicia fuera lo que falló aquí. Hay muchas zonas grises en el mundo de la protección infantil y, cuando se le añade el elemento humano, todo puede salir mal fácilmente.

—«Salir mal» es una forma interesante de describir lo que les pasó a los Duber. Suena a algo no intencionado y puede que sea así en la mayoría de los casos, pero he investigado un poco y el denominador común es Simone Jackson. ¿No es eso más parecido a la negligencia?

Grimes se alisó la corbata. —¿Extraoficialmente?

—Todo lo que hablemos es extraoficial, señor Grimes.

—Bien. En los casos en los que he estado involucrado, diría que el comportamiento de la señora Jackson es menos que ideal.

—¿Menos que ideal? ¿Eso es todo?

—Algunos podrían calificarlo de tiránico.

—¿Podemos empezar por el principio del caso Duber?

—Recibí una llamada de Jim Duber. Me lo recomendó un colega que se dedica al derecho penal. El señor Duber sonaba desesperado, y cuando mencionó a Simone Jackson, le hice un hueco en mi agenda. Él y Sarah vinieron a última hora de la tarde. Para entonces, ya les habían quitado a la niña hacía varios días.

—¿Por qué esperaron tanto para buscar ayuda legal?

—Se basaron en la creencia de que no habían hecho nada malo y no habían maltratado a su hija. Creían que todo se resolvería y aceptaron todo lo que se les pidió. Pero, como suele ocurrir, empezaron a sentir que el sistema estaba empeñado en castigarlos sin motivo.

—¿Cómo estaban cuando se reunió con ellos?

—Estaban muy afectados, como es comprensible. Sarah se derrumbó varias veces explicando su versión de la historia.

—¿Los investigó antes de tomar medidas?

—Aunque estamos obligados a representar a nuestros clientes lo mejor que podamos, eso no significa que aceptemos lo que dicen como si fuera la verdad absoluta. La policía no tenía nada contra ninguno de los dos y el pediatra había atendido a la niña desde su nacimiento y la había visto con regularidad. No había ni el más mínimo indicio de irregularidad.

—¿Qué hizo usted?

—Presentamos una solicitud y nos concedieron una evaluación por parte de un pediatra independiente, que descubrió el trastorno sanguíneo.

—¿Reunieron a los Duber de inmediato?

Exhaló pesadamente. —No. Protección Infantil se opuso a la entrega, pero en una audiencia de emergencia el tribunal falló a favor de que se la devolvieran.

—¡Qué situación tan descabellada!

—Y durante todo el tiempo que esto sucedía, los Duber hicieron todo lo que se les pidió. Incluso se inscribieron en clases para padres y de manejo de la ira. Cuando finalmente les permitieron visitar a su hija bajo supervisión, los cachearon como si fueran delincuentes comunes.

—Es difícil de creer.

—Y para colmo, tres meses después de que se resolviera el caso, recibieron una notificación de que la investigación sobre las acusaciones de maltrato infantil en su contra se había determinado como —hizo comillas en el aire— «válida». El aviso decía que ambos padres iban a ser incluidos en un registro de maltratadores de menores hasta que Katy cumpliera dieciocho años. Tenían veinte días para presentar una apelación. Tuvimos que dejarlo todo para asegurarnos de que la apelación se presentara a tiempo.

—Eso es increíble. ¿Se estaban cubriendo las espaldas?

—Quizá, pero de cualquier forma, es humillante y degradante. Y tan innecesario.

7

Dejé a un lado el caso de protección infantil para reunirme con la mujer a la que Kravitz, el político, al parecer, le había jugado una mala pasada.

Hanna Ruta estaba sentada en una de las mesas exteriores de Parmesan Pete's. Al acercarme, la saludé con la mano. Ella se puso de pie.

—Encantado de conocerla, Hanna. Era varios centímetros más alta que yo. Su peinado necesitaba una actualización; la hacía ver mayor de los cuarenta y nueve años que figuraban en su registro del departamento de tránsito.

—Gracias por venir a verme.

—No hay de qué. Aunque no lo crea, es la primera vez que vengo.

—¿De verdad? El dueño es de Nueva York... de Brooklyn, creo, igual que usted.

—Casi. Nací en Jersey.

—Oh, su acento suena como si fuera de Nueva York.

¿Yo tenía acento? —Están pegados.

Ruta tenía una sonrisa agradable. Tomó un menú. —Si le

gusta el pollo a la parmesana, todos dicen que el de aquí es el mejor.

—¿Usted nunca lo ha probado?

Arrugó la nariz. —Cuido lo que como.

—Se le nota.

—Comer algo así en el almuerzo me arruinaría el día.

—A mí también. Pediré la ensalada de betabel con camarones.

—Suena bien.

El mesero tomó nuestras órdenes, recogió los menús y se fue.

—Hábleme de Kravitz.

Ruta siseó: —Es la maldad pura. Ya abrí los ojos. Sé que los políticos son unos engreídos y mienten cuando les conviene, pero Kravitz es un caso aparte.

Dudaba que fuera el único. —¿Cuánto tiempo trabajó para él?

—Casi diez años. Después de ganar su tercer mandato, subió de rango y lo nombraron miembro de un par de comités clave. Yo trabajaba para el comisionado del condado, Leahy, y una amiga me dijo que Kravitz estaba contratando gente y que yo encajaría bien. Me gustaba trabajar para Leahy y no estaba buscando nada, pero Leahy se enteró y me dijo que sería una tonta si dejaba pasar la oportunidad.

—¿Más dinero?

—Sí, pero en ese momento era más por el puesto. Como una idiota, pensé que todo el asunto de Washington era emocionante, ya sabe, trabajar en asuntos nacionales y todo eso. Vaya si estaba equivocada. No trabajábamos en otra cosa que no fuera recaudar fondos y lograr que reeligieran a Kravitz.

—Tener elecciones cada dos años es un chiste. Apenas ganan, ya están haciendo campaña para el siguiente período.

—Eso es exactamente lo que viví. Es un juego, una gran estafa. La gente piensa que su congresista trabaja para ellos. Nada más lejos de la realidad. Es un completo disparate. Lo principal es recaudar dinero. El ochenta por ciento del tiempo, se reúnen con empresas que quieren que se haga algo. Esas compañías hacen donaciones para conseguir lo que quieren.

—Pagar por favores.

—Desafortunadamente, en eso consiste.

—¿Qué la hizo denunciar lo que descubrió?

—Ya no podía vivir conmigo misma. La principal responsabilidad de mi trabajo era hacer un seguimiento de los donantes: clasificarlos en grupos, ver quién aumentaba las cantidades, si había alguna política asociada y a quién más podíamos dirigirnos en ese ámbito. Además, yo llevaba el registro de cómo recaudábamos dinero, trimestre a trimestre y año tras año. Analizaba cosas como los tipos de eventos, la ubicación, cualquier detalle que se tradujera en una buena recaudación.

—¿Siempre iba en aumento?

Ruta asintió. —Kravitz era muy bueno para hacer que la gente abriera la billetera.

—Es un rasgo que la mayoría de los políticos parecen tener.

—Claro que sí. Pero algo no cuadraba. Realmente saltó a la vista un par de meses después del último ciclo electoral del que formé parte. Los gastos solían disminuir significativamente en el primer trimestre del año después de las elecciones, ya sabe, nada de publicidad, se despedía a los trabajadores temporales, ese tipo de cosas.

—¿Usted tenía acceso a cómo Kravitz gastaba el dinero?

—Al principio no. Kravitz mantenía las cosas separadas. Pero llevaba tanto tiempo allí que pude hacer preguntas a otros dos miembros del personal sin levantar sospechas.

—¿Qué descubrió?

—Lo primero que vi fue un pago a una empresa llamada

Star Island Properties. Era de ochenta y cinco mil dólares. Cuando pregunté para qué era, me dijeron que habían organizado una reunión de estrategia de una semana para los principales donantes en Miami. Yo no había oído hablar de tal reunión, así que investigué —frunció el ceño—. Esa empresa solo alquila casas de lujo en Star Island. No me pareció correcto porque Mary, la esposa de Kravitz, dijo que se iban de vacaciones dos semanas a una isla.

Resoplé.

Ella dijo: —Sí, se fueron a una isla, una isla privada donde vive gente como Madonna y Gloria Estefan. Y la campaña lo pagó.

—¿Está segura de eso?

—Sin lugar a dudas. Y eso fue solo el principio. Su hija vive en la ciudad de Nueva York. ¿Adivine quién paga su alquiler? Cuando pregunté por un pago a una empresa identificada como NYLA, me dijeron que era una agencia de medios que hacía anuncios en plataformas sociales. Pero descubrí que era una empresa de apartamentos de lujo de la ciudad de Nueva York. Los pagos estaban anotados como L Kravitz 18B. Su hija se llama Linda, y su apartamento es el 18B.

—No se esforzaron mucho en ocultarlo.

Ella asintió. —La arrogancia es lo que de verdad me molestó. En privado, fui a ver a Kravitz y le dije que parecía que parte del dinero de la campaña se había usado para fines personales. Le dije que lo mejor era devolver el dinero al fondo. Dijo que lo investigaría, pero yo sabía que no iba a hacer nada. Lo siguiente que supe fue que me habían restringido el acceso. Como llevaba tanto tiempo allí, conocía a la mayoría del personal desde hacía mucho. Dos de ellos me dijeron en secreto que les habían ordenado que se mantuvieran alejados de mí, que yo no trabajaba en equipo y que era una espía para la campaña de Anton, el oponente de Kravitz en las próximas elecciones.

—¿Y por eso lo denunció?

—Como dije, todo el asunto me molestaba. Intenté que lo arreglara, pero me forzó la mano. No me dejó otra opción.

—¿Qué pasó cuando Kravitz se enteró de que usted lo había denunciado?

—Cerró filas, dijo que yo había inventado la historia porque no me habían dado el ascenso que quería.

—¿Usted buscaba un puesto más alto?

—No. En ese entonces, él buscaba un subjefe de gabinete, pero nunca me postulé ni tuve interés en el puesto, principalmente por los viajes que implicaba. Washington es un lugar detestable.

Sonreí. —En eso estamos de acuerdo.

—La cosa se puso peor. Kravitz esparció toda clase de rumores, incluso dijo que yo había tomado dinero de la caja chica cuando él personalmente me había dado instrucciones de que sacara quinientos dólares para su viaje en auto a Washington. Fue horrible. Algunas de las personas que conocía desde hacía años me miraban diferente. Realmente me dolió.

—Suena terrible. ¿Qué pasó después?

—La investigación del Congreso, si se le puede llamar así, no llegó a ninguna parte. Kravitz intentó que yo renunciara, pero de ninguna manera iba a hacerlo. Unos tres meses después de que la investigación quedara en nada, hizo que Camber, su jefe de gabinete, me despidiera. El cobarde ni siquiera tuvo el valor de hacerlo él mismo. Empecé a buscar trabajo y rápidamente me di cuenta de que Kravitz me había puesto en la lista negra. Incluso Leahy, quien me recomendó para el puesto, dijo que no podía volver a contratarme con todos los rumores sobre mi reputación.

—¿No pudo encontrar nada?

—Con una maestría en ciencias políticas, con mención en marketing, lo único que pude conseguir fue un puesto administrativo en City Furniture por menos de la mitad de lo que ganaba.

—Normalmente no me involucro en casos políticos, pero si lo hago, ¿qué le gustaría que hiciera?

Ruta se inclinó hacia adelante. —Hay que acabar con Kravitz. Es un monstruo. Cuanto más se salga con la suya, peor se volverá.

8

MI HERMANO DE CRIANZA, MARIO, ESTACIONÓ SU AUDI EN LA entrada de mi casa. Apreté el botón del portón del garaje. Lo más cercano que tenía a una familia se agachó para pasar por debajo del portón que se abría.

—Qué tal, viejo.

Nos abrazamos. Dije:

—¿Dónde está...?

—Lo dejé en el auto.

Mantuve la boca cerrada mientras él apretaba el control para invertir el cierre del portón. Tomó una carpeta de su auto y cerró el garaje.

—¿Quieres tomar algo?

—¿Puedes preparar una taza de café?

—Claro. Encendí la Keurig y saqué una cápsula de tueste oscuro de un cajón.

Mario abrió el refrigerador y sacó la leche descremada.

—¿Cómo van las cosas con Laura?

—Bien.

—La cosa se está poniendo seria, ¿eh?

—Todavía es pronto. ¿Cómo está Susan?

—Bien, pero se muere de ganas de tener un bebé.

—¿Estás seguro de que estás listo para algo así?

—Supongo que sí.

—No puedes andar con suposiciones en algo así. Además, deberían casarse primero.

—Mucha gente tiene hijos sin casarse.

Apreté el botón de preparar.

—¿Y qué? Puede que esté de moda, pero no es algo bueno. Tener un bebé es una gran responsabilidad.

Mientras el café llenaba una taza, él dijo:

—Sé que es mucho trabajo. ¿Crees que tú podrías?

Me encogí de hombros.

—No me imagino teniendo un bebé. Son demasiado delicados. Y los pañales y estar despierto a todas horas de la noche. Creo que me gustaría tener hijos, pero sería bueno tener uno que ya naciera con cinco años.

Le pasé la taza. Mario dijo:

—Entonces deberías adoptar un niño.

—No tengo ningún problema con la adopción, pero me gustaría pasarle mis genes a alguien.

Mario sonrió.

—¿Crees que tienes un ADN especial o algo así?

—En realidad no, pero sería bueno mantener vivo el linaje de mi madre.

El rostro de Mario se ensombreció.

—El mío no.

Su madre era adicta al crack. Tuvo a Mario mientras consumía, y tuvieron que desintoxicarlo.

—¿Qué tal el café?

—Está bien.

Me senté frente a él en la mesa de la cocina.

—Pongámonos a trabajar. ¿Qué conseguiste sobre Simone Jackson?

—Aquí tienes una foto de ella.

Jackson era delgada, con el pelo castaño y corto. Tenía cuarenta y un años y unos ojos tan fríos como una mañana de enero en Maine.

Mario dijo:

—Ha sido trabajadora social toda su carrera. A Jackson le quedan más de tres años para jubilarse. Con todas las horas extras que hace, va a maximizar sus beneficios. Nunca se toma vacaciones, ni días de enfermedad, nada.

—Puede que esté ocultando algo al estar en el trabajo todo el tiempo. Quiere controlar las cosas.

—Quizá. Todos dicen que no te conviene cruzarte en su camino porque te la buscará. Es una nazi.

—Es la segunda vez que escucho que alguien la llama así.

—¿Quién más lo dijo?

—Un abogado que llevó otro caso en el que Jackson estuvo involucrada.

—Si le queda el saco...

—¿Tiene familia?

—Ninguna que pudiera encontrar. Nació en Chicago, pero no pude acceder a su certificado de nacimiento. Illinois los mantiene privados, como Florida. Jackson vino aquí después de graduarse del Richard Daley Community College.

—¿Amigos?

—No es muy popular. Se junta un poco con algunos compañeros de trabajo, pero es básicamente una solitaria.

—¿Vida amorosa?

Negó con la cabeza.

—Ninguna pareja estable. Nunca se casó, ni tuvo hijos. Pero conseguí los nombres de dos exnovios.

Mario me dio los nombres y la información de contacto, y yo pregunté:

—¿Pasatiempos?

—Sale a caminar casi todas las mañanas, pero aparte de apostar en los casinos, es trabajar, trabajar y trabajar.

—¿Apostar? ¿En las tragamonedas?

—No. Juega póker, Texas Hold'em.

—A menos que uno sea muy bueno, eso es peligroso en un casino.

—Jackson es una clienta habitual del Immokalee Casino y va al Hard Rock en Miami cada dos meses.

—Interesante. Investiga un poco más a su familia. Tengo la fuerte sensación de que podría haber algo ahí.

—Creía que no te guiabas por tu instinto. Dijiste que si haces el trabajo no tienes que depender de la intuición.

Pocas cosas eran tan molestas como que te echaran en cara algo que habías dicho.

—¿Qué crees que he estado haciendo? ¿Sentado de brazos cruzados esperándote?

—Caray, qué sensible —Mario empujó su silla hacia atrás y se puso de pie—. Solo te estaba fastidiando, viejo.

—¿Adónde vas?

—Tengo algo que hacer.

El portazo confirmó que estaba enojado. Si era conmigo o por el hecho de que se mencionara a su madre, era una incógnita.

Saqué mi celular y llamé a mi amigo abogado, Larson.

—Hola, Ray. ¿Tiene un minuto?

—Claro. ¿En qué puedo ayudarle?

—Necesito un poco de ayuda para investigar más a fondo a Simone Jackson. No parece tener familia ni amigos fuera del trabajo, y sé que usted tiene contactos en la Ciudad de los Vientos.

—¿Es de Chicago?

—Sí. Jackson fue al Richard Daley College.

—El bueno de Daley. Fue alcalde de Chicago durante más de veinte años. Lo controlaba todo, incluso las votaciones, según algunos. Mucha gente cree que JFK nunca habría ganado la presidencia si no hubiera sido por Daley.

—Hace años leí un libro, creo que se llamaba *The Making of the President 1960*. Lo escribió alguien cercano a él, un redactor de discursos, si mal no recuerdo.

—Theodore White. Era periodista y cercano a la campaña. El padre de Kennedy fue fundamental y Daley consiguió Illinois.

—Hicieron trampa, ¿verdad?

Larson rió por lo bajo.

—Es Chicago. Entonces, ¿cuándo estudió Jackson?

—Se graduó en 1994 con un título de asociado en trabajo social. ¿Puede encontrar la forma de localizar a algún compañero de clase que ella conociera?

—No debería ser un problema. Son registros públicos, pero tengo un antiguo colega que trabaja en la oficina del secretario del condado de Cook.

9

LLAMÉ AL TERCER NOMBRE DE LA LISTA QUE ME HABÍA DADO Larson. Una mujer respondió:

—Hola.

—Hola, ¿hablo con Keisha Marrow?

—¿Quién pregunta?

—Soy un amigo de Simone Jackson.

—No conozco a nadie con ese nombre.

—Usted fue a la escuela con ella en 1994.

—¿Hace treinta años?

—Sí. Ella también es trabajadora social.

—Yo no soy trabajadora social. Trabajo para la ciudad, en el departamento de aguas.

—¿Recuerda a una tal Simone Jackson?

—Ya le dije que no conozco a nadie así. Ahora déjeme en paz.

Colgó.

Había un nombre más en la lista: Lanny White. Respondió una voz de fumadora:

—Hola.

—¿Lanny White?

—Sí. ¿Qué quiere?

—Estoy tratando de localizar a alguien con quien usted fue a la escuela, Simone Jackson.

Dudó.

—¿Simone? Hace como treinta años que no la veo, o algo así.

—¿Usted la conocía?

—Sí, ¿le pasó algo?

—Sí, por increíble que parezca, tuvo un accidente y está bien físicamente, pero perdió la memoria.

—Oh, Dios mío. ¿Qué pasó?

—Tuvo un accidente de auto y se golpeó la cabeza.

—Uno nunca sabe lo que puede pasar de un día para otro.

—Es muy cierto. Mire, la razón por la que llamo es que los médicos dicen que podemos ayudar a refrescarle la memoria, recordándole cosas de su pasado, especialmente de cuando era más joven.

—En realidad no la conocía tan bien. Tuvimos dos clases juntas.

—¿Alguien que destaque, digamos, un profesor o algo que pasara?

—Eh, supongo que el señor McMahon enseñaba psicología social. Era guapo y bromeábamos sobre él, ya sabe, lo que hacen las chicas.

—Esa es buena información. ¿Algo más? Algún evento, como un concierto al que fueran.

—No. No pasábamos mucho tiempo juntas. Era un instituto municipal. No vivíamos en una residencia estudiantil ni nada.

—¿Y su familia? No logro encontrar a nadie.

—Simone no tenía familia. Me dijo que la abandonaron y que creció en el sistema de hogares de acogida.

Dudé.

—Oh, no. Debió de ser terrible. ¿Sabía quiénes habían sido algunos de sus padres de acogida?

—No. No hablaba de eso. Solo decía que la pasaban de un lado a otro un montón de veces.

Se me revolvió el estómago.

—Suena duro.

Terminé la llamada y le envié un mensaje de texto a Larson.

————

LA CONSTRUCCIÓN de las ultracarísimas Ritz-Carlton Residences había comenzado. Estaba previsto que ciento veintiocho apartamentos multimillonarios fueran ocupados en 2025. ¿Había tanto dinero circulando por el país?

Saludé con la mano a Cabana Dan y me dirigí a ver a Larson. Bajo un cielo despejado, la playa Vanderbilt estaba abarrotada. Mi confidente estaba al teléfono, sentado al borde de una tumbona a la sombra. Levanté la tapa de su hielera y tomé una botella de agua.

Un padre estaba con el agua hasta las rodillas llamando a su hijito. Tan pronto como el agua le tocó los tobillos, el niño retrocedió. El padre salió y levantó al niño. Le dijo algo y dio un par de pasos hacia el agua.

Un bote que pasaba creó una ola y el niño rodeó a su papá con los brazos y las piernas. Mientras Larson terminaba su llamada, el padre bajó al niño al agua. Le sostuvo las manos y lo arrastró por el agua. La sonrisa en el rostro del niño me hizo sonreír.

Larson dijo:

—Dios creó el patio de recreo perfecto.

—Recuerdo haber ido a la costa de Jersey con mi mamá cuando tenía unos ocho años. A mi padre no le gustaba la playa, pero mamá podía quedarse todo el día.

—Un buen lugar para acumular recuerdos. Tommy prácticamente creció en la playa Bonita.

—Qué bien.

—¿Te sirvió la lista?

—Sí —le conté lo que había averiguado sobre Jackson—.

—Con razón es tan desagradable.

—Investigué el sistema de hogares de acogida de Chicago. Es mucho peor que el de Jersey. La CBS hizo un reportaje hace poco sobre la cantidad de traslados que sufren los niños. Una niña estuvo diecisiete años en el sistema y la trasladaron sesenta y siete veces.

—Eso es indignante. ¿Cómo pueden esperar que viva una vida normal?

—Es imposible. Créeme, a Mario y a mí nos trasladaron tres veces y eso te trastorna la cabeza. A algunos niños en Chicago los trasladaron más de cien veces.

Larson negó con la cabeza.

—¿Cómo diablos se permite eso?

—El gobierno puede tener buenas intenciones, pero desde luego no rinde cuentas.

—Y Jackson está en ambos lados de esto.

—Eso es lo que lo hace difícil.

—Es natural simpatizar con ella.

—No estoy simpatizando con ella.

Larson me miró a los ojos.

—De acuerdo.

—Solo complica las cosas, ¿sabes?

—Por supuesto. Pero recuerda que estás tratando de proteger a los niños de ser arrebatados injustamente de sus padres.

—¿Y Jackson es solo un daño colateral?

—¿Estás seguro de que esto no te toca demasiado de cerca?

—No, es solo que...

—Es difícil, pero si no quieres hacerlo, no lo hagas. La capacidad de decir que no es más importante que decir que sí.

—He mejorado en eso.

—Sí, lo has hecho.

—De camino para acá, estaba pensando que a Jackson le tocó una mala mano, ¿sabes?

—Así es, pero tú también, Mario, y millones más. No le resto importancia al impacto de lo que sea que le haya pasado, pero ten en cuenta lo que Jackson les hizo a los Duber y quién sabe a cuántas familias más. Simplemente está mal.

—Me pregunto si Jackson hace las porquerías que hace como una forma retorcida de negarle a la gente lo que ella nunca tuvo.

—Puede que sea vengativa, pero es mejor no darle tantas vueltas al asunto. Concéntrate en evitar que traumatice a más familias.

Larson tenía razón, pero él no cargaba con el peso que yo llevaba encima. —Me voy a asegurar de eso.

—Bien. ¿Estás trabajando en un plan?

—He estado dándole vueltas a un par de ideas, pero, dadas las circunstancias, es importante encontrar el equilibrio justo. Voy a ver qué puedo sacarles a un par de sus exnovios.

10

Sᴇɴᴛᴀᴅᴏ ᴇɴ ᴍɪ ʟᴀɴᴀɪ ᴄᴏɴ ᴍɪ ᴄᴀꜰé, ʀᴇᴠɪsᴀʙᴀ ᴇʟ Nᴀᴘʟᴇs Dᴀɪʟʏ *News*. En la página cinco, una foto de un choque en la intersección del bulevar Livingston y la avenida Vanderbilt Beach me llamó la atención.

Era el mismo lugar donde había comenzado mi último gran caso. Este también tenía una víctima mortal. Cuando leí el nombre, me eché hacia atrás. ¿Podría ser el mismo Phil Tascon?

Busqué en Google el nombre y la dirección del fallecido. Me trajo a la memoria la casa azul de Tascon, estilo Key West. Había sido mi primer cliente.

Tascon quería demandar a Robert McDuff, el dueño de la obra en construcción donde murió su padre. Su papá se había caído desde una altura de doce pisos y había muerto en el acto.

No se presentaron cargos penales a pesar de que la ciudad de Naples había multado a la empresa de McDuff seis veces en los últimos nueve meses por infracciones de seguridad.

En ese entonces yo trabajaba para Larson, y él me pidió que investigara la empresa y sus prácticas. No cabía duda de que McDuff tomaba atajos siempre que podía, pero también tenía una política por escrito sobre el trabajo en un edificio sin cerramiento:

cualquiera que estuviera en el segundo piso o más arriba debía usar un dispositivo de anclaje, a menos que se instalaran vallas.

Supuestamente, el padre de Tascon se había quitado el anclaje para ir a orinar. Y cuando resbaló, cayó por el borde hacia su muerte.

De ser cierto, su padre tenía parte de la responsabilidad en el accidente, pero, en contraposición, había evidencia anecdótica de que la seguridad de los trabajadores era una prioridad muy lejana a la finalización de un proyecto.

Después de que investigamos, Larson hizo que Tascon viniera para hablar sobre el caso. Los tres nos sentamos alrededor de una mesa en la sala de conferencias.

Tascon escuchó atentamente mientras le explicábamos lo que habíamos encontrado. Pero explotó cuando Larson dijo:

—A fin de cuentas, mi recomendación es que lleguemos a un acuerdo.

—¿Un acuerdo? ¿De qué está hablando? ¡Ese desgraciado mató a mi padre!

—Cálmese. Las autoridades determinaron que la muerte de su padre fue accidental y...

—Pero Beck dijo que a ese desgraciado le importan un carajo sus trabajadores, que lo único que le preocupa es el dinero.

Larson me miró y yo dije:

—Es una zona muy gris. Creo que McDuff, como mínimo, actúa con negligencia. Tiendo a creer los rumores de que fue McDuff, o alguien cercano a él, quien arrojó el anclaje de su padre.

Larson dijo:

—La investigación policial descartó eso.

—Lo sé. Dije que tiendo a creerlo, pero no tenemos pruebas.

—No puedo creerlo. ¿Se va a salir con la suya?

—Golpearemos su bolsillo tan fuerte como podamos, pero sus recursos son limitados. Todavía está endeudado por el golpe que sufrió el sector inmobiliario durante la crisis financiera.

Tascon sacudió la cabeza.

—Esto es como perder a papá de nuevo.

—Lamento que se sienta así. Hicimos nuestro mejor esfuerzo, pero no hay nada criminal que podamos imputarle.

Tascon me miró y dijo:

—¿Usted qué piensa? Usted sabe que McDuff es un asesino, igual que yo.

Asentí.

—Pero estamos hablando de no poder probarlo en un tribunal.

—Eso es una mierda.

Larson dijo:

—Es la realidad con la que trabajamos. Como antesala a esta reunión, tuve una conversación preliminar con el abogado de McDuff, y parece que pagarían doscientos mil dólares para que este asunto desaparezca.

—Entonces, ¿eso es lo que ese desgraciado cree que vale la vida de mi padre?

—No, no es así en absoluto.

—Sí, claro.

—¿Por qué no lo piensa, lo consulta con la almohada y hablamos mañana?

Tascon sacudió la cabeza y salió furioso sin decir una palabra.

Una semana después, yo salía de la oficina de Larson y me acercaba a mi auto cuando Tascon se detuvo a mi lado. Bajó la ventanilla y dijo:

—Oiga, necesito hablar con usted.

—¿Sobre qué?

—No tardaré mucho. Lo veo en el estacionamiento de Rooms to Go; podemos hablar allí.

Tascon no me asustaba, pero ¿a qué venía tanto secretismo?

Estacionamos en la parte trasera del edificio. Salí y me apoyé en mi auto. Tascon miró a su alrededor mientras se acercaba.

—¿Qué pasa?

Tascon dijo:

—¿Puedo confiar en usted?

—Por supuesto. ¿Por qué pregunta eso?

—Lo que hablemos queda entre nosotros, ¿verdad?

Asentí.

—¿Va a decirme qué está pasando?

Tascon bajó la voz.

—Quiero que mate a McDuff.

—¿Perdón?

—Me oyó. Quiero a McDuff muerto.

Mientras yo procesaba la información, Tascon dijo:

—No se preocupe, le pagaré para que lo mate.

—Ese no es el tipo de trabajo que hago.

—Paga bien. Le daré los doscientos mil dólares del acuerdo que voy a recibir.

—Como le dije, no hago ese tipo de cosas.

—Él vive en medio de la nada. Si va por él de noche, nadie se enterará.

—Si es tan fácil, ¿por qué no lo hace usted?

—Lo haría, pero la policía sospecharía de mí de inmediato.

—Probablemente lo haría.

—Piénselo. Son doscientos mil, y estaría sacando a esa escoria del juego.

Antes de que pudiera responder, Tascon regresó a su auto. Me quedé en el estacionamiento durante diez minutos dándole vueltas a lo que Tascon quería.

Nunca antes había matado. Lo había intentado. Me había

propuesto matar al padre adoptivo que había abusado de mí, pero me acobardé cuando lo confronté. Había apuñalado a Mallory, pero eso fue instintivo, para castigarlo por golpearme con un palo y sin la intención de matarlo.

Al darme cuenta de que ambos incidentes surgieron de una necesidad de venganza, regresé a mi auto y me dirigí a casa. Doscientos mil dólares eran difíciles de rechazar. No era un asesino, pero tenía que haber una forma de ayudar a Tascon a vengar la muerte de su padre y de que me pagara por ello.

ALMORZAR EN GROUPER AND CHIPS ERA UNO DE LOS PEQUEÑOS placeres de la vida. Tomé una mesa afuera y le di una mordida a mi sándwich de mero a la parrilla. Dio en el clavo. Sin quitarle los ojos de encima a la esquina donde estaba el hospital, me metí un panecillo en la boca.

Vi a Ben Barnes cruzando la calle. Su cabello estaba más blanco que en la foto de su licencia de conducir. Me metí el último bocado de mero en la boca, me levanté y tiré el envase de poliestireno a la basura.

—¿Ben? Soy Beck.

Me extendió la mano. —Hola.

—Hola, gracias por reunirte conmigo.

—No hay problema —rió entre dientes—. Como aquí al menos dos veces por semana.

Regresé a mi mesa. —¿Quieres algo?

—Pediré una orden de papas fritas de camote cuando terminemos.

—Yo invito.

—No es necesario.

—No te preocupes, te agradezco que te hayas tomado el tiempo para hablar conmigo sobre Simone Jackson.

—¿Cómo está ella?

—Bastante bien. Quería preguntarte sobre el tiempo que pasaron juntos. ¿Cuánto tiempo fueron pareja?

—Poco más de un año. Debería haberme retirado antes, pero... eh... intenté que funcionara.

—¿Se llevaban bien al principio?

—Sí. Teníamos un par de intereses en común.

—¿Como cuáles?

—Bueno, a mí me gustaba ir a los casinos, ya sabes, apostar un poco, tal vez ver un espectáculo, pero nada como Simone; ella podía plantarse en una mesa y jugar durante horas.

—¿Fue ese el problema que se interpuso?

—No, en realidad no. No quiero hacerla ver como un monstruo o algo así, pero era fría, ya sabes, sin emociones. Me molestaba, pero pensé que el hielo se derretiría cuanto más tiempo estuviéramos juntos.

—¿No lo hizo?

Negó con la cabeza. —No pude soportarlo más. No me malinterpretes, no soy un sentimental, pero mi madre se estaba muriendo, y mamá y yo éramos muy cercanos. Yo estaba hecho un desastre, pero Simone no parecía entender cuánto dolía. Cuando mamá entró en cuidados paliativos, Simone actuó como si no fuera nada. Justo en ese momento, terminé con ella. Fue una locura, ¿sabes?

—Lo siento, debió de haber sido duro para ti.

—Lo fue. Mamá lleva dos años muerta y todavía no puedo creerlo.

—Sé lo que quieres decir. La mía murió cuando yo tenía diez años y, bueno, es una mierda. —Le di un sorbo a mi té helado—. ¿Hay algo más que puedas decirme sobre ella?

—¿Qué estás investigando? ¿Está en problemas?

—No lo sé, el bufete de abogados para el que trabajo solo pidió sus antecedentes.

—De acuerdo. Mira, Simone no es una mala persona, pero no es para mí.

—Gracias. Vamos a que pidas esas papas fritas.

———

ERA un viaje corto para ver a otro hombre con el que Jackson salió. Scott Palmer era mecánico automotriz en el taller Valvoline Oil en Golden Gate Parkway.

Palmer me pidió que le enviara un mensaje de texto, y lo hice. Salió del taller y le hice una seña para que se acercara.

—Gracias por recibirme. Prometo ser breve. Como te dije, soy investigador para un bufete de abogados y necesitan los antecedentes de Jackson. ¿Qué puedes decirme de ella, ya que saliste con ella?

—¿Está en algún tipo de lío?

—No lo sé, pero no es nada criminal ni nada por el estilo. No manejamos ese tipo de casos. ¿Cuánto tiempo saliste con ella?

—Alrededor de ocho meses. No me malinterpretes, nos divertimos, pero es extraña. O sea, digamos que Simone es, como, distante, ¿sabes?

—¿No te deja entrar?

—Sí, como si hubiera un muro a su alrededor o algo así.

—¿Alguna vez habló de su familia?

—Nunca. Le pregunté un par de veces, pero decía que no era cercana a ellos y eso era todo. No insistí porque parecía que le encantaba el conflicto.

—He oído que le gusta apostar.

—Así es, y a mí también, pero no tanto como a ella. Y apuesta mucho. Una noche estaba perdiendo más de mil en el Casino Immokalee y le dije que era hora de irnos a casa. Pero no quería irse. Terminé en el salón viendo a un tipo tocar el piano, como por dos horas.

—¿Fue el juego lo que hizo que rompieran?

—En realidad no. Fueron un par de cosas. Tengo dos hijos con mi ex y Simone ni siquiera quiso conocerlos. O sea, llevábamos saliendo varios meses. De todos modos, al final fue lo mejor.

—¿Algo más que puedas decirme?

Se encogió de hombros. —Puede que suene tonto, pero iba a cumplir cuarenta y quería ir a algún lugar para celebrarlo. Nada extravagante. Sugerí que fuéramos a los Cayos el fin de semana, pero ella lo rechazó, diciendo que era una estupidez hacer un gran escándalo por un cumpleaños.

Le agradecí por su tiempo y me fui. De camino a casa, le di vueltas a las ideas que tenía para vengarme de Simone. Mis ideas habían evolucionado desde mi primer caso, donde plantar huesos y artefactos indígenas en la obra de McDuff había paralizado la construcción durante ocho meses. Tascom quería a McDuff muerto, pero cerrar el negocio lo llevó a la quiebra.

Tascom no obtuvo lo que quería, pero le complació dejar a McDuff fuera del negocio. El éxito y el dinero que pagó me lanzaron a un negocio que tenía más casos de los que podía manejar.

12

Al pisar la arena, una fina capa de nubes atenuaba las sombras. La playa de Vanderbilt estaba bastante concurrida para ser un martes. Mi abogado y confidente, Larson, estaba de incógnito en su rincón habitual de la playa, junto al Ritz Carlton Resort.

—¿Qué estás leyendo?

Larson bajó un libro grueso. —*Lo espléndido y lo vil*. Es sobre Churchill y lo que pasó justo antes de que Estados Unidos entrara en la Segunda Guerra Mundial.

—Fue un gigante.

—En mi opinión, la figura más influyente de los últimos cien años.

—¿Es verdad que se paseaba desnudo?

—Sí. Es esa cosa de genio loco.

Saqué una botella de agua de su hielera. —Se ve por todas partes.

Una lancha cargada de gente que iba a hacer *parasailing* se alejó de la orilla. Larson señaló. —¿Alguna vez te has subido a una de esas cosas?

—Ni hablar. Las alturas y yo no nos llevamos bien.

—Te sorprendería lo sereno que es cuando estás allá arriba.

—Bueno, ¿qué tienes para mí?

—Un caso nuevo. ¿Has oído hablar de Gordon Whitmore?

—Me suena, pero no lo ubico.

—South Florida Aeronautics.

—Ah, sí, la empresa que se hizo pública con eso de la fusión inversa y luego quebró.

—Esa misma. Fue una empresa familiar durante casi cuarenta años. Whitmore realmente la hizo crecer, pero para pasar al siguiente nivel, competir contra los Boeings y McDonnell Douglases del mundo, se vio empujado a los mercados públicos.

—¿No se suponía que tenían un trato con SpaceX?

—No recuerdo todos los detalles, pero eso definitivamente estaba en el aire.

—¿Y por qué me cuentas todo esto?

—Whitmore es de la vieja escuela. Es un buen hombre, pero puede que cometiera un error al escuchar a los consultores sobre privatizar. Está muy estresado. Cuando todo se derrumbó, tuvo que despedir a casi dos mil personas. Whitmore insiste en que el negocio iba bien, pero que los rumores y los vendedores en corto lo forzaron a la quiebra.

—¿Lo perdió todo?

—Su familia tenía un montón de acciones, así que sufrió un golpe muy duro, pero probablemente guardó lo suficiente a lo largo de los años para vivir cómodamente.

—¿Mencionaste un vendedor en corto? ¿Qué es eso?

—La mayoría de la gente invierte en la bolsa esperando que una acción suba, y cuando lo hace, gana dinero. A eso se le llama «ir en largo» con una acción. Pero también puedes ganar dinero cuando una acción baja si apuestas en su contra. A quienes hacen eso se les llama vendedores en corto.

—¿Cómo lo hacen?

—Toman prestadas acciones de un bróker. Si el precio baja,

las recompran a un precio más bajo y se embolsan la diferencia. Digamos que la acción de la compañía A está a cien dólares por acción hoy. La venden a cien dólares y, si baja a ochenta dólares, la recompran para reponer la que tomaron a cien dólares y ganan veinte dólares por acción.

—¿Qué pasa si sube, digamos, a ciento diez dólares?

—Pierden diez dólares por acción.

—O sea que puedes apostar a que una acción va a bajar y ganar. ¿Algo así como la línea de «No Pase» en los dados, donde esperas que el que tira los dados no gane?

Hizo una mueca. —Quizás, en un sentido amplio. La forma sencilla de verlo es que estás apostando a que la acción va a bajar cuando la mayoría espera que suba.

—Un contreras, entonces.

—Es más complicado que eso. A veces, la gente cree que una acción se adelantó, ya sabes, que subió demasiado, y otras veces cree que eventos macroeconómicos, como una nueva tecnología, harán que un producto o negocio se vuelva obsoleto.

—¿Es más arriesgado que esperar que una acción suba?

—Sí. Si vas en largo con una acción, esperando que suba, y esta baja o se mantiene igual, no tienes que hacer nada. Pero si vendes en corto una acción y esta sube, lo contrario de lo que quieres que haga, tendrás que poner más dinero para respaldar tu posición.

—¿Y si no tienes la plata?

—Tienes que liquidar la posición y asumir la pérdida.

—Suena enredado. Entonces, ¿qué tiene que ver esto con Whitmore?

—Es mejor que vayas a verlo. Él puede ponerte al tanto.

Fruncí el ceño.

—Te caerá bien; es un tipo común y corriente.

———

Me deslicé en una silla en la última mesa vacía de Joe's Diner. El menú de desayuno rendía homenaje al que alguna vez fue el deporte nacional de Estados Unidos: el béisbol. Mientras Mario se acercaba, decidí pedir el Yogi Berra.

—Qué onda. —Chocamos los puños.

Mi hermanastro dijo: —Necesito café, y mucho.

—Ahí viene.

La mesera sirvió dos tazas de café humeante. —¿Ustedes saben lo que van a querer?

—Yo quiero el Yogi.

—Bueno, ya que estás aquí, me voy con el Babe. Él sonrió. Ella no le devolvió la sonrisa y se fue.

Levanté mi taza. —Te pusieron out tratando de robar base.

—Ja, ja. Qué gracioso. Está buenísima.

—¿Para qué coqueteas? ¿Todo bien con Susan?

—Sí, solo estoy jugando. Un poco de diversión inofensiva.

Mario bebió un sorbo de su café. Tenía los ojos inyectados de sangre.

Le dije: —Mira, este caso de protección infantil es algo que probablemente vamos a tomar.

Él arqueó una ceja. —Está bien. ¿Cuánto paga?

—Va a ser gratis.

—¿Qué? Eso no es...

—A ti te van a pagar. No te preocupes.

—No estoy preocupado. Es solo que es una estupidez.

—A esta gente la fregaron y no tiene dinero. De hecho, todo el asunto la dejó con una deuda de cuarenta mil dólares pagando abogados.

—Sabes que no puedes salvar al mundo.

—No lo estoy intentando.

Puso los ojos rojos en blanco. ¿Estaría fumando hierba por la mañana?

La mesera se acercó y dejó nuestros platos. —Buen provecho.

Mario cortó un trozo con el tenedor. —Se ve bien.

Tragué un bocado. —Lo está.

—¿Qué quieres que averigüe sobre esto?

—Hay un doctor, Narid Khan, que podría estarle dando luz verde a todo lo que pida Simone Jackson, la mujer que maneja muchos de estos casos. Investígalo, a ver si tiene alguna conexión con Jackson.

—Sin problema.

—Está en el Physician's Regional Hospital, en Collier Boulevard.

13

Al salir de Mooring Line Drive, giré a la derecha en Bow Line Drive. La casa de Gordon Whitmore no estaba en la bahía y no había sido reconstruida como la mayoría de las otras del vecindario.

Enclavada entre un par de casas demasiado grandes para sus terrenos, se encontraba la casa de una planta de Whitmore. Según los registros fiscales, era dueño del lugar desde hacía treinta y cuatro años.

Dos robles gigantes daban sombra al jardín delantero. Toqué el timbre.

De cabello plateado y entradas, Whitmore tenía un brillo en los ojos. —Señor Beck, por favor, pase.

La casa era oscura, pero acogedora. Whitmore tomó asiento en un sillón reclinable marrón. —Peggy salió con una de nuestras hijas, así que podemos hablar con libertad.

—Perfecto. El señor Larson me dio un poco de contexto, pero le agradecería que usted me contara todo lo que ocurrió.

—Claro. Oiga, ¿le puedo ofrecer algo?

—No, gracias.

—De acuerdo. Bueno, mi papá fundó lo que se convirtió en

South Florida Aeronautics a finales de los cincuenta, cuando los viajes aéreos empezaron a despegar. Era una empresa pequeña, pero creció con los años. No es por quitarle mérito a lo que hizo papá, pero es más fácil que un negocio funcione si la industria en la que uno está tiene un auge.

Me señaló.

—Le conviene tener eso en mente si alguna vez se aventura en los negocios.

—Se lo agradezco. Es un buen consejo.

—Después de graduarme de la FSU, me uní a la empresa y mi papel se fue ampliando con los años. El negocio se había convertido básicamente en un subcontratista de McDonnell Douglas, y depender de una sola compañía me incomodaba. —Me miró a los ojos—. Uno tiene que controlar su destino lo mejor que pueda.

—Otro buen consejo.

Sonrió. —Finalmente tomé las riendas a mediados de los noventa y me concentré en fortalecer la relación que teníamos con la que ahora se llama Northrop Grumman. Tenía un contrato considerable con la NASA y estaba creciendo rápidamente.

Whitmore era de los pocos que seguían sus propios consejos.

—Trabajar en naves espaciales debe de ser complicado.

Se encogió de hombros. —A mí me gusta decir que es más bien complejo. Hay muchos componentes para fabricar un producto para el espacio, pero eso no lo hace necesariamente difícil.

Tenía que reflexionar sobre eso. —Continúe, por favor.

—Creamos una división para enfocarnos en el área de los satélites. Despegó como nunca hubiéramos imaginado.

—Fue una buena decisión de su parte.

—Fue un esfuerzo de equipo, pero una cosa que no preví fue la cantidad de capital que se necesitaba para llegar al siguiente nivel. Es decir, teníamos un buen negocio que generaba dinero. Yo ganaba más de lo que jamás soñé, pero solo para mantener lo que teníamos, debíamos invertir en todo tipo de maquinaria y *software* de alta tecnología. —Suspiró—. Una cosa es construir un avión y otra muy distinta es construir una nave espacial que pueda llegar al espacio exterior o hacer lo que Musk está haciendo con los cohetes reutilizables.

—SpaceX está haciendo cosas fascinantes.

—Así es. Demuestra que la empresa privada puede darle mil vueltas al gobierno, sin importar cuánto dinero le arrojen los políticos.

—¿Usted trabajó con SpaceX?

—El campo estaba en plena expansión y SpaceX, junto con un par de empresas más del sector, necesitaba socios fiables que los abastecieran. Yo sabía que podíamos hacerlo si teníamos los recursos. Así que hablamos con un par de banqueros de inversión sobre cómo conseguir el dinero para construir dos nuevas instalaciones. Dijeron que los dos mil millones, más o menos, que se necesitaban eran imposibles de conseguir de forma privada. Sugirieron que saliéramos a la bolsa. —Se mofó—. ¿Sabe lo que dijeron en realidad? Dijeron que los mercados privados solo pagarían un cierto múltiplo de las ganancias, pero que el público pagaría cien veces lo que estábamos ganando.

—Eso dice mucho de cómo ven los mercados públicos.

—Desde luego que sí, pero tenían razón, hasta cierto punto. Dijeron que la forma más fácil de salir a la bolsa era hacer una fusión inversa con una entidad ya existente. ¿Alguna vez ha oído hablar de lo que llaman una SPAC?

—La verdad es que no.

—Son las siglas de *Special Purpose Acquisition Company* o Compañía con Propósito Especial de Adquisición. Son empresas sin operaciones. Su único propósito es obtener capital a través de una OPI, una oferta pública inicial. Una vez que cotizan en bolsa y tienen el dinero, se fusionan con una empresa existente como la nuestra.

—Suena un poco descabellado.

—Yo también lo pensé, pero ese británico, Richard Branson: su Virgin Galactic lo hizo de esa manera. Eso lo hizo parecer más legítimo, si me entiende.

—Entiendo. ¿Y qué pasó?

—Muchas cosas. Empezamos la construcción y las cosas iban bastante bien. Y luego, ya sabe, los costos empezaron a dispararse. Parte fue por la tecnología necesaria, parte fue por la ampliación del proyecto, pero gran parte se debió a la inflación. Nuestros costos laborales subieron más de un cincuenta por ciento. Fue una cosa tras otra. Nuestros banqueros nos dijeron que podíamos obtener una línea de crédito de mil millones de dólares de JP Morgan. Sonaba bien, pero nos metió en problemas más graves.

—¿No pudieron devolverlo?

—De hecho, estábamos al corriente, pero había una cláusula en la documentación del préstamo que nos generó un problema mayúsculo. Cuando empezamos a retirar el dinero, nuestras acciones estaban a cincuenta y un dólares por acción. La cláusula decía que si nuestras acciones caían por debajo de treinta y cinco, podían exigir el pago del préstamo.

—¿Hacer que lo devolvieran?

—Sí. El COVID nos golpeó y sufrimos las consecuencias como todo el mundo, pero nuestras acciones se mantuvieron bastante bien; estaban en los cuarenta y pico. Entonces, ese cabrón de Melvin Weiss empezó a echar a andar los rumores.
—Se golpeó el muslo con el puño.

—¿Qué fue lo que difundió?

—Mentiras. Una tras otra. Él y su compañía de porquería, Chernobyl. O sea, ¿quién demonios le pone a una compañía el nombre de un desastre?

Era una observación válida. Pudo haber sido una estrategia de *marketing.* —¿Qué es lo que decían?

—Lo más grave fue el informe que publicaron diciendo que SpaceX nunca haría negocios con nosotros y que Musk quería hacerlo todo de manera interna. Era completamente inventado. Nos habíamos reunido con sus lugartenientes principales la semana anterior. Sacamos un comunicado de prensa y luego Weiss le dio un tinte sensacionalista a un incendio que tuvimos en nuestras instalaciones de Cabo Cañaveral. Estuvo contenido principalmente en el área de mantenimiento, pero Weiss dijo que la fábrica había sido destruida y que tardaríamos más de un año en reconstruirla. Era un absoluto disparate.

—Qué terrible.

—Oh, y no se detuvo ahí. De la nada surgió un intento de sindicalizar las plantas. No lo podía creer. Somos una empresa muy unida; cuidamos a nuestra gente y ellos lo saben. Investigamos un poco y estoy convencido de que Weiss estaba detrás de todo.

—¿Cómo es eso?

—Tenía conexiones con un sindicato y les hizo una contribución. No tenían ninguna posibilidad de que nuestra gente votara que sí, pero la incertidumbre le dio un buen golpe al precio de nuestras acciones.

—Suena frustrante.

—Lo fue. Y cada pequeña cosa, usted sabe, la rotación normal de personal, se sacaba de proporción. Un tipo, que llevaba una década con nosotros —era asistente de nuestro director de adquisición de materiales—, aceptó un trabajo en Texas y Weiss lo hizo ver como si la gente se estuviera yendo. Tuvo el descaro de decir que nuestra gente estaba abandonando un barco que se hunde.

—Supongo que esto impactó en las acciones.

—Por supuesto. Caímos a un mínimo de veintidós antes de

rebotar, como dijo Weiss en CNBC, como un gato muerto, a veintiséis y medio.

—Qué terrible.

—Fui a CNBC, usando Zoom, tan pronto como pude. Defendí a la empresa, pero Weiss estaba en el estudio y no paraba de negar con la cabeza. El desgraciado dijo que la gente debía deshacerse de nuestras acciones, que cuando el río suena, agua lleva, y que nos íbamos a cero. Cero. Hice que nuestro director financiero publicara lo que pudo bajo las directrices de la SEC para demostrar que no estábamos en problemas. Pero la prensa seguía promocionando a Weiss y su largo historial de predecir fracasos empresariales. —Negó con la cabeza —. Ahora sé cómo lo hizo.

—¿JP Morgan exigió el pago del préstamo?

—A la velocidad de la luz. Para mantenernos a flote, tuve que recortar gastos. Lo más difícil que hice en mi vida fue despedir a dos mil de nuestros esforzados empleados. Aparte de los estúpidos confinamientos, en más de sesenta años, incluso durante la crisis financiera, nunca despedimos ni a un alma.

—¿Usted está bien personalmente, en lo financiero?

—Sí. Perdí el noventa por ciento de mi patrimonio, pero mi familia y yo estamos bien, a diferencia de los otros que perdieron su sustento. Ayudé a muchos de ellos, pero demasiados perdieron sus casas y sus autos. Pero yo estoy bien y no tengo ningún problema en pagar los honorarios que el señor Larson mencionó.

Asentí.

—Si acepto este caso, ¿qué le gustaría que hiciera?

Whitmore se inclinó hacia adelante.

—Asegúrese de que ese desgraciado de Weiss no le haga esto a nadie más. Lo único que le importa es el dinero. Hay que detenerlo antes de que arruine más vidas.

ESTABA SENTADO EN UNA MESA AL FINAL DE LA TERRAZA DE Dolce and Salato. El restaurante italiano cerraba a las 3 p. m. y los comensales que quedaban se demoraban con sus tazas de expreso.

Habíamos quedado para tomar un café, pero los olores me hicieron llamar al mesero. Pedí un prosciutto cotto mientras un hombre, a quien reconocí de una foto como Barney Fitzgerald, entraba tranquilamente a la terraza. Me puse de pie y nos dimos la mano.

—Me alegro de que haya sugerido este lugar.

Fitzgerald tenía la cara roja. No por el sol, sino por la bebida. —Ah, es genial. No pude resistirme a pedir un sándwich de prosciutto. ¿Quiere comer algo?

—No, empecé a jugar al golf a las siete de la mañana y almorcé temprano. Pero al salir le llevaré una sfogliatella a mi esposa.

—De mis favoritas. Debería hacer el pedido cuando regrese. Les gusta irse de aquí a las tres en punto.

Él sonrió. —Lo sabemos. Son italianos de verdad.

—Bueno, eh, gracias por reunirse conmigo.

—Por supuesto. Lo que sea por Gordon.

—¿Se lleva bien con el señor Whitmore?

—Claro. Digo, hemos tenido algunos desacuerdos, pero Gordon es de los que ya no hay.

—¿Era usted su segundo al mando?

—No. Pero digamos que era un lugarteniente de confianza.

—¿Qué puede decirme de él y del negocio?

—Hay mucho que decir. No sabría por dónde empezar.

—¿Qué tal si empezamos por cuando las cosas empezaron a torcerse? Ya sabe, con lo de SpaceX y el ataque de los vendedores en corto a la empresa. ¿Cómo reaccionó Whitmore?

—Es un viejo duro. Ya sabe, de esos de la vieja escuela que no temen darse cabezazos contra la pared creyendo que al final la agrietarán.

—Parece que era terco.

—Sí, pero eso era bueno. Quiero decir, si creía en algo, lo llevaba hasta el final.

—Pero eso trae problemas, como la incursión en los jets supersónicos.

—Así fue. Invertimos una tonelada de dinero en ello, pero, ya sabe, creo que simplemente nos adelantamos a nuestro tiempo.

El mesero depositó una obra de arte. Rebanadas de prosciutto delgadas como el papel colgaban entre dos rebanadas de pan fresco.

—¿Le traigo algo?

Fitzgerald pidió un expreso doble y el pastelillo para su esposa.

—Adelante, coma.

—Está bien. Quiero seguir hablando. Mencionó que Whitmore era terco.

—A mí me gusta pensar que era persistente.

—De acuerdo. Pero sí metió a la empresa en problemas.

—Sí y no. Digo, no teníamos el efectivo para soportar lo que vino después con el incendio y las mentiras sobre nosotros. Pero ¿quién podría haber predicho eso?

Olí el café italiano antes de que lo dejaran en la mesa.

—No estoy aquí para criticar al señor Whitmore, pero ¿su estilo de... digamos... gestión contribuyó a los problemas de la empresa?

—Gordon hizo lo mejor que pudo. Digo, nos habría venido bien uno de esos tipos de las Fortune 500, pero ¿qué habríamos perdido? ¿Y usted cree que alguno de esos vagos habría metido la mano en su propio bolsillo cuando las cosas se pusieron feas?

—¿Whitmore puso de su propio dinero cuando la situación se complicó?

—Claro que sí. Creo que puso diez millones para evitar despidos. Desafortunadamente, terminaron perdiendo sus trabajos porque ese bastardo de Weiss siguió esparciendo sus mentiras.

—Eso es mucho dinero.

—Whitmore es una de las mejores personas que he tenido el privilegio de conocer.

—¿Qué tan seguro está de que si Weiss no hubiera hecho lo que hizo, la empresa habría estado bien?

—No tengo ni la menor duda. Teníamos algunos problemas que resolver, pero eran muy manejables. Weiss debería estar tras las rejas por destruir tantas vidas.

HABÍA PASADO POR LA CASA DE MELVIN WEISS EN HICKORY Boulevard incontables veces, asumiendo que la estructura frente al mar albergaba un par de apartamentos. Tomando mi computadora portátil y mi grabadora, me bajé del auto. La brisa era cálida y estaba impregnada de sal.

Una mujer en uniforme abrió la puerta. Detrás de ella, el Golfo de México se fusionaba con una piscina infinita. —¿Señor Beck?

—Sí.

—Pase, por favor. El señor Weiss está en la terraza.

El piso del área principal era blanco como una pista de hockey. Un piano de cola color rosa anclaba el espacio. Grandes obras de arte moderno ocupaban el limitado espacio de pared que tenía la casa.

Pasamos junto a una imponente escalera que conducía a otro nivel y salimos a una extensión que desafiaba la descripción de terraza. Tres áreas de descanso y una mesa de comedor digna del rey Arturo hacían contrapeso a una piscina tentadora.

El señor de la mansión estaba sentado a la izquierda.

Weiss dejó un iPad y dio un golpecito a su reloj de pulsera de gran tamaño. —Justo a tiempo. El tiempo lo es todo en la vida.

Sus dientes parecían Chiclets. —Con la cantidad de entrevistas que hago, uno tiene que ser puntual.

—Mi madre me enseñó a respetar el tiempo de los demás. Solía decir que solo tenemos una cantidad limitada. Y nunca se sabe cuándo se va a acabar.

Asentí y mi mirada se posó en una escultura, una forma reconocible de acero inoxidable. —Esa es una pieza inusual.

—Es el hongo nuclear de una explosión atómica.

—¿Chernobyl?

—Ahí no hubo una explosión. Eso fue un desastre provocado por el hombre. Uno bastante predecible. Lo vi venir cuando empecé mi negocio y vendí en corto acciones de servicios públicos de todo el mundo. —Se frotó el índice y el pulgar — hice una fortuna y decidí llamar a mi empresa Chernobyl Investments.

—La energía nuclear es segura, ¿no es así?

—Es el camino a seguir. Los rusos —soviéticos se les llamaba en ese entonces— no tenían nuestros estándares de seguridad y siguen sin tenerlos. Nosotros sobrediseñamos como locos, y con los avances tecnológicos de los últimos treinta años, la energía nuclear es predecible, barata y la fuente de energía más segura que tenemos.

—Aunque no goza de popularidad.

—No debería ser así. Espere a que las facturas de electricidad de todo el mundo se disparen. Mire lo que pasó en Europa. La energía nuclear tiene que formar parte de la ecuación, o los precios de todo van a subir.

—¿La energía solar y la eólica no van a ser suficientes?

Weiss se mofó. —Pueden ayudar, pero ¿quiere saber algo extraoficialmente?

—Claro.

—La mayoría de estas empresas ecológicas no van a sobrevivir. Si usted tiene acciones en ellas, sálgase. Pero asegúrese de que eso no aparezca en su artículo.

—No hay problema, señor.

—Mel, llámeme Mel.

La señora que me recibió entró en la terraza con una bandeja. Sirvió dos vasos de té helado y los puso en la mesita de centro.

—Gracias, Rosa. ¿Podría bajar las persianas? El reflejo es un poco intenso.

—Sí, señor.

Un zumbido grave sonó mientras unas persianas blancas descendían. El reflejo desapareció, pero no el Golfo de México. Weiss consultó su reloj. —¿Empezamos?

—Claro. ¿Está bien si grabo?

—Adelante.

Encendí la grabadora. —Quería agradecerle por aceptar ser entrevistado por la revista *Wired*.

—Es un placer. La suya es una de las pocas publicaciones que sobrevivió al paso a lo digital. Gané unos cuantos dólares apostando en contra de editoriales como *Life* y *Consumers Digest*. Fue pan comido. ¿Quién necesita una revista con fotos o una sobre productos cuando hay millones de imágenes y reseñas en línea?

Puse dos sobres de edulcorante en mi vaso y tomé un sorbo.

—Buena pregunta, y una transición perfecta. ¿Cómo previó usted eso cuando tantos otros fracasaron?

—Coca-Cola no revela sus ingredientes secretos, ¿o sí?

Dibujé un círculo en la condensación que se formaba en mi vaso. —No. Pero cada situación en la que usted invierte es diferente. ¿Qué nos puede decir sobre los principios que lo guían?

Me apuntó con el dedo. —Esa es una excelente manera de plantearlo. Y muy perspicaz de su parte. Como usted dice, cada decisión de invertir, o francamente, de no poner mi dinero, difiere en muchos aspectos, pero usualmente hay algo en común.

—Estoy al borde de mi asiento.

—Relájese. Melvin se fija en cómo se está gestionando un negocio. ¿De mala manera? ¿Su modelo de negocio está obsoleto? Como las revistas de las que hablamos. ¿O hay una tecnología emergente a punto de revolucionar una industria? Además, el simple hecho es que cada vez es más difícil para las empresas medianas salir adelante. Los negocios familiares siempre existirán, pero las empresas del mercado medio están inundadas de regulaciones y se enfrentan a competidores más grandes y mejor posicionados con los recursos para influir en los políticos.

¿Se había referido a sí mismo en tercera persona? Tomé un trago de té helado y pregunté: —¿Y cuando identifica una que encaja con ese criterio, vende sus acciones en corto?

—Si Melvin cree que es el momento adecuado, sí.

—¿Por qué decidió centrarse en las ventas en corto en lugar de las posiciones largas?

—Otra buena pregunta. Francamente, hay menos competencia. Hay fondos de cobertura que toman posiciones largas y cortas, pero no hay muchos jugadores puramente de ventas en corto en el mercado.

—¿Por qué cree que a los vendedores en corto se les ve de manera diferente de los que apuestan a que una empresa subirá?

—Es la psique estadounidense. Los estadounidenses son un pueblo optimista. No tanto como antes, pero en gran medida creemos en los resultados positivos. Las ventas en corto van en contra de esa creencia fundamental.

—¿Recibe mucho correo de odio?

Weiss se rió. —A veces, sí.

—Considerando los despidos en algunas de las empresas que ha vendido en corto, ¿cree que está justificado?

Weiss se inclinó hacia adelante. —Mire, lo que hago es obligar a estas empresas a enfrentar la realidad. Puede que la gente pierda su empleo mientras una firma hace ajustes para reducir costos y mantenerse a flote, pero la realidad es que estoy salvando empleos. Si no se adaptara, la empresa quebraría y todos quedarían en la calle.

Volví a la primera persona. —Entonces, ¿considera que lo que hace es un servicio para la empresa y sus empleados?

—Melvin se da cuenta de que para la mayoría de la gente es difícil de entender, pero él simplemente acelera lo que va a suceder. Cuando vendemos en corto una empresa, la obligamos a actuar. Pueden tomar medidas o pueden desangrarse lentamente hasta el olvido.

—Las macrooportunidades son fáciles de entender, como ver lo que la Inteligencia Artificial le va a hacer a ciertos negocios. Pero usted ha puesto en la mira a empresas que parecían ir bien, afirmando que sus finanzas no son lo que aparentan. ¿Cómo obtiene esa información?

—La vamos armando pieza por pieza. Hablamos con mucha gente: empleados, proveedores y competidores para obtener una visión más completa que la que los ejecutivos le dicen al público.

—¿Información anecdótica?

—A veces.

—¿No puede ser malinterpretada o errónea?

—A veces puede serlo.

—¿Y si alguien tiene sus propios intereses, si quiere causarle problemas a una empresa?

—No nos fijamos en un solo punto de datos.

—Claro. Recibió mala prensa en el suroeste de Florida con respecto a South Florida Aeronautics. Gordon Whitmore es una leyenda local.

—«Local» es el adjetivo correcto. Mire, puede que sea un buen hombre y todo, pero Whitmore está acostumbrado a que se la pongan fácil, y el salto a las grandes ligas fue muchísimo más difícil de lo que supuso.

—No conozco todos los pormenores, pero tenía un negocio exitoso y todo iba bien hasta que empezaron a circular rumores de que las cosas no eran tan buenas como parecían.

—No lo eran, y se demostró que era verdad.

—Pero por lo que leí, y no lo he leído todo, no había nada que respaldara...

—Antes preguntó sobre el proceso; bueno, el momento de actuar es cuando huele humo por primera vez. Si espera hasta que alguien esté gritando que hay un incendio, ya es demasiado tarde.

La puerta corrediza se abrió y Rosa salió. —Disculpe, señor. La señora me pidió que le recordara que tiene que estar en el club en treinta minutos.

—Gracias, Rosa. Vamos a tener que ir terminando. Mi esposa está organizando un evento para Youth Haven y me quiere allí. Ella hace un gran trabajo en la comunidad y considero mi deber apoyarla.

—Entiendo. He oído que son una buena organización.

—Lo son. Mi esposa, Cynthia, está en la junta directiva y el sábado por la tarde daremos una fiesta para amigos y donantes.

—Es muy amable de su parte contribuir así.

—Es una gran mujer.

—¿Cuánto tiempo llevan de casados?

—Casi cuarenta años.

—Vaya. ¿Cuál es el secreto?

Señaló la grabadora. La apagué.

—Tuve suerte con Cynthia. Sin ella, no sé dónde estaría. Cuando se case, tiene que esforzarse. Llevamos treinta y ocho años de casados y le puedo decir que lo más importante que he aprendido es no decepcionar a mi esposa.

—Es un buen consejo. Me ha costado sentar cabeza, ya sabe, comprometerme con una sola mujer.

Weiss se inclinó hacia adelante, bajando la voz. —Puede jugar por ahí, pero asegúrese de que no pase de eso y de que la esposa no se entere.

Sonreí. —Hace que suene tan fácil.

Se encogió de hombros. —Su trabajo de caridad y su obsesión con todo lo ecuestre me dan muchas oportunidades.

—¿A Cynthia le gusta la equitación?

—Eso es quedarse corto. Tenemos un rancho en Ocala, y cuando va para allá, tengo tiempo para mi pasatiempo. —Sonrió y dijo—. Lo siento, pero me tengo que ir.

Me puse de pie. —No se preocupe. Creo que tengo suficiente. Si no, concertaré otra cita.

—Me parece bien.

—¿Le importa si uso el baño antes de irme?

Extendió la mano. —El tocador está a su izquierda, frente al comedor. Fue un placer conocerlo.

Le estreché su cuidada mano. —Igualmente, señor. Me dio mucho en qué pensar.

Me metí en el baño. Un lavamanos estaba incrustado en un bloque de mármol que a Michelangelo le encantaría tener en sus manos. Una costosa obra de arte moderno colgaba sobre el inodoro. Usé mi teléfono y saqué una docena de fotos.

16

Sentado en una mesa al aire libre en True Food, me maravillaba de lo concurrido que estaba Waterside Shops. Lleno de tiendas de lujo, el centro comercial parecía a prueba de recesiones. Naples estaba en una burbuja, pero no iba a estallar.

Frank Locastro se abrió paso entre las mesas.

—Disculpe, se me alargó una llamada con un cliente.

—No hay problema. ¿Sigue con mucho trabajo en Morgan Stanley?

—Ah, claro. Mucha gente está preocupada de que el mercado esté demasiado alto y, ahora que las tasas de interés están tan elevadas, hay muchos que quieren mantener su dinero en efectivo.

—Después de años de no recibir nada, los ahorradores por fin están obteniendo algo.

—Sí y no. No olvide que, si los bancos le pagan un cinco por ciento, la inflación es más alta que eso. En resumen, sigue perdiendo terreno.

—Era de esperarse. —Tomé un menú— Me gusta el tazón de Granos Ancestrales.

—Eso es lo que siempre pido.

Hicimos nuestros pedidos y le dije:

—Dígame cuál es el lado bueno de vender una acción en corto.

—No le conviene jugar en ese terreno, Beck.

—No es algo que esté pensando hacer. Hay un caso que estoy considerando tomar y necesito entender todos los ángulos. Así que, ¿cuál es el lado bueno?

—La venta en corto desempeña un papel importante en la eficiencia de los mercados. Facilita los mercados secundarios, mejora la determinación de precios e influye en el gobierno corporativo.

—¿Determinación de precios?

—El precio de una acción. Lo hemos visto una y otra vez, como con la fiebre por la energía verde y los vehículos eléctricos en particular. La gente invierte en masa en ellos, pero, fuera de Tesla, nadie está cerca de ganar dinero. Esas empresas cotizan con valoraciones poco realistas, quemando efectivo, y los vendedores en corto pueden influir para hacerlas volver a la realidad.

—¿Señalando que nunca ganarán el tipo de dinero necesario para respaldar el precio de la acción?

—De forma indirecta, sí.

—Y lo del gobierno corporativo. Explíqueme eso.

—Bueno, cuando el precio de las acciones de una empresa es alto, puede enmascarar la situación subyacente. La directiva no siente presión para hacer nada que solucione los problemas del negocio. Cuando los vendedores en corto atacan, la directiva se ve forzada a actuar.

El mesero nos sirvió los tazones. Frank dijo:

—Si me hubiera dicho hace veinte años que estaría comiendo esto, le habría respondido que estaba loco.

Tomé un tenedor lleno de quinoa.

—Lo mismo digo. Pero está bueno.

Mientras Frank empezaba a comer, pregunté:

—¿Así que los vendedores en corto tienen una función?

—Sí. Tienen muy mala prensa, pero los buenos cumplen un propósito. Hacen análisis profundos de las empresas y esa investigación es invaluable.

—¿Quiénes son los buenos?

—John Paulson ganó veinte mil millones cuando vio lo que era en realidad el mercado hipotecario en 2008. Jim Chanos también es bueno, junto con Ackman y Livermore.

—¿Y dónde encaja Melvin Weiss?

Su gesto de fastidio fue revelador.

—Le ha ido bien, pero lo que hizo con South Florida Aeronautics no olía bien.

—Oí que estaba mintiendo.

—La empresa tenía sus problemas, pero leí el informe de investigación que publicó Morgan Stanley. No soy analista, pero su situación financiera no era tan mala.

—¿Puede enviármelo?

———

Inicié sesión en mi VPN y busqué en el sitio web de *Gulf Shore Life* fotos de la escena benéfica de Naples. Toby se acurrucó junto a mi silla. El vendedor en corto Weiss y su esposa aparecían en fotos de cuatro de los eventos del mes pasado.

El estómago de Toby hizo un ruido raro.

—¿Estás bien, amigo?

Se enroscó formando un círculo más apretado. Hacía un mes que no me mantenía despierto toda la noche. No había hecho sus necesidades en nuestro paseo habitual de las seis. Lo sacaría de nuevo antes de irme a la cama.

Dividiendo la pantalla de mi monitor, abrí el sitio web de Youth Haven y comparé a las damas de su junta directiva con las de las fotos de *Gulf Shore Life*. Había tres coincidencias. Copié las imágenes y anoté los nombres.

Al investigar más a fondo a la esposa de Weiss, descubrí que tanto él como ella estaban en las juntas directivas del Guadalupe Center y del Baker Senior Center. Los Baker, cuyo nombre estaba por todo Naples, lideraban el círculo filantrópico de la ciudad.

Navegué hasta el sitio web del Guadalupe Center. Su página de inicio anunciaba un evento de gala llamado Una Noche en Marruecos. El evento anual era la principal recaudación de fondos para la organización benéfica. No fue sorprendente ver los nombres de Cynthia y Melvin Weiss listados como copresidentes.

Weiss parecía bastante agradable, pero era seguro que su esposa era quien lideraba sus donaciones. Se rumoreaba que la fortuna del vendedor en corto se acercaba a los seiscientos millones de dólares. Acumular más dinero estaba por debajo de ascender en la escala social y del reconocimiento personal.

A punto de hacer otra búsqueda, el estómago de Toby crujió. Me aparté del escritorio.

—Vamos, amigo. Vamos a dar un paseo.

Le puse la correa y salimos.

Un sedán oscuro avanzaba lentamente por la calle. Era el único auto. Toby me jaló hacia un buzón. Hizo sus necesidades, las recogí en una bolsa, esperando que eso calmara su estómago, y regresamos.

Las luces traseras del auto desaparecieron al doblar la esquina. Al acercarme a la entrada de mi casa, un crujido en los arbustos entre mi casa y la de al lado captó mi atención. Me detuve a estudiar la zona, que estaba en completa oscuridad.

Toby empezó a ladrar. Di un paso hacia el callejón verde y una figura vestida de negro salió disparada. Salí tras él con Toby. Llevaba algo.

¿Era un arma?

Me detuve y el hombre corrió a la izquierda, entró en el campo de golf y se perdió en la oscuridad. ¿Quién era y qué hacía aquí? Después de avisar a la patrulla de seguridad, volví a entrar a la casa.

Mientras Toby masticaba su premio dental Greenies, activé la alarma de la casa y me aseguré de que las puertas estuvieran cerradas con llave. Llamé al guardia de la garita: nadie había entrado ni salido en las últimas dos horas por ninguna de las dos entradas.

Era sorprendente. Si un profesional quisiera entrar en una comunidad cerrada, el teatro de la seguridad no lo disuadiría. La pregunta era si yo era el objetivo y, de ser así, quién me había puesto en la mira.

17

MARIO ENTRÓ COMO SI NADA EN LA ZONA DEL BAR AL AIRE LIBRE de Rusty's. Encajaba a la perfección, con sus shorts tipo cargo y un collar de cuentas. Me hizo una seña con el pulgar hacia arriba y se dirigió a la mesa alta donde yo estaba encaramado.

Se deslizó en una silla. —Hola.

Chocamos los puños y percibí el olor agrio de la marihuana. ¿Sería que fumar hierba era la razón por la que siempre estaba tan relajado? Parecía haberse sacudido nuestra experiencia en la familia de acogida.

La única vez que había visto a Mario enojarse fue cuando localizamos al padre de acogida que nos golpeaba con regularidad. Cuando la oportunidad de empujar a ese bastardo borracho al turbulento océano Atlántico se fue al caño, se transformó en un monstruo furioso que no reconocí.

Olfateé. —¿Acabas de fumarte un porro?

—Sí, ¿por qué?

—No te pases con esa porquería.

Sonrió, señalando mi vaso de vodka. —No te pases con el Tito's, papi.

Fruncí el ceño. —Al menos yo sé lo que hay en una botella.

No tienes ni idea de lo que le ponen a lo que compras. Algunos dealers le están metiendo fentanilo a todo.

—Siempre te estás preocupando. Tienes que relajarte, amigo.

Más fácil decirlo que hacerlo.

Se acercó un mesero con cola de caballo. —¿Qué les puedo traer?

Mario respondió: —Una botella de Heineken.

—¿Algo de comer?

Dije: —¿Quieres que compartamos una bandeja de mini hamburguesas BLT?

—Sí, son buenas.

El mesero prometió añadir otra mini hamburguesa a las tres que traía el plato y se fue.

Bajando la voz, pregunté: —¿Qué averiguaste del doctor?

Mario levantó un dedo. El mesero apareció, dejó la botella de cerveza de Mario en la mesa y se fue.

—No tiene carácter —Mario tomó un trago y continuó—. Khan parece un tipo bastante agradable, pero se deja llevar por la corriente.

—Eso es porque es nuevo y no es de Estados Unidos.

—Es más profundo que eso.

Removí el vodka con el popote en lugar de decir algo sobre tener que sacarle la información a la fuerza. —¿En qué sentido?

—Aquí tienen, muchachos. Que lo disfruten. El mesero dejó nuestras BLT y un rollo de toallas de papel.

Mario tomó una mini hamburguesa y le dio un mordisco. —Viejo, esto está bueno. El único problema es que son demasiado pequeñas —se rió.

—¿Y qué hay de Khan?

—¿Adivina quién lo patrocinó en la solicitud de la visa?

—¿El hospital?

—Nop. Se metió el resto de la mini hamburguesa en la boca.

Conté hasta diez mientras se limpiaba la boca. —¿Quién metió a Khan en el país?

—Simone Jackson.

—¿Me estás jodiendo?

Tomó otra mini hamburguesa. —Nop. Khan me dijo que un amigo de su padre trabaja en Physician Regional, y que ellos ya no se meten con todo el asunto de la visa y la *green card* porque les estaba costando demasiado en abogados de inmigración. Bueno, este tipo es amigo de Jackson. Le habló a Simone sobre Khan y le dijo que el hospital lo contrataría si lograba entrar al país. Jackson procedió y lo patrocinó.

—Y ahora Khan le debe una.

—Sin duda.

—¿Qué tipo de experiencia tiene en el cuidado de bebés?

—Ninguna que pudiera encontrar. Khan es un médico general, de consulta general. Lleva allí solo un par de años.

—Mierda. Probablemente acababa de empezar cuando trajeron al niño Duber. No había forma de que fuera a oponerse a lo que Jackson quería.

—Probablemente no.

—¿Dijo algo sobre ella?

—Khan dijo que Jackson siempre lo está supervisando; no confía en él. Ah, sí, escucha esto: dijo que ella no le aprobó sus vacaciones para ir a ver a sus padres a la India. A pesar de que tenía tres semanas acumuladas, le hizo hacer el viaje en solo una semana. Quiso ir a Recursos Humanos pero tenía miedo de que ella tomara represalias.

—Es una locura ir tan lejos por una semana. O sea, el vuelo dura veinte horas. Básicamente quemas dos días viajando de ida y vuelta.

—Esta mujer suena como una abusona, y nosotros conocemos bien a los de su tipo, ¿no?

Una imagen del último padre de acogida que Mario y yo tuvimos inundó mi cabeza. —Todo se trata de la inseguridad.

Ese imbécil de Bryant nos maltrataba para sentirse bien consigo mismo.

—Deberíamos haberlo liquidado cuando tuvimos la oportunidad.

—Ya no importa, ahora está muerto.

—¡Pues a mí sí me importa, carajo! —se levantó de la silla—. ¿Terminamos? Me tengo que ir. Le van a poner llantas nuevas a la carroza.

—Claro. Yo pago la cuenta. Hablamos luego.

La ira me sorprendió. Mario no era tan relajado como quería hacer creer, ¿o había algo que le molestaba? Dejé un billete de cincuenta en la mesa, le hice un gesto al barman y corrí tras Mario.

Estaba saliendo en reversa de un espacio cerca del Pet Oasis Animal Hospital. Golpeé el costado del auto y pisó el freno.

—¿Qué pasa?

El auto estaba caliente. —Olvidé mencionarte que la otra noche estaba paseando a Toby. Era más tarde de lo habitual, y de regreso vi a un hombre escondido a un lado de mi casa.

—¿Quién era?

—No lo sé. ¿Has notado algo raro? ¿Algo sospechoso?

—No. Nada.

—Está bien. Mantente alerta.

—Probablemente no era nada.

—¿Escondido detrás de mis arbustos a las diez de la noche?

—Pudo haber sido un ladrón. No significa que te estuviera buscando a ti.

—Puede ser. Pero de todos modos, mantente alerta.

Mario sonrió. —No te preocupes, preocupón.

———

ME METÍ con dificultad en un lugar para estacionar en Cape Hickory Court. La calle sin salida estaba bordeada por los autos de los playeros. En diagonal, al otro lado del congestionado bulevar Hickory, se encontraba la mansión en la que ya había estado. Un par de *valets* se estaba instalando en la entrada de la casa de los Weiss.

Con la ventanilla baja, me asomé, hice zoom con la cámara y saqué varias fotos de la pareja que se bajaba de un Bentley azul. La mujer, con un vestido blanco que se ceñía a sus curvas, se me hacía conocida.

Antes de que llegaran a la escalera, un Aston Martin plateado se detuvo. Una mujer más joven, que vestía jeans blancos y un top rojo, le entregó sus llaves al *valet*. Ella y su acompañante, una señora delgada de cabello canoso y con la postura de un infante de marina, esperaron a que un Mercedes se detuviera detrás de ellas.

Tomé una docena de fotos, principalmente de las señoras mayores, mientras se formaba una fila de autos para llegar al evento de caridad. Faltaba apenas un minuto para la hora de inicio del evento. ¿Acaso estaban respetando la inclinación de Weiss por la puntualidad?

Después de tomar fotos de media docena de asistentes más, me fui, satisfecho de tener municiones por si Weiss no había jugado limpio.

18

CUANDO LOS VÍTORES DE UNA MESA DE DADOS SE APAGARON, UN joven se sentó junto a Simone Jackson en una mesa de póquer. El crupier repartió dos cartas cubiertas a cada jugador de la mesa. Todos miraron sus cartas y el primer jugador lanzó una ficha verde al centro.

El segundo jugador subió la apuesta, lanzando dos fichas. El siguiente jugador se retiró, empujando sus cartas hacia el crupier.

Simone Jackson estaba sentada en la última posición. Mientras el joven a su lado igualaba la apuesta, ella volvió a echar un vistazo a sus cartas. Siguiendo al hombre, también empujó un par de fichas al pozo.

El crupier colocó cinco cartas comunitarias boca abajo. Escaneó rápidamente a los jugadores y volteó las cartas del flop. La primera carta era un rey de diamantes, la segunda un ocho de tréboles y la tercera una jota de diamantes.

Jackson deslizó sus cartas hacia el centro. El jugador más joven hizo lo mismo. Se inclinó hacia Jackson. —Tenía una mano horrible.

Jackson bufó. —La mía no era mejor. El flop no me dio nada.

—Hay casi veinte mil combinaciones diferentes de flop.

—¿En serio?

Mientras los jugadores restantes hacían sus apuestas, el joven dijo: —Diecinueve mil seiscientas, para ser exactas.

—Ese número hace que ganar suene imposible.

—Las matemáticas son las mejores amigas de un jugador de cartas. Todo se trata de mejorar tus probabilidades.

—Yo llevo la cuenta de las figuras y los ases, ya sabes, además de mis instintos sobre si alguien está bluffeando. Soy bastante buena en eso; todos tienen un gesto que los delata.

—La mayoría sí, pero los profesionales lo variamos a propósito.

—¿Eres profesional?

—Sí. Llevo más de ocho años en esto. Empecé en mi último año de universidad.

—Vaya. Por cierto, soy Simone.

—Mucho gusto —extendió el puño—. Soy Carl.

Jackson dudó antes de chocar su puño. Bajó la voz. —¿Te ganas la vida con esto?

Él asintió. —Y una muy buena vida —se ajustó el puño de la manga—. Lo único malo es que los casinos ponen el aire acondicionado a todo dar —sonrió mientras el ganador de la mano recogía sus fichas.

—Nunca te había visto por aquí.

—Acabo de regresar a la Costa Oeste. Fui a la Florida State University y me quedé después de graduarme, pero crecí en Bonita y quería volver; mis padres todavía viven allí.

El crupier sacó las cartas del dispensador y repartió dos a cada jugador. Jackson tomó sus cartas cubiertas y las miró. Tocó su pila de fichas.

Un jugador lanzó una ficha verde y el resto de la mesa igualó la apuesta de veinticinco dólares.

El crupier reveló el flop: un seis de tréboles, un ocho de diamantes y un nueve de tréboles. La apuesta le llegó a Carl, que tomó tres fichas. —Setenta y cinco.

Jackson volvió a mirar sus cartas e igualó la apuesta junto con los otros jugadores.

El crupier reveló la carta del turn, un siete de diamantes.

Le tocaba apostar al primer jugador, que golpeó la mesa de fieltro. El jugador a su izquierda arrojó cincuenta dólares en fichas al pozo. El primer jugador se retiró junto con Jackson y otro participante. Carl subió la apuesta a cien. El jugador que quedaba miró a Carl y lanzó otras dos fichas verdes al pozo.

El crupier volteó la carta del river, un rey de diamantes. El otro jugador gimió. Él y Carl mostraron sus cartas cubiertas. El color de Carl le ganó a la escalera y recogió las fichas.

Jackson observó a Carl apilar sus fichas. Tenía seis columnas. Carl las deslizó hacia el crupier. —Color.

El crupier redujo las pilas a otras más pequeñas, cada una con valor de cien, y las cambió por doce fichas negras de cien dólares cada una. Carl se metió la mano en el bolsillo y le lanzó una ficha verde al crupier.

—Gracias.

Carl se levantó y se guardó las fichas negras. Le dijo a Jackson: —Buena suerte.

—Gracias. Espero verte de nuevo.

—Volveré pasado mañana.

—¿A jugar Texas Hold'em?

Él sonrió. —¿Acaso hay otro juego? Y se marchó.

Jackson tomó las cartas cubiertas que el crupier acababa de repartir. —Vaya, qué bien juega ese tipo.

La apuesta era de veinticinco dólares. Miró sus cartas de nuevo: un cinco de tréboles y un nueve de picas. Miró las cartas del flop, recordó que Carl a menudo se retiraba temprano, y deslizó sus cartas hacia el centro.

Jackson tenía que conservar su dinero. Necesitaba encontrar una forma más inteligente de jugar si quería saldar sus deudas. Había videos en YouTube que promocionaban sistemas, y había comprado una pila de libros sobre póquer a lo largo de los años.

Observó cómo se revelaba el flop: dos reinas y un as. Retirarse a tiempo fue la decisión correcta. Si elegía la estrategia adecuada y se apegaba a ella, tendría más posibilidades de irse con ganancias.

Mientras se volteaba la carta del river, una mujer se sentó en la silla que Carl había desocupado. Siguió una rápida ronda de apuestas. El hombre a la izquierda de Jackson ganó con un doble par: ases y reinas.

Se repartió otra ronda de cartas cubiertas. Jackson echó un vistazo a sus cartas mientras el crupier colocaba las cartas comunitarias.

El corazón de Jackson se aceleró. Tenía un par de ochos. Cuando le llegó el turno de apostar, no subió, pero la mujer a su lado aumentó la apuesta a cincuenta dólares. Cuando la apuesta volvió a Jackson, la subió a setenta y cinco.

Todos se retiraron menos la nueva jugadora, que subió la apuesta a cien. Jackson igualó la nueva oferta, quedándose con solo tres fichas.

El crupier volteó las cartas del flop: una jota de picas, un dos de corazones y un ocho de tréboles. La mujer a su lado apostó cien. Jackson dijo: —Crédito. El crupier miró por encima del hombro. El jefe de sala asintió, levantando cinco dedos.

El crupier contó quinientos dólares en fichas y las puso frente a Jackson, con un pagaré para que firmara. Ella garabateó su nombre y puso todas sus fichas en el pozo. —Voy con todo.

La mujer no dudó, contando cuatrocientos setenta y cinco dólares en fichas. Jackson contuvo la respiración mientras el crupier revelaba la carta del turn, un siete de diamantes. Miró a ambas jugadoras antes de revelar la carta del river, un dos de corazones.

La mujer dio un grito ahogado. Jackson miró las cartas de ella. Su par de jotas le había ganado al trío de ochos de Jackson. El jefe de sala se acercó y señaló la puerta. —Señora Jackson, acompáñeme, por favor.

Jackson mostró sus cartas de mano. —Trío de ochos.

La mujer sonrió y mostró un par de jotas. —Trío de jotas.

Jackson exhaló. —Ya fue suficiente por esta noche —se puso de pie y miró al crupier—. Le debo; se lo compenso la próxima vez.

Se dirigió al estacionamiento, prometiéndose que empezaría a leer *Harrington on Hold'em*. Había empezado a leer el libro de póquer más vendido de la historia hacía tres años, pero las matemáticas que contenía la convencieron de que aprendía de forma visual. Se perdió en un laberinto de videos, viendo decenas de estrategias en YouTube.

Jackson entró al estacionamiento. Mientras buscaba las llaves, vio el pagaré. Los quinientos que había pedido prestados elevaban su deuda con el casino a cuatro mil quinientos dólares.

Hacía solo tres meses que había saldado sus cuentas con ellos. La segunda hipoteca que sacó pagó los ochenta mil que les debía a dos casinos y los cincuenta mil que había tomado prestados de su fondo de retiro 401K.

Si no lograba darle un giro a la situación, se vería obligada a vender su casa cuando se jubilara. Sería volver a los barrios plagados de crimen y a los apartamentos de porquería en los que había vivido de niña. Echó los hombros hacia atrás, prometiéndose que haría lo que fuera necesario para evitarlo.

Dos hombres salieron del casino, riendo y chocando los cinco. Cuando bajaron de la acera, Jackson los reconoció;

habían estado en la otra mesa de póquer. ¿Cuánto habrían ganado?

Era la segunda vez que los veía celebrar este mes. ¿Qué estrategias estaban usando? Jackson salió del estacionamiento y se juró que leería ese libro de póquer durante una hora antes de acostarse.

19

Simone Jackson esperó a que un autobús terminara de subir a sus pasajeros. Una vez que el flujo de adultos mayores cesó, se metió en un lugar del estacionamiento.

Jackson buscó en su bolso y sacó una hoja de papel. Le había costado leer el libro de póquer, pero le había echado un vistazo y tomado notas.

Miró lo que había escrito sobre qué hacer cuando subes la apuesta y otro jugador vuelve a subir:

- *Cuando resuben tu apuesta, piensa en cuántos jugadores quedan. Cuanto mayor sea el número de jugadores, más fuerte es la amenaza.*
- *¿Cuáles son las probabilidades del pozo? Si el pozo es de mil dólares y el costo para seguir es de solo cien, eso es diez a uno, una situación muy favorable si tienes una mano sólida.*
- *¿Cuántos jugadores faltan por decidir si igualan la resubida o no? Más jugadores equivalen a más riesgo.*
- *¿Es temprano en la partida? ¿Tienes suficientes fichas para soportar la pérdida y seguir jugando?*

Sonrió y salió de su auto. Era un buen comienzo. No lo era todo, pero esperaba que esa noche fuera suficiente para ganar.

La puerta se abrió y una ráfaga de aire helado la recibió. Recorrió con la mirada el mostrador de la caja. Acercándose a una mujer que no conocía, Jackson cambió ochocientos dólares, casi todo su sueldo, por fichas.

Se las metió en los jeans y se dirigió a las mesas de póquer.

Una voz masculina dijo: —Oye, ¿cómo estás?

Jackson se dio la vuelta. Era Carl. —Ah, hola.

—¿Vas a jugar esta noche?

—Sí, ¿y tú?

—Todavía no. No he cenado. Voy a comer algo, ¿quieres venir?

—Ya comí.

—Ven a tomar algo o un café. Podemos hablar de póquer.

—Claro.

Entraron al EE-TO-LEET-KE Grill. Jackson dijo: —¿Sabes lo que significa el nombre de este restaurante?

—No. Pero apuesto a que es indio.

—Es la palabra seminola para «campamento».

—Interesante —sonrió y señaló la alfombra—. Les debe gustar el color rojo.

—Ya sé —frunció el ceño—. Es casi cegador.

Se sentaron en una mesa y una mesera les entregó los menús. —¿Les ofrezco un cóctel para empezar?

Carl le echó un vistazo al menú y dijo: —Bistec New York, tres cuartos, con un té de hierbas.

Jackson dijo: —Solo un café para mí.

La mesera se fue y Jackson dijo: —Qué rápido. ¿Ya habías venido antes?

—No. El menú tenía tres tipos de bistecs. Lo más probable es que sea su mejor platillo.

—Probablemente tengas razón.

—No quiero meterme, pero no te recomendaría tomar café

normal cuando estás jugando. Te pone muy nerviosa y eso te lleva a cometer errores.

—Es un buen punto.

—¿A qué te dedicas?

—¿Tan obvio es que no soy una jugadora profesional como tú?

—No lo tomes a mal, pero sí.

—Soy la directora de los Servicios de Protección Infantil en el condado de Collier.

—Qué bien. Es una vocación importante.

—Lo es. ¿Qué te hizo darte cuenta de que no soy profesional?

—No te sientas incómoda, pero te estuve observando jugar el otro día, igual que hago con todos los jugadores. Antes de sentarme a jugar, quiero tener una idea de quién está en la mesa.

Jackson asintió. —Eres un buen jugador. Esa última mano, cuando tenías el color, la jugaste a la perfección. Sabías que lo tenías vencido.

—No, en realidad no lo sabía. Lo que sabía era que las probabilidades estaban a mi favor. Él tenía una escalera y yo tenía una probabilidad de cincuenta y cincuenta de conseguir un color.

—¿Cincuenta y cincuenta? ¿Cómo llegas a esa conclusión? Si hay cuatro palos, debería ser una probabilidad de una en cuatro.

—Ahí es donde entra en juego llevar la cuenta de las cartas que ya han salido.

La mesera trajo las bebidas. —Disculpe, pero quería pedir un café descafeinado.

—No hay problema, señora. Enseguida vuelvo.

Carl dijo: —¿Cuánto tiempo llevas jugando?

—Mucho tiempo.

—¿Con qué frecuencia sales de aquí ganando?

Jackson se encogió de hombros. —No con la suficiente.

—Puedes cambiar eso, pero tendrás que renovar por completo tu forma de jugar.

—Soy toda oídos.

—Bueno, tienes que empezar con tus tells.

—¿Mis tells? ¿Qué estoy haciendo?

—Cuando tienes una buena mano, tocas tu pila de fichas.

—¿En serio?

—Sí. Es una señal clarísima y sabotea tu oportunidad de construir un pozo grande para ganar. No tienes que ganar todas las manos, pero cuando ganes, tiene que ser lo más grande posible.

—Eso tiene sentido.

—Veo que no llevas esmalte de uñas.

—Nunca uso.

—Bien, solo llama la atención a tus manos y a lo que estás haciendo con ellas.

Ella asintió. —¿Algún otro tell?

La mesera dejó el bistec de Carl y el café descafeinado de Jackson.

Carl cortó un trozo de bistec y revisó el color. —Tan cerca de término medio como esperaría en un lugar como este —se metió el trozo en la boca y masticó—. La otra cosa obvia que haces ocurre cuando igualas una apuesta o subes con una mano débil.

Sus ojos se abrieron como platos. —¿Qué hago?

—Deslizas tus fichas con fuerza.

—Caray, ¿se nota tanto?

—Si sabes qué buscar.

—¿Ves a otros jugadores haciendo las mismas cosas?

—Solo los mejores jugadores pueden ocultar sus emociones.

Jackson asintió. —Voy a trabajar en ello. Tal vez solo toque las fichas al moverlas.

—O juega con ellas todo el tiempo. Sé consistente, para que no se revele un patrón.

—¿Cómo aprendiste a jugar tan bien?

—Me tomó años y años.

—Pero si apenas andas por los veintitantos.

—Veintiocho. Pero dediqué tiempo a aprender las probabilidades de las manos y de las situaciones ganadoras y perdedoras.

—¿Cuánto tiempo?

Carl dejó los cubiertos y rebuscó en su bolsillo trasero. Puso una baraja de cartas sobre la mesa.

—¿Andas con una baraja encima?

—Al menos una. —Sacó las cartas del estuche y las cortó con una mano.

—Haces que parezca fácil.

—Lo es, después de dedicarle tiempo. —Abanicó la baraja con una mano, la volvió a juntar y, con la otra, en un movimiento elástico, extendió las cartas y las reunió de nuevo.

—Deberías hacer trucos con cartas.

—Puedo hacerlos, pero a menos que consigas un programa de televisión o algo así, el dinero está en jugar.

—Ah, ¿crees que podrías enseñarme? Puedo pagarte y no seré una molestia ni nada por el estilo.

—Llevaría tiempo, mucho tiempo. La mayoría de la gente no tiene la perseverancia. Pueden tener buenas intenciones, pero no aguantan lo suficiente para cosechar los frutos.

—Yo sí. Soy persistente como el demonio.

—Entonces, ¿por qué no lo hiciste ya?

—Voy a hacerlo ahora.

—¿Por qué? ¿Qué cambió?

Jackson se inclinó. —Porque estoy harta de perder. Tuve que sacar una segunda hipoteca para pagarle a este lugar y estoy en un puto hoyo. Uno bien profundo.

Carl masticó un trozo de bistec y la miró fijamente. Tragó y dejó el tenedor. —A eso le llamo yo un factor de motivación.

—¿Me enseñarás?

—Va a tomar tiempo, quizás entre un año y dieciocho meses, tal vez más, para que algo de esto se arraigue en tu juego.

—Está bien. Estoy de acuerdo con eso.

—Te costará el veinte por ciento de tus ganancias. Será sobre una base neta, considerando los días que pierdas. Me pagas todos los viernes, sin excusas ni retrasos.

—Es justo.

—Y no me pidas que te preste dinero. Es algo que nunca hago.

—Te prometo que no lo haré.

Carl sonrió. —Muy bien, entonces, manos a la obra.

20

Carl pagó la cuenta y se levantó. Jackson se quedó mirando los cincuenta que dejó para el mesero y luego lo siguió hacia el casino. Entre el sonido de las máquinas pitando y sonando, Carl dijo:

—Jugar a las tragamonedas es como comprar un boleto de lotería. Sé que hay gente que se pasa el día en eso, pero tiene pésimos índices de RTP.

—¿RTP? ¿Qué es eso?

—Son las siglas de *Return to Player*, retorno para el jugador. La mayoría de las tragamonedas operan entre el ochenta y el noventa por ciento. Por cada cien que le metes a la máquina, te devuelve solo de ochenta a noventa dólares.

—¿Qué juego tiene el mejor retorno?

—El blackjack, el bacará y los dados andan todos por el noventa y nueve por ciento, dependiendo de la estrategia.

—¿Y el Texas Hold'em? ¿Cuál es su RTP?

—El póker es diferente: juegas contra otros jugadores, no contra la casa. La casa se lleva una comisión de cada pozo, pero no es la gran cosa. Si juegas con inteligencia, puedes ganar.

Carl se detuvo a medio cuerpo de auto de una mesa de póker.

—Ahora, vamos a observar esta mesa. Quiero que estudies lo que hace cada jugador y lo relaciones con la mano que tiene y con lo que apuesta.

—Está bien. Mantendré los ojos en su lenguaje corporal.

—Exacto. Voy a observar la jugada durante quince o veinte minutos antes de decidir si me siento o no. No quiero que juegues, solo mantén los ojos abiertos. Y los oídos también; algunos jugadores usan la boca para intimidar y distraer.

—Lo haré.

—Observar te enseña cómo juegan los jugadores, y siempre hay similitudes en las cosas que hacemos los humanos. También te enseña a tener paciencia, lo cual no tiene precio. No estés tan ansioso por sentarte a jugar. Es fundamental que entiendas quién está en el juego al que te metes y cómo se están jugando las cartas.

—¿Cómo recuerdas todas las cartas? ¿Y qué hay de las que están ocultas? Esas no las ves.

—Vamos por lo simple en este momento. Podemos acercarnos más a conocer las probabilidades exactas si rastreamos qué cartas se han jugado. Por ahora, vamos a trabajar con los *outs*. ¿Sabes qué son los *outs* en el póker?

—Probablemente debería, pero...

—No pasa nada. Los *outs* son las cartas que pueden mejorar tu mano. Digamos que tienes dos tréboles en tu mano y en el *flop* hay dos tréboles. Necesitas uno más para un color. Como sabemos que hay trece tréboles en una baraja, eso deja otras nueve cartas de trébol, llamadas *outs*.

—Claro, eso lo sé.

—Bien. Ese es el primer paso para calcular la probabilidad de ganar, llamada *equity*, en el póker —Carl señaló un punto en la pared lejos de la actividad—. Hablemos allá.

Se apoyó contra la pared.

Dan Petrosini

—Ahora, hay muchas matemáticas detrás del cálculo de las probabilidades. Intenta seguirme, lo mantendré simple. En el ejemplo del que hablamos antes, tienes dos tréboles y hay dos en las cartas comunitarias. Hay cincuenta y dos cartas en una baraja, y solo podemos ver cinco de ellas: tus dos cartas de mano y las tres del *flop*. Eso nos deja con cuarenta y siete cartas desconocidas.

Jackson asintió.

—Como tenemos nueve oportunidades, u *outs*, para conseguir nuestro color, el cálculo es nueve entre cuarenta y siete. Redondeemos a diez de cincuenta, que es un veinte por ciento.

—Correcto. Diez es un quinto de cincuenta. Así que, veinte por ciento. Lo entiendo.

—Exacto, y no son buenas probabilidades.

—Cierto.

—Pero todavía quedan dos cartas por salir: el *turn* y el *river*. Digamos que el *turn* no es un trébol, así que tenemos nueve oportunidades de las cuarenta y seis cartas que quedan, lo que es aproximadamente un diecinueve y medio por ciento. Es un poco más bajo que en el *flop*. La clave es sumar los dos, así que, a grandes rasgos, equivale a más de un cuarenta por ciento de posibilidades de ganar antes de que se revele la carta del *turn*.

—Mmm.

—Veo que se te ponen los ojos vidriosos.

Jackson resopló y Carl dijo:

—Sé que es difícil, y es especialmente complicado de calcular bajo la presión del juego. Así que vamos a trabajar con la regla del dos y el cuatro para simplificar las cosas.

—Simplificar me parece bien.

—Siguiendo con el mismo ejemplo, tienes dos tréboles y hay dos en el *flop*, lo que deja nueve en la baraja. Multiplicamos el nueve por cuatro, lo que te da un treinta y seis por ciento en el *flop*, y por dos —nueve por dos— en el *turn*, dándote un dieciocho por ciento. Puedes ver que eso equivale a un cincuenta y cuatro por ciento, más alto pero dentro de los márgenes de lo que calculamos antes con todas las matemáticas.

—Me gusta el atajo.

—Está lejos de ser perfecto y es solo un punto de partida.

—Lo sé, pero eso del dos y el cuatro es un buen truco para ayudarte a ganar.

—Es un error pensar que es un truco. Se trata de usar las matemáticas para entender las probabilidades, mejorando tus posibilidades de ganar.

—Lo entiendo, pero me emociona poder saber las probabilidades.

—Es un primer paso. Se puede vivir muy bien de la diferencia entre el cuarenta y el cincuenta y cuatro por ciento.

—Estoy seguro de que sí.

—Además, no olvides que el ejemplo que te di era solo con dos jugadores. Digamos que estás tú y otros cinco jugadores. Las probabilidades son muy diferentes porque tienes que tener en cuenta las cartas que tienen los otros jugadores, así como su forma de jugar, incluidos los faroles.

—¿Cómo...?

—Ahora no. Quédate con la regla del dos y el cuatro y tenla en mente.

—Lo haré.

—Vamos.

Se pararon detrás de una mesa, observando al *dealer* repartir las cartas a los jugadores. Después de seis manos, Carl susurró:

—¿Notas algo?

Jackson frunció el ceño.

—En realidad, no. O sea, la señora de la derecha no para de tocarse los anteojos, pero no le veo un patrón.

—Sigue observando, podría ser un *tell*.

—¿Tú ves algo?

Carl ladeó la cabeza.

—Vamos a echar un vistazo a la mesa de dados.

Jackson lo siguió.

—Pensé que no jugabas a los dados.

—No lo hago —bajó la voz—. ¿Viste algo con los dos tipos sentados en los extremos?

—No. ¿Qué? ¿Me perdí de algo?

—Están jugando juntos.

—¿En serio?

—Sí. Se estaban haciendo señas sobre las cartas de mano que tenían.

—¿Estás bromeando?

—Cuando hay dinero de por medio, no se bromea.

—No tenía idea. Ni siquiera estaba buscando algo así.

—Cuando te sientas en una mesa, estás en un mundo nuevo; todo y todos están en juego.

—¿Los viste hacer algo? ¿Qué? Dime para saber en qué fijarme.

—El primer tipo juntaba las yemas de los dedos y las golpeteaba entre sí. Luego, entrelazaba las manos y volvía a juntar las yemas y a golpetearlas, contando el valor de sus cartas ocultas.

—¡Mierda! Qué locura, pero es una buena idea, ¿no?

—A los tramposos siempre los atrapan. Además, tener un cómplice aumenta el riesgo de que te atrapen.

—Vamos a ver. Quiero ver si puedo detectar lo que hacen ahora que me lo dijiste.

21

MIENTRAS MÁS AL ESTE MANEJÁBAMOS, MÁS RELAJADO ME SENTÍA. Un viaje rápido a la Costa Este para recopilar información sobre Weiss también me dio la oportunidad de pasar tiempo con Laura y mantener un perfil bajo.

—Parece que está lloviendo por allá —dijo Laura, señalando al este.

—Y aquí está soleado. Los Everglades son tan enormes que tienen su propio clima.

—¿Alguna vez viste un caimán en esta carretera?

—No, pero supongo que no la llamarían la Autopista de los Caimanes si no los hubiera. Hoy en día, el cercado los mantiene fuera de la carretera.

—Pensé que era para proteger a las panteras de ser atropelladas.

—Probablemente sirva para ambos. Sabes que tienen un gran problema con las pitones por aquí.

—¿Serpientes?

—Sí, son enormes.

—Qué asco.

—Las pitones no son nativas de la zona, pero algunas personas las tenían como mascotas.

—¿Mascotas? Qué asqueroso.

—Crecen tanto y necesitan comer tanto que las soltaron en los Everglades, y la población explotó. Ahora el equilibrio está descontrolado y la mayor parte de la fauna nativa, como conejos y zorros, ha sido aniquilada.

—Oh, no. ¿No pueden hacer algo al respecto?

—De hecho, el estado le paga a la gente por hora y por pie de longitud para que las atrapen.

—¿La gente hace eso? ¿Salir a atraparlas? Es muy peligroso, digo, es un pantano gigante.

—Leí que ya han atrapado unas veinte mil.

—Dios mío. ¿Hay tantas?

—Sip. Sacrifican a las que atrapan. Vi la señal del área de descanso. ¿Necesitas parar para ir al baño?

—No. Estoy bien. ¿Cuánto falta para que lleguemos a Miami?

—Una hora.

Mientras íbamos hacia el sur por la Interestatal 95, el horizonte de Miami apareció a la vista. —Se está construyendo un montón.

—Hace un par de años que no venía. Se ve diferente. Hay muchos edificios geniales.

—Y mucho tráfico.

Giré en Brickell Avenue. Laura dijo: —Esto es lindo, con todos los árboles.

—Te dejaré en un hotel junto al agua. Puedes usar el baño y caminar por el paseo marítimo.

—¿Cuánto tiempo vas a tardar?

—Una hora, como máximo. Voy a estar justo allí, en el Mandarin Oriental. Señalé un pequeño puente que llevaba a una isla llamada Brickell Key.

—Es un lugar genial para vivir. Apuesto a que es bonito y tranquilo, y estás a unos pasos de todo.

—Supongo que sí. Nos vemos luego.

La anfitriona me guió a una mesa en la sombra. Conner Pell se puso de pie, abotonándose su saco sport color canela. Solo faltaba el corbatín. —Señor Beck. Extendió una mano con manchas hepáticas.

—Un placer conocerlo, señor Pell.

—Igualmente. Por favor, llámeme Conner. Siéntese, siéntese.

—Este es un lugar hermoso.

—Lo es. Buenas vistas, y siempre sopla una brisa suave.

—Le agradezco que me reciba.

—Un amigo de Ray siempre es bienvenido. Su padre y yo trabajamos en el parqué de la Bolsa hace mucho tiempo. Crecimos juntos.

—¿La Bolsa de Nueva York?

—Sí. En aquellos días el parqué era agitado, por decirlo amablemente. No había computadoras; todo se hacía a mano, y las relaciones importaban.

—He visto fotos del parqué: gente gritando y agitando papeles.

—Así se ponía en contacto a compradores y vendedores. No era el mercado más eficiente, pero el comercio de alta velocidad tampoco es la panacea. Nos vendría bien un poco más del elemento humano. Échele un vistazo al menú. Yo me lo sé de memoria.

Le di un vistazo. —Solo una ensalada para mí.

Una mesera sonriente se acercó. —¿Estamos listos, caballeros?

—Sí. Lo de siempre para mí, Leslie.

—Por supuesto. ¿Y para usted, señor?

—La Ensalada del Granjero.

—Excelente.

La música de un yate se hizo más fuerte a medida que el barco se acercaba. Pell dijo: —Hay un elemento diferente en la ciudad. Me temo que el Miami al que me retiré se ha perdido para siempre.

—Lo único constante es el cambio. Hay un dicho que me gusta; puede que sea de Marco Aurelio: «El destino de todo es cambiar, transformarse, perecer. Para que así puedan nacer cosas nuevas».

—No se han dicho palabras más ciertas —sonrió—. La cuestión es que me estoy acercando a la parte del «perecer».

—Se ve fantástico.

—Me siento bien y me mantengo en movimiento y ocupado. Es la única defensa contra el envejecimiento que parece funcionar.

La mesera dejó una tostada de aguacate con huevo poché para Pell y mi ensalada.

Estaba en forma. Calculé que tenía ochenta y cinco años. —Quizás es el aguacate.

Se rió entre dientes y se metió la servilleta en el cuello de la camisa. —Ray me puso al tanto de todo, y espero poder serle de alguna utilidad. ¿En qué está interesado específicamente?

—De nuevo, le agradezco esta oportunidad, y no quisiera ponerlo en una posición incómoda con cualquier información confidencial que pueda conocer.

Se metió un trozo de tostada en la boca con el tenedor y asintió.

—Durante el tiempo que usted sirvió en la Comisión de Bolsa y Valores, se hicieron acusaciones sobre Melvin Weiss. ¿Recuerda eso?

—Vívidamente. El señor Weiss estaba en pleno ascenso. Había tenido un par de éxitos menores, pero eso fue antes de la venta en corto que lo consagró. Justo después de que me invitaron a unirme a la SEC, la comisión recibió una llamada que denunciaba una irregularidad que resultó en una fuerte actividad de ventas en corto en Star Enterprises, una entidad de dispositivos médicos especializada en prótesis articulares.

—¿Cuáles fueron las acusaciones?

—El precio de las acciones de Star había subido gracias a sus prótesis de cadera de titanio. Fue un avance que prolongaría la vida útil de las prótesis.

—Ya no se usa titanio, ¿verdad?

—Afortunadamente, no he necesitado ninguna prótesis, pero creo que es una combinación de cerámica y un plástico especial, llamado polietileno. Empujó su almuerzo a medio comer unos centímetros hacia el centro de la mesa.

—Quizás no comer mucho era parte del secreto para mantenerse lúcido. —Disculpe la interrupción.

—Para nada. Manténgase curioso y nunca se aburrirá. Se quitó la servilleta del cuello. Empezaron a circular rumores de que el titanio estaba causando altas tasas de infección. Las acciones cayeron rápidamente y las ventas en corto se acumularon. Star se defendió, pero la novedad del material conllevaba cierto escepticismo. Un vendedor en corto que llevaba décadas en el negocio se puso en contacto con nuestra oficina afirmando que el señor Weiss lo había contactado para que se uniera a él en el ataque contra Star. Cuando le pidió pruebas, el señor Weiss dijo que era demasiado pronto para que aparecieran los datos de las infecciones.

—Entonces, ¿cómo lo sabía?

—Puede que empezara como una corazonada, pero al final fue un invento. Star entregó montones de datos que demostraban que el uso de titanio no tenía ningún efecto. De hecho, los datos mostraban que las tasas de infección disminuían ligeramente.

—¿Weiss mintió?

—Soy reacio a calificarlo como tal. Pudo haber creído que sucedería, ya que las ranuras microscópicas proporcionan un lugar donde posiblemente las bacterias crezcan, pero la realidad es que no había datos que respaldaran el ataque a Star.

—¿Qué hizo la SEC?

—Nada —negó con la cabeza—. Estábamos sin presidente y teníamos otra vacante en la junta pendiente de confirmación por el Senado. La junta estaba desbordada en ese momento. Quise seguir con el caso, pero como miembro nuevo, mi voz fue, digamos, silenciada por el presidente interino.

—¿Qué cree que se debería haber hecho?

—En mi opinión, teníamos pruebas suficientes para prohibir al señor Weiss operar en el mercado de valores de por vida.

22

Mi amigo, el abogado Larson, estaba sentado en una mesa al aire libre en Pinchers, en Tin City. Sin apartar la vista del agua, le dije:

—¿Has visto algún delfín?

—Todavía no, pero la semana pasada un par de manatíes estuvieron justo al lado del muelle. Se quedaron ahí todo el tiempo que estuve almorzando.

Tomé una silla marrón de lona.

—No había venido por acá desde antes del huracán Ian.

—Les pegó con todo.

—Vi las fotos de Kelly's Fish House. El agua estaba como a dos metros de altura.

—La forma en que la comunidad se recuperó es una lección sobre la resiliencia de la gente del suroeste de Florida.

—Sí, fue increíble. Solo que no sé cuántas inundaciones podría aguantar antes de mudarme.

Se acercó la mesera. Larson pidió una ensalada de la casa con mahi-mahi y yo pedí un pastel de cangrejo.

Larson dijo:

—¿Qué te pareció Ruta?

—Si la mitad de lo que dijo es verdad, con gente como Kravitz en Washington, el país está en más problemas de lo que pensaba.

—Ya no es un servicio público; lo han convertido en una carrera. Y una muy lucrativa, por cierto. ¿Sabes que pueden operar en la bolsa? Se supone que no deben usar información privilegiada, pero si te crees eso, como dicen por ahí, tengo un puente que venderte.

—Es deprimente. ¿Qué sabes de Kravitz?

—Más de lo que quisiera saber.

—¿En serio?

—Quería que hablaras con Ruta, que te formaras tu propia opinión antes de decirte lo que sé.

La información y mi tiempo eran lo que me movía, pero lo dejé pasar porque respetaba a Larson.

—¿Qué pasa con él?

La mirada de Larson se desvió hacia la mesera que traía nuestro almuerzo. Después de que nos sirvieron la comida, Larson tomó su aderezo y lo roció sobre la ensalada.

—Kravitz viene de una familia con un historial de prácticas corruptas. Su padre era el presidente del Sindicato de Trabajadores del Acero en Nueva York. Malversó seiscientos mil dólares, de los que se supo, y se salió con la suya. Tardaron tres años en obligarlo a renunciar, y ahora pasa la mitad del año en Destin y la otra mitad en su casa frente a la bahía en Long Beach Island. Y el muy cínico tiene un condominio en Aruba.

El pastel de cangrejo estaba bueno.

—¿No lo arrestaron?

Larson pinchó un trozo de mahi-mahi.

—Hicieron un trato que huele peor que el basurero de Staten Island. El sindicato lo defendió… ¿Al hombre que les estaba robando? ¿Qué dice eso de cuán profunda es la corrupción en algunos de estos sindicatos?

Dije:

—De tal palo, tal astilla. No entiendo por qué la investigación del Congreso no llegó a ninguna parte.

—Es como pedirle a tu madre que te ponga en evidencia en público. Protegen a los suyos. Todas las instituciones del mundo cierran filas cuando uno de los suyos está en problemas.

—Entiendo, pero ¿ni siquiera una censura? ¿Un tirón de orejas? ¿Cómo se salieron con la suya sin hacer nada?

—Usando la estrategia de toda la vida de tildar a un informante de filtrador de información confidencial. Es especialmente efectivo cuando lo envuelven en... —Larson hizo comillas con los dedos— los intereses de la seguridad nacional.

—¿Convirtieron a Ruta en la villana?

—Exacto, convirtiendo en basura las protecciones supuestamente ofrecidas a los informantes.

—¿Cómo hicieron eso?

—Kravitz tiene un puesto en el Comité de Relaciones Exteriores. Afirmó que Ruta había revelado información confidencial sobre la vigilancia rusa cuando mis fuentes me dicen que fue Kravitz o su jefe de gabinete.

—Pero ¿cómo pudieron ignorar el hecho de que Kravitz estaba usando ilegalmente fondos de campaña?

—En primer lugar, todos lo hacen, no al grado que lo hizo Kravitz, pero a los políticos siempre los pescan con las manos en la masa. Pero en este caso, tan pronto como invocaron la seguridad nacional, la prensa quedó fuera. Kravitz empezó a difamar a Ruta y la historia se centró en la filtración antes de desaparecer.

Me tragué el último bocado de mi almuerzo y tiré la servilleta sobre el plato.

—¿Viene de una familia con dinero?

—Depende de cuánto robó su padre.

—Su casa en Aqualane Shores vale alrededor de ocho millones. Los impuestos son veinte mil al mes.

—Y tiene un apartamento en el corazón de DC. Tiene que valer un par de millones, como mínimo.

—Todo con un sueldo de ciento setenta y cuatro mil dólares. ¿Su esposa trabaja?

Larson sonrió.

—Si consideras que ir de compras es un trabajo.

—Voy a investigar a fondo a Kravitz y me vendría bien tu ayuda.

———

Laura y yo estábamos en el sofá viendo una serie de Netflix. La trama era decente, pero leer los subtítulos y la pésima actuación del reparto turco hacían que fuera difícil de ver.

Dije:

—Están sobreactuando a más no poder.

—No es para tanto. Tomó su teléfono de la mesita de centro.

—Creí que habíamos acordado que nada de mirar los teléfonos.

—Solo quiero ver de cuándo es. Ya sabes, ¿así se ve Estambul hoy?

—¿Quién sabe cuándo la filmaron? Los servicios de *streaming* están desenterrando cualquier cosa que encuentran.

Ella tecleó en el teléfono.

—Es de hace cinco años. Pensé que era más vieja. Estambul tiene un aire antiguo, ¿no?

—Supongo que sí.

—¿Por qué dejó al bebé con ese tipo?

—No tiene ningún sentido.

Mi teléfono sonó al recibir un correo electrónico. Me puse de pie. —Tengo que ir al baño. Toby se levantó y trotó detrás de mí.

Después de tener que recordárselo, mi amigo de Morgan

Stanley por fin me había enviado el informe de investigación sobre South Florida Aeronautics, la firma que Weiss vendió en corto. Entré de puntillas al estudio e inicié sesión en mi laptop usando la VPN.

El informe tenía diez páginas. Lo leería sin que Laura se enterara. Morningstar y Morgan Stanley tenían calificaciones de «mantener» para la acción. No recomendaban comprar, pero creían que el potencial alcista era mayor que las probabilidades a la baja.

Mi mirada se dirigió a la sección de riesgos: La gobernanza corporativa es una incógnita. Si bien el director ejecutivo Whitmore ha hecho un trabajo admirable, persisten las dudas sobre el conjunto de habilidades necesarias para competir en la implacable industria espacial. La preocupación se ejemplifica con su fallida incursión en los viajes en jets supersónicos.

Whitmore defendió la inversión, disipando las preocupaciones expresadas por la comunidad de inversores en una junta anual hace cinco años con una presentación llamativa. Las proyecciones resultaron ser demasiado optimistas y nunca tomaron en cuenta un oneroso entorno regulatorio gubernamental.

La salida del sector condujo a bajas en libros que, en retrospectiva, deberían haberse asumido en una sola y desagradable acción.

Whitmore es un gerente sólido con fuertes habilidades de motivación. Sin embargo, puede que la junta directiva quiera considerar una mano experimentada para su incursión en el sector espacial—

Llamaron a la puerta. Levanté la vista. Era Laura. —¿Dijiste que ibas al baño?

—Sí, fui y recibí un mensaje del trabajo y...

—Hace cinco minutos me estabas sermoneando sobre no usar mi teléfono, y aquí estás.

—Pero...

—No eres mejor que los niños de diez años a los que les doy clase. —Sacudió la cabeza y se fue.

Me levanté. —Oye, espera un momento.

23

UNA SUAVE BRISA SOPLABA DESDE EL GOLFO. ME QUITÉ LAS chancletas, pisé la arena y caminé hasta Cabana Dan's.

—Oye, ¿cómo va todo?

—Ajetreado, amigo.

—¿Larson está en su lugar de siempre?

—Sí, amigo. Justo al norte de la línea del Ritz.

Esquivando grupos de fanáticos del sol que cargaban sillas, caminé junto a la línea de arbustos. Al acercarme a la instalación de deportes acuáticos, me giré hacia el Golfo y vi a Larson.

Mi abogado y confidente se estaba rociando protector solar.

—Lindo día, ¿no?

—Claro que sí —dijo, y me extendió la botella de protector—. Ponte un poco.

—Me quedaré en la sombra.

—La radiación rebota en la arena. Póntelo.

Me agaché para pasar bajo su tinglado. —Estoy bien, gracias.

—Llegué a las nueve y el lugar ya estaba a reventar.

Un frisbee se estrelló contra mi silla. Lo lancé de vuelta mientras Larson se reclinaba en una tumbona.

—¿Pudiste sortear la burocracia?

Larson sonrió. —Como si fuera el alcalde de un pueblo.

—Genial. ¿Qué conseguiste?

Levantó una esquina de su manta naranja y reveló un sobre manila. —Aquí tienes.

Abrí la solapa y saqué un par de documentos. —La Declaración Financiera Congresual de Kravitz. Excelente.

—De nada.

—Gracias por la tarea.

DESPUÉS DE QUE la cápsula en la máquina Nespresso terminó de gotear, tomé mi café y me senté en el sillón reclinable. Toby yacía junto a mi silla mientras yo le daba un sorbo al café. Me agaché, le acaricié la cabeza y comencé a leer.

La Ley de Ética en el Gobierno requería que los miembros, funcionarios y otros presentaran declaraciones financieras anuales. El problema era que, como la mayoría de las reglas gubernamentales, había mucho margen de maniobra para «el equipo de casa», empezando por los plazos flexibles.

La declaración de Kravitz tenía casi dos años de antigüedad, a pesar de ser un requisito anual. Eso coincidía con lo que había leído: más del sesenta por ciento de los congresistas se retrasaban en informar sus ingresos y activos.

También estaba el problema de que el informe no era una evaluación precisa de la riqueza de Kravitz, porque la falta de veracidad y las omisiones en lo que se informaba rara vez se castigaban. Era la forma de hacer las cosas en Washington: escribir leyes que no se aplicaban a quienes las escribían.

La casa de Kravitz en Naples estaba valorada, en la declaración, en dos millones de dólares. Una búsqueda rápida en Zillow situaba el precio más cerca de los seis millones. Su propiedad en Washington estaba cerca de los dos millones.

¿Ocho millones en bienes raíces con un salario de ciento setenta y cuatro mil dólares? La siguiente sección de la declaración era un resumen de los valores de sus cuentas de inversión. El valor combinado de valores y efectivo se estimaba en quinientos mil.

La sección final, etiquetada como Otros Activos, enumeraba un fideicomiso del cual Kravitz era el único beneficiario. El fideicomiso, denominado Fideicomiso Familiar Ellie, declaraba tener un valor de seiscientos mil dólares en bienes inmuebles.

En total, el patrimonio neto de Kravitz apenas superaba los nueve millones. Una gran suma de dinero para el hijo de una familia de clase trabajadora. No se había casado con alguien de dinero; su esposa también provenía de orígenes humildes.

Abriendo el sitio web del Tasador de Impuestos del Condado de Collier, busqué a nombre de Kravitz. La única propiedad que apareció fue su casa. Escribí Fideicomiso Familiar Ellie y apareció una lista de seis propiedades.

Al revisar cada una de las propiedades, vi que todas habían sido adquiridas por el fideicomiso en los últimos ocho años. El valor combinado de las propiedades a nombre del fideicomiso era de ocho millones.

A menos que Kravitz, hijo único, fuera el Warren Buffett del Congreso, su dinero era sucio. Lo que le hizo a Ruta fue despreciable, pero fuera lo que fuera que estuviera haciendo para acumular esa riqueza, era una afrenta para cada estadounidense.

24

Le llené el tazón a Toby con agua y le di un premio.

—Nos vemos luego, amigo.

Me siguió por el pasillo y se dio la vuelta cuando activé la alarma de la casa. Al salir de mi entrada para auto, vi a un hombre agacharse para entrar en un sedán azul. Estaba estacionado en la calle, a cuatro casas de la mía. Me tomé mi tiempo para salir en reversa.

Giré a la izquierda en Crayton Road y volví a girar a la izquierda. El auto se mantuvo detrás de mí. Me orillé y el sedán me rebasó. El conductor era un hombre que desvió la mirada al pasar.

Después de esperar un minuto, continué mi camino hacia Bonita Beach. Giré en Hickory Boulevard y manejé junto al Golfo de México por una milla antes de reducir la velocidad.

La casa de Weiss seguía siendo impresionante. Mientras estacionaba en la entrada de adoquines, estudié la mansión.

La atención al detalle era increíble… y costosa. Era un despilfarro de dinero, pero al menos a los artesanos que la construyeron les pagaron bien por los dos años que debió de tomar terminarla. Observando las cintas de cobre entrelazadas e intercaladas en una sección de madera oscura sobre los garajes, fui hacia la puerta.

Mientras me preguntaba cuáles serían los costos de mantenimiento, toqué el timbre. La misma mujer de uniforme abrió la puerta.

—El señor y la señora Weiss están en la biblioteca.

Me quedé mirando el Golfo de México; era hipnótico.

—Señor, es por aquí.

La seguí hasta un ascensor y le dije:

—Podríamos tomar las escaleras.

Me lanzó una mirada como si le hubiera pedido que caminara sobre brasas. El ascensor se abrió, revelando un balcón con unas vistas espectaculares. Abrió de par en par unas puertas dobles que daban a una habitación oscura y rectangular. Mis ojos tardaron un par de segundos en apreciar los estantes de Lucite, iluminados desde atrás, que recubrían la habitación.

El rey y la reina del castillo estaban sentados en esquinas opuestas de la habitación.

—Señora, señor, el señor Beck.

Weiss, el vendedor en corto, me hizo una seña para que me acercara.

—Gracias, Rosa.

—¿Necesita algo, señor?

—No. Eso es todo.

Mientras Rosa salía, cerrando las puertas tras de sí, Weiss dijo:

—Cynthia, este es el joven del que te hablé.

La esbelta señora Weiss esbozó una sonrisa ensayada y se acercó.

—Es un placer conocerlo.

Según su registro del Departamento de Vehículos Motorizados, era diez años menor que su marido, pero podría pasar por una de sus hijas. Mantenerla probablemente era tan caro como mantener la casa.

—Un gusto conocerla, señora Weiss.

—Por favor, llámeme Cynthia.

—Sentémonos aquí. ¿Tiene hambre, Beck?

Weiss se cernía sobre una mesa llena de bandejas de sándwiches, fruta y verduras. Tras un suave golpe en la puerta, otra mujer de uniforme entró de espaldas en la habitación con una bandeja de pasteles. Era algo salido de *Downton Abbey*.

—Comí antes.

—Sírvase algo.

—Probaré un poco de fruta.

—Bien. Cynthia, ¿quieres algo?

—No. Y no comas demasiado; tenemos una reservación temprano en Butcher.

No era de extrañar que fueran miembros de uno de los clubes gastronómicos privados que estaban surgiendo en Naples.

—Cierto, tomaré uno de estos. Weiss tomó la mitad de un panecillo relleno de carne y lechuga.

Ensarté un trozo de melón y me lo comí mientras Weiss devoraba su sándwich.

—El señor Weiss mencionó su pasión por la equitación.

Su rostro se iluminó.

—Monto desde los diez años. Competí en un montón de torneos ecuestres.

—Ganó bastantes de ellos. La mayoría en doma clásica, pero también ganó una prueba de salto.

—Vaya. Eso es impresionante.

—Ya no compito, pero mi amor por la equitación, y por los caballos en general, nunca morirá.

—A un amigo mío también le apasiona. Tiene una montura especial hecha por Hermès.

Sus ojos se abrieron como platos.

—La línea a medida de Hermès es magnífica. Su amigo debe tener un buen contacto, ya que creo que solo aceptan un par de pedidos al año.

—Tiene muy buenos contactos.

Melvin Weiss se levantó y señaló una esquina de la habitación.

—Sentémonos allí.

Nos acomodamos en unos sillones club dispuestos alrededor de una mesa de bambú. Weiss dijo:

—Nos complace que vaya a escribir sobre nuestras actividades filantrópicas. Quizá motive a otras almas afortunadas a dar un paso al frente.

Cynthia dijo:

—Melvin, la comunidad filantrópica es infinitamente más activa aquí que en la ciudad.

Abrí mi libreta y dije:

—Eso es interesante. Díganme, ¿qué motiva sus donaciones caritativas?

Ella dijo:

—Hemos sido bendecidos por estar en la posición en la que estamos. Consideramos que es nuestro deber dejar el mundo en un lugar mejor.

Me volví hacia Weiss.

—¿Hay algo que le gustaría añadir?

—Bueno, estoy de acuerdo con Cynthia —mostró su dentadura de porcelana—, excepto en lo de que la suerte nos llevó a la cima de la proverbial montaña.

Cynthia cruzó las piernas, pero no dijo nada.

—Además de las contribuciones monetarias, usted participa activamente en varias juntas. ¿Le gustaría decir algo sobre esas funciones?

Weiss dijo:

—El dinero es importante; sin él, no habría juntas en las que participar.

Cynthia lo fulminó con la mirada y dijo:

—Sí, el dinero es poderoso, pero sin la supervisión y la visión adecuadas, no sería ni la mitad de efectivo. Sé que es un viejo adagio, pero soy una firme creyente de «dale un pescado a alguien y no tendrá hambre por un día, pero enséñale a pescar y podrá alimentarse para siempre».

—Muy cierto.

—Cynthia tiene razón. No hay suficiente riqueza para todos y, aunque la hubiera, cuando le das algo a alguien, no lo valora. Tiene que ser ganado, creado, para ser apreciado.

—Melvin tiene razón, hasta cierto punto, pero ¿qué pasa con los que no pueden valerse por sí mismos? Los niños que nacen en circunstancias extremas, solo por dar un ejemplo.

—¿Es por eso que le interesó Youth Haven?

—Exacto. Aunque Melvin y yo crecimos en hogares de clase baja, tuvimos padres que hicieron lo mejor que pudieron, que nos pusieron límites, se aseguraron de que hiciéramos la tarea y colaboráramos con los quehaceres de la casa. Eso en sí mismo es un regalo más valioso que cualquier suma de dinero. Nos dio un conjunto de valores por los cuales regirnos.

—Uno bastante decadente, por cierto. —Como alguien que perdió a su madre y a su padre a una edad temprana, no podría estar más de acuerdo.

Cynthia hizo una mueca de dolor. —Lamento su pérdida prematura.

—Gracias. Desde que usted se involucró con Youth Haven, la organización amplió su misión y está atendiendo a más niños necesitados. El progreso es increíble. ¿A qué se lo atribuye?

—Como mencionamos antes, el financiamiento es importante, pero a pesar de las sumas considerables que nosotros y otros donamos, creo que se logró un mayor impacto al ayudar a dirigir y guiar a los administradores en el día a día.

—¿Está usted gestionando activamente el lugar?

—No. Nada que ver con la gestión del día a día. Pero las personas que operan las instalaciones y sus programas son bienintencionadas y buscan lo mejor para los niños, si bien sus especialidades están principalmente en el lado del servicio social. Nosotros aportamos la visión empresarial para aumentar la eficiencia necesaria para ayudar a la mayor cantidad posible de niños de una manera excepcional.

—Me han dicho que usted participó en la renovación de sus esfuerzos de recaudación de fondos.

—Adoptamos un enfoque integral, analizando las operaciones, los gastos de capital, el reclutamiento y la recaudación de fondos. Todo debe examinarse con el objetivo de mejorar.

—Me encantaría entender mejor cómo recaudar dinero. Acabo de empezar como voluntario en el Guadalupe Center y les vendría bien ayuda con los eventos de recaudación de fondos que organizan.

—Bien por usted. Es una buena organización que hace un trabajo maravilloso.

—¿Algún consejo que pueda compartir?

—Melvin y yo estamos presidiendo Uncorked. Es un evento temático de vinos en Mediterra. Es un evento más pequeño, así que, si asiste, deberíamos tener tiempo para discutir nuestro enfoque en tiempo real.

—Eso sería genial. ¿Cómo consigo entradas?

—Será nuestro invitado.

—Qué amable de su parte.

—Es un placer.

—Oh, ¿habría algún problema si viene conmigo una de las mujeres con las que estoy trabajando?

—Ningún problema.

Terminé con el vendedor en corto y su esposa, y me fui. En el camino de regreso, llamé a un contacto llamado Ginger. Ella aceptó acompañarme y colgué, satisfecho de que mi plan estuviera tomando forma.

25

DESPUÉS DE DEJARLE MI AUTO AL VALET, GINGER Y YO ENTRAMOS a la casa club de Mediterra para el evento de beneficencia de Weiss. El vestido rojo de Ginger, con la espalda descubierta, atrajo todas las miradas mientras nos acercábamos a la mesa de registro. Nos dieron paletas para la subasta y un catálogo.

—Vamos a tomar una copa de vino antes de buscar a Weiss —dije.

Nos abrimos paso entre tres mesas de bufet repletas de comida y nos detuvimos en una de las cinco estaciones donde servían vinos prémium.

Mientras nos servían unas copas de cabernet sauvignon de Round Pond Estate, recorrí el salón con la mirada. Había un par de asistentes mayores, pero la mayoría de la gente era de mi edad. Un grupo de mujeres estaba reunido junto a los artículos de la subasta silenciosa.

Tomé mi copa e hice un brindis con Ginger. —Por la salud y la felicidad.

Una voz a mis espaldas dijo: —¿Lo quieres todo, verdad?

Me di la vuelta. Melvin Weiss llevaba puesto un saco deportivo azul rey y pantalones de lino blancos.

—Señor Weiss.

Sin quitarle la vista de encima a Ginger, dijo: —Melvin. Llámame Melvin.

—Melvin, ella es Ginger. Ginger, él es Melvin Weiss, nuestro anfitrión de hoy.

Le tomó la mano. —Gracias por venir.

—Qué amable de tu parte hacer esto.

—Es un placer.

—Me gusta tu saco; combina perfectamente con tus pantalones.

Sonrió radiante, como un niño de diez años que hubiera ganado la feria de ciencias. —¿Hay algo que Melvin pueda conseguirte?

Ella bajó la voz. —Sé que este es un evento de vinos, pero ¿habría manera de conseguir un vodka en las rocas?

—Por supuesto. ¿Alguna vez has probado el vodka Chopin?

—¿Cómo el compositor?

Weiss sonrió. —Se escribe igual, pero es un vodka de papa superprémium. Te va a gustar.

—Espero que no me guste demasiado, porque suena caro.

—No te preocupes, querida, Melvin puede conseguirte lo que desees.

Su voz subió una octava. —Qué amable eres.

Weiss le puso la mano en la parte baja de la espalda. —Ven con Melvin, te conseguiremos esa bebida.

Mientras los dos se perdían entre la multitud, un mesero se me acercó. —¿Le sirvo otra copa, señor?

—Estoy bien, gracias. ¿Sabe dónde está Cynthia Weiss?

Señaló: —Está afuera, en el patio, hablando con esa presentadora de noticias de WINK.

Reconocí a la presentadora del noticiero de las cinco cuando entró. Con el cabello recogido, Cynthia llevaba un traje sastre color hueso. Capté su mirada y sonrió. —Llegaste.

Me dio un par de besos al aire, al estilo europeo.

—Gracias de nuevo por invitarme.

—Cuando quieras. Recuerdo cuando empecé a involucrarme en la recaudación de fondos. No fue fácil y terminé simplemente firmando cheques por lo que se necesitaba. Pero me di cuenta de que si el trabajo que hacen organizaciones como Youth Haven ha de continuar después de que nos hayamos ido, sería necesario ampliar la base de apoyo.

—Estoy de acuerdo contigo. Concientiza sobre la misión.

Miró por encima de mi hombro. —Exacto. ¿Has visto a Melvin?

—Sí, se detuvo a saludar, pero alguien se lo llevó.

—¿Quién?

—Oh, no lo sé, no se presentaron.

—¿Una mujer?

—Eh, estoy casi seguro de que era una pareja.

Su rostro se relajó.

Dije: —Antes de que se me olvide, hablé con mi amigo Jake, el del contacto en Hermes. Le hablé de ti y, ¿adivina qué? Dijo que un *atelier* de Francia vendría a Naples.

—¿De verdad?

—Eso fue lo que dijo. Me avisará cuándo, y yo te agendaré una cita.

—Eso sería fabuloso. Gracias.

—Me alegro de poder devolverte el favor que me estás haciendo aquí.

Mostró una sonrisa de neón y dijo: —Vamos adentro. Implementamos una nueva idea y me gustaría ver cómo van las subastas silenciosas de esos artículos.

Una mesa, digna de la sala de juntas de una empresa Fortune 500, estaba cargada de canastas, letreros y portapapeles para las pujas. Deslizó el dedo por una lista de ofertas. Pregunté: —¿Qué han hecho diferente?

—Estamos probando tres tácticas distintas, aunque no en los mismos artículos —señaló con un dedo de manicura impecable un texto en rojo—. Estamos pidiendo que las pujas se hagan en incrementos de cien dólares. Intentamos evitar que alguien gane ofertando un dólar más que la puja anterior.

—¿Cuánto esperan recaudar con eso?

—Tenemos sesenta y tres artículos en la subasta silenciosa y esperamos generar cuatro mil más.

—Eso está bien.

—También agregamos tres botellas de vino a los artículos que son tarjetas de regalo para un restaurante. La idea era asegurarnos de que el ganador se llevara algo a casa. Probablemente añadirá cien o doscientos a sus pujas, pero es algo que hace sentir bien.

—Me gusta eso. Mencionaste tres cosas nuevas.

—Estamos experimentando con artículos que proporcionan un valor mensual a un donante y al negocio que hace el regalo. En lugar de un certificado de regalo de mil dólares para un restaurante, los dividimos en tres o cuatro tarjetas de regalo. Le recuerda al ganador el evento e impulsa múltiples visitas al restaurante. Incluso lo estamos probando con un salón de manicura y un dentista.

—Suena como una buena idea.

—Ya veremos. Algo que sí te puedo decir es que hay que probar, probar y probar.

Levanté mi paleta. —¿Esta es para la subasta en vivo?

—Sí. Cuando empezamos a dárselas a todos los asistentes, la participación en la sala se disparó.

—La gente se siente obligada a pujar.

—Sí, y puede que suene burdo, pero vinieron a un evento de beneficencia y, bueno, estamos aquí para recaudar dinero.

Alcé mi copa. —Brindo por una buena recaudación esta noche.

Sonriendo, chocó su copa tipo flauta contra mi copa de vino. Su sonrisa se desmoronó. Seguí su mirada. Riéndose, Mel y Ginger se dirigían hacia afuera.

—Debo hablar con un miembro de la junta. Nos vemos luego.

—Claro. Buena suerte y gracias de nuevo por invitarme.

Se dirigió directamente hacia su esposo. Mel se despidió rápidamente de Ginger, quien se contoneó hacia una mesa llena de comida.

Recorrí el salón y reconocí a cinco de las mujeres que habían asistido al evento de la tarde que Weiss había organizado en su casa justo después de mi primera visita. Sé muy poco de ropa de mujer, pero estaba seguro de que sus atuendos costaban varios miles de dólares cada uno.

Un subastador con un micrófono dijo: —Damas y caballeros, ¿me permiten su atención, por favor? El salón se silenció. —La parte emocionante de la noche está a solo quince minutos. Tomen una bebida o algo de comer y ocupen sus asientos. Si no han tenido la oportunidad de pujar por un artículo de la subasta silenciosa, no se preocupen, habrá tiempo después de la subasta en vivo para revisar las pujas de los maravillosos paquetes disponibles esta noche. Por favor, déjenme ver sus paletas.

Junto con el resto de los asistentes, agité mi paleta.

—Genial. ¡Asegúrense de levantarlas cuando empiece la subasta! Vamos a conseguirles a estos niños los fondos que necesitan para vivir una vida productiva. Nos vemos en quince.

Tomé una hoja que detallaba los artículos para la subasta. Mientras leía, Mel se acercó con sigilo.

—¿Dónde está Ginger?

—Tuvo que irse.

El sonido de su desilusión fue audible.

—¿Tan pronto?

—Es todo un personaje, ¿no?

Él sonrió.

—Mencionó que necesitaba asesoría sobre una inversión que estaba considerando. Estaba a punto de darle mi tarjeta cuando Cynthia se acercó. Es muy sensible cuando se trata de otras mujeres.

¿Sensible o experimentada?

—Usted es la persona indicada para pedirle consejo.

—Odiaría que cometiera un error, pero no tengo forma de contactarla...

—¿Le gustaría tener su número?

Reprimió la sonrisa que se formaba en su rostro y asintió.

—Eso me permitiría ayudarla. ¿Por qué no me lo envía por correo electrónico?

26

Carl guió a Simone Jackson por el piso del casino, deteniéndose brevemente en tres mesas de Texas Hold'em antes de volver a la primera.

—Esta parece una mesa interesante —dijo él.

—¿Por qué lo dices? —preguntó Jackson.

—Bueno, me gusta la mezcla: dos mujeres, ambas bastante atractivas, y tres hombres de más o menos la misma edad.

—¿Y eso qué tiene que ver?

—Cada persona es diferente, pero como especie, la mayoría de los humanos compartimos rasgos básicos: los machos intentarán impresionar a las hembras, y los hombres competirán entre sí por la supremacía.

—¿Jugarán de forma agresiva?

—Exacto. Las mujeres probablemente intentarán aprovecharse de estos pretendientes de mesa y les aplicarán un bluff a los hombres.

—¿En serio? ¿Pretendientes?

—Permíteme reformularlo. Los hombres con dinero son deseables para la mayoría de las mujeres.

Jackson resopló. —Eso es tan superficial.

—Sí, pero a lo largo de la historia de la humanidad, las mujeres se sintieron atraídas por los hombres con recursos. Antiguamente, eso significaba comida, refugio y protección. Hoy puede que no sea una atracción tan poderosa, pero sería un error creer que no existe.

—Por si no te diste cuenta, ya no estamos en la Edad de Piedra.

Carl sonrió. —Claro que no. Lo único que intento transmitir es que sigue siendo un factor.

—Haces que las mujeres parezcan superficiales, como si fueran un montón de tontas. ¿Qué son los hombres, perfectos o algo así?

—Los hombres pueden ser igual de tontos; el estatus y la estima son motivadores poderosos. Y en muchos casos, la búsqueda ciega de ser el rey de la colina conduce a un comportamiento irracional. No te lo tomes a pecho; intenta identificarlo y aprovéchalo.

Jackson permaneció con los labios apretados.

Carl dijo: —Eres trabajadora social; has estudiado el comportamiento. Hay ciertos rasgos presentes en la mayoría de nosotros. Los casinos tienen ventajas poderosas: tienen dinero ilimitado, tiempo y no tienen emociones. Por lo tanto, para ganarle a la casa, tienes que usar toda la información a tu disposición.

—No es lo mismo.

—No dije que lo fuera. Lo único que intento que entiendas es que la gente hace estupideces para conseguir lo que quiere. Y una vez que hay más de una persona involucrada, especialmente en un entorno competitivo, es probable que haya, digamos, muchas maniobras.

—Es cierto que los comportamientos cambian dependiendo de con quién esté alguien. Recuerdo los estudios de caso que analizamos sobre esto, particularmente con el consumo de drogas y el reclutamiento y la actividad de las pandillas.

—Ese es un punto excelente. La presión social puede ser un factor importante. ¿Por qué no observamos un rato y luego, si la mesa parece prometedora, juego yo?

—¿Todavía no quieres que yo juegue?

—Todavía no. Cuando te sientes a la mesa, me gustaría que estuvieras mejor preparada.

—Lo que tú digas, profe —dijo Jackson con una sonrisa.

Se acercaron más a la mesa. Jackson intentó seguir la mirada de Carl para ver qué estaba estudiando. Tras observar a las mujeres sin captar nada, se fijó en los hombres.

Jugaban de forma más agresiva, subiendo las apuestas más a menudo que las mujeres. Uno de los pozos más grandes estaba en juego y, tras una ronda de subidas, solo quedaban una dama de rojo y un hombre con una barba de candado como la de Brad Pitt.

Las cartas del flop y el turn eran un ocho de corazones, un ocho de tréboles, un rey de tréboles y un siete de diamantes. Jackson supuso que uno de los jugadores tenía dos tréboles.

El crupier volteó la carta del river, un dos de picas. La última carta comunitaria no pareció ayudar a ninguno de los dos jugadores. La mujer de rojo empujó tres fichas negras.

El hombre deslizó una pequeña pila de fichas, doblando la apuesta. —Seiscientos.

La mujer frunció los labios y lanzó tres fichas más. —Voy a ver.

Mostraron sus cartas de mano. La mujer tenía el color, pero el hombre completó un full con un rey y otro ocho. Se llevó el pozo, diciendo: —Lo siento.

La disculpa podía tomarse como una charla de cortesía. ¿Pero tenía razón Carl? ¿Había una dinámica en el juego? Quiso hablarlo con Carl, pero él dijo: —Me voy a sentar. Mantén los ojos abiertos.

—Buena suerte.

Carl se rió entre dientes. —Hay un elemento de suerte, pero eso no es lo que te hace ganador.

Se acomodó en la silla vacía. Carl fue el segundo jugador en recibir cartas de mano. Las espió. La primera ronda de apuestas comenzó con el jugador a su izquierda, quien apostó cincuenta. Era el turno de Carl. Deslizó sus cartas, esperando una mano mejor.

Jackson recordó el consejo que le había dado, de que los mejores jugadores se retiran en el setenta y cinco por ciento de sus manos antes del flop. Era algo que ella no había hecho y que, según Carl, equivalía a confiar en la suerte para mejorar una mala mano. Él insistió en que empezar fuerte no solo mejoraba las probabilidades de ganar, sino que conservaba el dinero.

Ella había sido demasiado impaciente y dudaba de sí misma cada vez que el flop le hubiera dado una buena mano. Jackson observó a Carl tirar sus cartas por cuarta vez consecutiva. No había gastado ni un centavo, y supuso que era hora de que le llegara una mano ganadora.

Carl rechazó una bebida mientras el crupier repartía las cartas de mano a los jugadores. Protegió sus cartas con la mano izquierda y, usando el pulgar derecho, las miró.

Igualó la apuesta y pasó a ganar un pozo que Jackson estimó en seiscientos. Carl se retiró del siguiente pozo después del flop, pero ganó las siguientes tres manos.

Jackson notó algo que hizo la dama de rojo. No veía la hora de contárselo a Carl, pero se imaginó que él también lo habría visto.

Durante la siguiente hora, Carl se retiró de la mayoría de las manos antes del flop. Ganó todas las manos que jugó hasta el final, excepto una, y se retiró de otras seis después del flop.

Mientras repartían las cartas, Jackson contó las pilas de fichas frente a Carl; había nueve pilas de fichas negras y dos verdes. Estaba teniendo una buena noche.

Carl igualó la apuesta preflop. El crupier volteó las cartas comunitarias: un par de ochos y un rey. El jugador a su izquierda, que llevaba una gorra de béisbol, apostó cien. El siguiente jugador subió a doscientos. Todos los demás jugadores se retiraron, menos uno. Carl puso dos fichas negras.

El crupier reveló la carta del turn: un nueve de diamantes.

El jugador de la gorra apostó trescientos. Carl deslizó sus fichas. El hombre a su derecha también igualó la apuesta.

El crupier hizo una pausa antes de poner la carta del river. El hombre a su derecha pasó. Carl hizo lo mismo y el señor Gorra dijo:

—Quinientos.

Carl metió una pila pequeña de fichas.

—Subo a ochocientos.

El otro jugador se retiró y el hombre de la gorra de béisbol hizo una mueca mientras añadía trescientos al pozo.

Carl mostró su mano y su oponente murmuró:

—Maldición.

Carl recogió el pozo y dijo:

—Color, por favor.

El crupier le cambió las fichas por unas de mayor denominación. Carl le lanzó una ficha negra al crupier, recogió sus ganancias y dijo:

—Buenas noches, señores.

Se dirigió al cajero y Jackson se le acercó.

—Jugaste muy bien.

—Gracias.

Jackson bajó la voz y se inclinó.

—La dama de rojo, vi lo que hizo...

—Ponía las manos en su regazo cuando iba de farol.

—Sabía que te darías cuenta.

—La gente cree que si actúa con despreocupación, no parecerá que va de farol.

—Recuerdo que en la universidad decían que la gente se pone nerviosa cuando engaña. Pero esto fue diferente.

—Exacto. Buen trabajo al notar el *tell*. Eso es exactamente lo que tienes que hacer.

—Gracias. Vaya, en esa última mano, de verdad que atrapaste a ese tipo de la gorra. ¿Cómo supiste que le habías ganado?

—En el flop había un rey, un ocho y un dos, todos de palos distintos. Supuse que tenía un trío, tal vez tres ochos, o posiblemente un par de ases como cartas de mano. Y yo tenía tres reyes. Cuando dobló la apuesta, supuse que tenía un trío.

—Pero igualaste su apuesta. ¿Por qué no le subiste?

—Quería que pensara que yo buscaba una escalera o un color y también quería hacer crecer el pozo manteniendo a uno de los otros jugadores dentro.

—Solo uno aguantó hasta el turn.

—Y agradecí su contribución —sonrió Carl.

—¿Vas a meterte en otra partida esta noche?

—No. Ya gané suficiente. Además, necesito dormir bien; mañana juego un torneo en Miami.

—Ojalá pudiera estar en uno de esos.

—Lo conseguirás. Si haces tu tarea, puede que estés lista para uno. Le estoy echando el ojo a uno que podría ser perfecto para ti. Te avisaré cuándo.

—Gracias. Y créeme, estoy esforzándome para mejorar.

—Estudia esas tablas de rangos de manos preflop y postflop. Si te las aprendes y usas la regla del dos y el cuatro, entonces podrás nadar con los jugadores más avanzados.

27

SONÓ UNO DE MIS TELÉFONOS DESCARTABLES. RECONOCÍ EL número.

—Hola, Ginger. ¿Cómo va todo?

—Hola, Beck. Quería avisarte de que voy a almorzar con Melvin Weiss.

—Suena bien. Asegúrate de no meterte en líos.

Ella se rió.

—Sé cuidarme sola.

—Claro que sí. Manténme al tanto.

—Lo haré.

Saqué mi celular normal e hice otra llamada.

—Cynthia, habla Beck.

—Hola, Beck. ¿Está todo bien?

—Sí. Le pido disculpas por avisarle con tan poca antelación, pero mi amigo Jake acaba de informarme de que el diseñador de Hermès está en la ciudad, aunque lamentablemente solo por hoy. Puedo conseguirle una cita para una silla de montar, si le gustaría.

—¿Hoy?

—Sí, François se va mañana por la mañana para Dallas.

—Ya veo. ¿Dónde sería?

—En el Ritz-Carlton de la playa.

Ella dudó y yo le dije:

—Sé que un hotel es incómodo, pero siéntase en libertad de traer a uno o dos amigos, hombres o mujeres.

—Monto a caballo a menudo con una amiga que vive en Port Royal, y ella siempre ha querido una silla de montar Hermès. ¿Cree usted que sea posible que tenga la oportunidad de comprar una?

—A Jake se le convence fácilmente y, francamente, me debe un par de favores. Me aseguraré de que se encargue de lo que usted y su amiga necesiten.

—Oh, gracias. La llamaré.

—Genial.

—Ah, ¿a qué hora tendríamos que estar allí?

—Les dije que estaríamos allí a las dos. ¿Le parece bien?

Dudó y luego dijo:

—Sí.

—Bien. Y si su amiga jinete no puede venir, traiga a alguien más si eso la hace sentir más cómoda.

—Gracias. Creo que lo haré.

—Genial, entonces la veré en el vestíbulo del hotel, digamos, a la una y cuarenta y cinco.

—Eso es perfecto. Gracias, Beck, esta es una grata sorpresa.

——————

EL RENOVADO vestíbulo del Ritz tenía un aire ostentoso, de la nueva Florida. Una mujer tocaba jazz en un piano, entreteniendo a los comensales que se demoraban con el almuerzo y a otros que se adelantaban a la hora feliz.

Corrían rumores sobre lo que habían gastado en construir una nueva torre y en modernizar todo el complejo, pero parecía que estaba funcionando.

Con el teléfono en la mano, mantuve la vista fija en la entrada. Cynthia y una mujer que había visto en el evento de Youth Haven entraron tranquilamente. Envié un mensaje de texto y me acerqué a ellas.

Estaban vestidas con faldas hasta la rodilla, Cynthia de blanco y su acompañante de rosa, con chaquetas cortas encima. Me encontré con ellas justo después del puesto del conserje.

—Hola, señoras.

Cynthia sonrió y dijo:

—Ella es Rebecca.

La frente de su amiga no se movió mientras sonreía.

—Encantada de conocerlo.

Le estreché la mano cargada de joyas.

—Igualmente. ¿Están listas para ir de compras?

Rebecca dijo:

—Nacimos listas.

—Fantástico. François está esperando arriba.

Cynthia dijo:

—¿No está en uno de los salones de banquetes más pequeños?

—No. Tomó una suite en la nueva torre.

Dio un pequeño paso hacia atrás. Dije:

—Confíe en mí, entiendo si, eh, se siente incómoda. — Señalé hacia la zona de conserjería—. Le pediremos a alguien que nos acompañe.

Miró a su amiga y dijo:

—No, eso es completamente innecesario.

—Genial. Vamos.

El ascensor sonó y se detuvo en el noveno piso. Seguí a Cynthia Weiss y a su amiga por un pasillo ancho y moderno.

—Por aquí, señoras.

Giré a la izquierda y me detuve frente a la tercera puerta. Las mujeres mantuvieron la distancia. Sonreí y toqué la puerta.

La puerta se abrió de golpe. Cynthia se quedó boquiabierta.

Vestido con una bata de baño de felpa blanca, Melvin Weiss hizo rebotar la mirada entre nosotros tres.

Desde adentro, la voz de Ginger llegó flotando hasta la puerta.

—Mel, ¿es el servicio a la habitación?

Cynthia dijo:

—¿Cómo pudiste? ¡Maldito cabrón! Ella y su amiga se marcharon a grandes zancadas.

Melvin salió al pasillo.

—Cynthia, espera. Esto no es lo que crees.

Entré en la suntuosa habitación con piso de madera. Ginger estaba en el balcón con vistas al Golfo de México.

—Gracias a Dios. Un minuto más y habría tenido que irme.

Miré una cubitera con una botella.

—¿Qué tal el champán?

Agarró su bolso y se dirigió a la puerta. Weiss dijo:

—¿Qué demonios está pasando?

Pasamos junto a él sin hacerle caso.

—¡Beck, exijo saberlo! ¿Me tendiste una trampa?

Mientras las puertas del ascensor se abrían, Weiss salió al pasillo, gritando:

—¡Te voy a arruinar, maldito cabrón!

28

Miré la hora y le quité el silencio al televisor. El tercer anuncio político consecutivo llegaba a su fin y volvieron las noticias.

Una meteoróloga estaba de pie frente a un mapa del suroeste de Florida.

Casi tan molesta como los anuncios era la interminable cobertura del clima. Era una repetición constante, que se preocupaba por una posible llovizna, con máximas de poco más de veinticinco grados.

Luego de dar las temperaturas actuales y futuras en una docena de lugares, la mujer del clima prometió un nuevo informe y le devolvió la palabra al presentador.

—Y ahora vamos en vivo con una noticia alarmante proveniente de Bonita Springs Beach. Cubriéndola para WINK está Amanda Brighthouse, que se encuentra en el lugar de los hechos. ¿Amanda?

El cielo detrás de la reportera rubia era de un rojo rosáceo.

—Gracias, Scott. Me encuentro frente a la mansión de Melvin Weiss a orillas del mar. El señor Weiss y su esposa, Cynthia, son figuras destacadas en la comunidad filantrópica del suroeste de Florida. Sin embargo, es probable que eso cambie, ya que el acaudalado financista ha sido acusado de filmar a mujeres en los baños de esta misma casa.

La pantalla se dividió en dos, con una toma de la reportera junto a cuatro imágenes de mujeres. —Como pueden ver en estas espeluznantes imágenes, las invitadas del señor Weiss fueron filmadas sin su consentimiento ni conocimiento. Hemos difuminado los rostros para proteger su privacidad, pero WINK News ha hablado con dos de las mujeres, quienes confirmaron que asistieron recientemente a un evento de caridad en la casa de los Weiss.

Las imágenes de las mujeres fueron reemplazadas por una de Weiss en esmoquin.

—Se desconoce durante cuánto tiempo se estuvieron realizando las grabaciones secretas o cuántas mujeres fueron captadas por la cámara oculta.

—Hoy temprano, la policía registró la casa de Weiss. Nuestras fuentes nos dicen que no encontraron ningún dispositivo de grabación. Se nos informó que la policía cree que al señor Weiss le avisaron con antelación sobre la redada. La Oficina del Sheriff del Condado de Collier emitió un comunicado informando que el señor Weiss sería interrogado mañana.

—Le pedimos al señor Weiss que comentara las acusaciones, pero su oficina nos remitió a su abogado, James Stockton. El señor Stockton negó que su cliente fuera responsable de las grabaciones. Afirmó que eran un intento de desacreditar al señor Weiss y reiteró que no se encontró ningún dispositivo durante el registro.

—Cuando presionamos al señor Stockton para que nos diera información sobre quién buscaba dañar la reputación de su cliente, Stockton dijo que el señor Weiss tenía muchos enemigos. Prosiguió diciendo que la actividad principal de la firma de Weiss, conocida como Chernobyl, era apostar en contra de las acciones de compañías que Weiss consideraba sobrevaloradas. El término para tales actividades de inversión se conoce como venta en corto.

—Nuestro departamento de negocios confirmó que Chernobyl ha sido objeto de críticas por sus controvertidas apuestas en contra de muchas firmas, incluyendo una compañía local, South Florida Aeronautics, cuya familia fundadora es nativa de Naples.

—WINK News seguirá esta historia y les traerá actualizaciones a medida que estén disponibles.

Le froté la cabeza a Toby. —Y así es como se hace, muchacho.

Levantándome de un salto del sofá, dije: —Vamos, Toby, salgamos a caminar.

Le enganché la correa al collar y sonó uno de mis teléfonos descartables. —Hola, señor Whitmore.

—Hola, Beck. ¿Vio las noticias sobre Melvin Weiss?

—Sí, las vi. Una locura, ¿no?

—Usted no tuvo nada que ver con eso, ¿o sí?

—¿Con qué?

—Con lo que Weiss estaba haciendo: filmar a esas mujeres.

—Si haces el mal, el mal se te devolverá. Y si haces el bien, el bien vendrá a ti.

—¿Es usted fan de los Salmos?

—En realidad no. Mi madre solía decir eso todo el tiempo.

—Entonces, no estuvo involucrado en...

—Tengo que irme. Que tenga un buen día.

—Oh, lo tendré. Voy a llevar a mi esposa a cenar esta noche, a un lugar especial, para celebrar.

Tiré el teléfono al sofá y salimos. Toby tiró de la correa y yo apuré el paso. La buena sensación que me invadió cuando salió la noticia ya había empezado a desvanecerse.

Intentando aferrarme a ella, repasé la secuencia de eventos que derribó a Weiss. No ayudó. ¿Por qué no duró? ¿Fue porque Weiss era un blanco fácil? Su arrogante confianza me dio material para trabajar, pero desarrollar el plan de dos frentes y ejecutarlo era algo que pocos podían hacer.

Mientras Toby levantaba una pata cerca de un árbol, consideré si la satisfacción se había disipado, porque el castigo que recibió Weiss, aunque vergonzoso, no era fatal. ¿Necesitaba cruzar la línea que había jurado no cruzar?

De vuelta en la casa, le di una golosina a Toby y tomé mi teléfono. Hice clic en la notificación del *Naples Daily News* y me llevó a su página de inicio. Era imposible no ver el titular principal:

«Financista en Desgracia Interrogado por la Policía»

Melvin Weiss, de Bonita Springs Beach, fue interrogado por la Oficina del Sheriff del Condado de Lee por unas fotos supuestamente tomadas a mujeres que usaban el baño en su mansión frente al mar.

Las ofensivas imágenes fueron filtradas anónimamente a WINK News y provocaron una investigación. Weiss afirma no tener conocimiento, y su abogado cree que le tendieron una trampa. Un registro del baño en cuestión —un tocador del primer piso— realizado por los detectives no reveló ningún dispositivo de grabación.

El señor Weiss no hizo comentarios al salir del interrogatorio. Su abogado emitió un comunicado que, en parte, decía que montarían una defensa enérgica y limpiarían el buen nombre de su cliente.

Leí la siguiente línea dos veces: Melvin Weiss, de sesenta años, y su esposa, Cynthia, vivieron en la casa donde se tomaron las fotos durante diez años. Los Weiss han sido activos en la comunidad filantrópica del suroeste de Florida.

La pareja ha estado casada durante treinta y ocho años, pero recientemente se separaron, y Cynthia Weiss, que ahora vive en el rancho de la pareja en Ocala, contrató a un abogado de divorcios. Se desconoce si la filmación clandestina fue la causa de la ruptura.

La tensión en mi cuello se relajó al darme cuenta de que el dolor de Cynthia probablemente sería de corta duración. ¿Fue el daño colateral en el que ella se había convertido lo que le quitó la buena sensación de hacérselas pagar a Weiss?

Ella estaría mejor sin él. Su vida social se pondría patas arriba, pero el acuerdo de divorcio la haría vivir como una reina por el resto de su vida.

Aunque avergonzado, su esposo, Melvin, seguiría siendo fabulosamente rico. Era probable que se mudara, quizás a Miami, y reconstruyera su vida privada. Una imagen de él en un yate en la bahía de Biscayne cruzó por mi mente.

La tensión volvió a mis hombros. ¿Fue suficiente lo que le hicimos a Weiss? ¿Habría que eliminarlo por completo? Weiss le había hecho daño a mucha gente, pero no físicamente. Y si tuviera que desaparecer, ¿sería yo capaz de hacerlo?

Y de hacerlo, ¿perduraría esa agradable sensación de vengar a los demás?

29

Laura y yo nos quedamos un rato en la terraza después de la cena. Le dije: —Está muy despejado. Se puede ver un millón de estrellas.

—¿Crees que haya vida en otro lugar?

—¿Te refieres a otro planeta?

—Sí.

—No sé, supongo que es posible, ya que se supone que hay un montón de sistemas solares por ahí.

—¿Crees que cualquier forma de vida que haya por ahí sea más avanzada que nosotros?

Me encogí de hombros. —¿Quién sabe? Quizá seamos un experimento que están llevando a cabo.

—¿Qué quieres decir?

—A nosotros nos gusta ir al zoológico o a donde sea y observar a los animales; a lo mejor alguna raza alienígena nos está observando como entretenimiento. Ya sabes, una forma avanzada de *reality show*.

Ella se burló. —No, en serio. ¿Crees que en el transcurso de nuestra vida nos visiten los extraterrestres?

Mi celular vibró y me aparté de la mesa. —¿Quién dijo que no han estado ya aquí?

Saqué el celular. —Es Larson. Tengo que atender.

Entré en la casa. —Hola, Ray, ¿qué pasa?

—Pensé que te gustaría saber que la CNBC va a sacar un reportaje en la mañana sobre el fondo Chernobyl de Weiss.

—Genial. ¿Cuál es el enfoque?

—Parece que los inversionistas institucionales se están retirando en masa. No pueden arriesgarse a que surjan más problemas sobre Weiss.

—¿Es algo mortal para su empresa?

—Las instituciones representan cerca del sesenta por ciento del dinero que maneja. Aguantará, quizá la cierre y la posicione como una oficina familiar o algo así.

—Entonces, ¿sobrevivirá y seguirá haciendo lo que hace?

—Probablemente. Pero no creo que se arriesgue a jugar con los hechos; cualquier postura que adopte de ahora en adelante será examinada con lupa.

Me burlé. —No durará; la gente pasará a otra cosa.

—Hiciste un gran trabajo con él. Puede que Whitmore nos dé una bonificación.

—No sé, a lo mejor deberíamos haber ido más lejos.

—Paralizaste su negocio y le abriste los ojos a su esposa. ¿Qué más podías hacer?

—No sé, pero algo en Weiss es...

—Se acabó. Sigue adelante; tienes que ocuparte de Jackson y Kravitz.

—Ambos casos van sobre ruedas mientras hablamos.

Laura abrió la puerta corrediza y entró en la casa.

Larson dijo: —Bien, debo decir que los planes parecen perfectos.

—Esperemos que sí. Mira, tengo que irme. Hablamos más tarde.

Laura dijo: —¿Qué quería Ray?

—Algo sobre un caso.

—¿Qué caso?

—No es nada. Volvamos afuera.

—No entiendo por qué no puedes contarme a qué te dedicas. No está bien. Me hace sentir como una completa extraña.

—Eso no es cierto. Es solo que, ya sabes, hay asuntos de confidencialidad y no puedo entrar en detalles.

—Está bien. No puedes contármelo todo. Lo entiendo.

—Gracias.

Puso las manos en sus hermosas caderas. —Dame un resumen.

—Es complicado e involucra un montón de cosas financieras que ni yo entiendo.

—Inténtalo conmigo.

—Bueno. Hay un tipo que gana dinero cuando las acciones bajan. Y no juega limpio. Difunde mentiras y consigue que otros se unan en contra de la empresa, para que las acciones de la empresa bajen.

—No parece un tipo agradable.

—No lo es; también engaña a su esposa. Y tiene un ego que no le cabe en el cuerpo.

—Qué idiota.

—Sí. Muy engreído.

—¿Qué hiciste?

—Lo avergonzamos públicamente y básicamente está fuera del negocio.

—¿Cómo lo hicieron?

—Eso es todo lo que puedo decir al respecto.

—¿Su esposa sabe que le fue infiel?

—Nos aseguramos de que se enterara.

Ella sonrió. —Bien. Me alegro de que ya no le estén viendo la cara de tonta.

—Ya se separaron y a este tipo le vienen más problemas en camino.

—¿Qué quieres decir?

Ya había dicho suficiente. —Nada, pero va a perder la mitad de su fortuna con su esposa; su negocio se está desmoronando y quién sabe qué más va a pasar.

30

Se sentía bien estar solo, en mi propia cama, pero tenía la nariz congestionada. Me giré sobre el costado derecho para que se despejara y escuché un ruido. Me quedé helado. Agucé el oído, pero no percibí nada. Había silencio.

Toby dormía profundamente. Me relajé. No era nada.

Con la nariz ya despejada, me puse boca arriba y volví a quedarme dormido.

Un cosquilleo en la garganta me hizo toser. Había algo en el aire. Toby se puso de pie de un salto. Me incorporé de golpe y olfateé: ¡humo!

Salté de la cama y abrí el cajón de la mesa de noche. Empuñando mi Glock, dije:

—Vamos, chico.

El pasillo estaba lleno de bruma. *Bip. ¡Chirrido!* Se activó un detector de humo. Abrí la puerta corrediza que daba a la parte de atrás.

—¡Afuera, Toby! ¡Vamos!

Toby ladró, pero no se movió. Agarré el teléfono de la encimera de la cocina; un olor acre me quemó las fosas nasales. Había un incendio.

Marqué el 911 mientras registraba la casa. El pasillo que llevaba al garaje estaba lleno de humo.

—Vamos, chico. Chillando, Toby me siguió afuera mientras los detectores de humo chirriaban.

Las luces con sensor de movimiento iluminaron la terraza. El césped estaba mojado. Al doblar la esquina de la casa, me detuve. La ventana del garaje parpadeaba con un tono anaranjado. Una sirena que se acercaba me impidió volver a entrar corriendo.

¿Qué diablos pasó? ¿Habrá sido el auto? No era eléctrico, así que no podía ser un incendio de la batería.

—¡Mierda, Beck! ¡Tu casa se está incendiando!

Dave, el vecino de al lado, se acercó trotando.

—Sí, por ahora solo el garaje.

—Cielos, qué suerte que te despertaste.

—Soy sensible al humo. No lo olí, pero algo me hizo carraspear.

Dave le frotó la cabeza a Toby.

—Seguro te habría despertado si no lo hubieras hecho tú.

—Probablemente. Hazme un favor y quédatelo hasta que todo esto termine.

—Claro que sí.

Con la bocina sonando, un camión de bomberos se detuvo. Cinco bomberos saltaron del vehículo.

—¡Atrás!

Tardaron un par de minutos en apagar el fuego. El capitán del equipo me acompañó al interior de la casa por la puerta principal. Había charcos de agua en el piso de la cocina. Las paredes del pasillo hacia el garaje estaban empapadas y manchadas con los restos negros del humo.

Estaba agradecido de que la casa se hubiera salvado, pero el agua hizo más daño que el fuego.

—Llegaron justo a tiempo.

—Por algo el código exige que las puertas de entrada del garaje sean macizas. De lo contrario, habría perdido este lugar.

Me asomé al garaje.

—¿Cómo empezó? ¿Fue el auto o algo en el garaje?

—Fue intencional.

—¿Incendio provocado?

—Noventa y nueve coma nueve por ciento seguro.

Mientras yo decía «¿Está seguro?», un par de patrullas se detuvieron detrás del camión de bomberos.

—El teclado de la puerta del garaje estaba colgando. Retorcieron los cables para hacer una conexión. Así es como entraron.

¿La cámara de vigilancia que tenía identificaría a quien había intentado freírme?

—¿Va a haber una investigación?

—Por supuesto. Lo confirmaremos y partiremos de ahí.

—De acuerdo. Me di la vuelta y puse la mano en el picaporte de un pequeño armario donde estaba la electrónica. Todo el equipo estaba empapado.

—Tendrá que reemplazarlo todo. No podíamos arriesgarnos.

—Entiendo. Mire, tengo que hacer un par de llamadas.

Con el teléfono en la mano, rodeé la casa hacia la terraza.

—¿Mario?

Respondió adormilado:

—¿Qué pasa?

—Alguien le prendió fuego a mi casa.

—¿Qué carajo? ¿Quién fue?

—Todavía no lo sé. Pero más te vale tener cuidado. Podría estar relacionado con algo que hicimos.

—¿Un caso?

—Eso es lo que estoy pensando.

Resopló.

—Una venganza por una venganza.

—Podría ser. No sé por qué se me vino a la cabeza, pero ¿crees que pudo haber sido Mallory?

—¿El de la fábrica de pescado?

—Sí.

Mario dijo:

—Han pasado años. No, no puede ser.

—Tú siempre dices que la mejor retribución es la que no ven venir.

—Sí, pero fue hace demasiado tiempo. Eso pasó hace como veinte años.

—Dijo que me atraparía así fuera lo último que hiciera.

—Sí, pero ya es un viejo.

—Solo tendría unos cincuenta años.

—No lo creo. No te olvides de que el asunto de Royal y Caden hizo que te mencionaran en los periódicos.

—Ese maldito imbécil de la oficina de O'Leary lo filtró. Aunque luego se retractaron.

—¿Qué hay de Royal y su banda?

—No quedan muchos de esos matones.

—Royal podría estar moviendo los hilos desde la cárcel.

Se me tensaron los hombros.

—Tal vez.

—No tiene nada que perder.

El recordatorio no ayudó.

—Tenemos que tantear el terreno.

Una voz me llamó:

—¿Señor Beck?

—Tengo que irme; el capitán de bomberos me está buscando. Asegúrate de estar en alerta máxima.

Me acerqué al bombero. Dijo:

—La policía quiere hablar con usted.

———

Larson abrió la puerta con una camiseta de Ferrari y pantalones cortos de gimnasia.

—¿Estás bien?

—Sí, gracias por dejarme pasar la noche.

Lo seguí a la cocina.

—¿Dónde está Toby?

—Lo dejé con un vecino.

—¿Qué demonios pasó?

Dejé mi maleta en el suelo. —No hay duda de que fue un incendio provocado.

—Caramba, pudieron haberte matado.

—Creo que esa era la idea.

—¿Alguien está tratando de asesinarte?

—Eso parece. La policía dijo que los focos con sensor de movimiento estaban desenroscados. Entraron utilizando el teclado de la puerta del garaje y prendieron fuego junto a la puerta que da a la casa. Menos mal que la mantengo cerrada con llave.

—¿Un trabajo profesional?

—Es difícil saberlo, pero usaron un acelerante con un montón de toallas y periódicos.

—¿Muchos daños?

—Mi auto está destrozado y hay daños por agua adentro. Necesito una puerta de garaje nueva y...

—No importa. Lo importante es que estás a salvo.

La pregunta era: ¿por cuánto tiempo? —Lo sé, pero tenemos que hacer salir a quien sea que esté detrás de esto.

—¿En quién estás pensando?

—A estas alturas, nuestro viejo amigo Royal podría ser el principal sospechoso. Si no es él, podría ser alguien de quien vengarnos... existe la remota posibilidad de que sea alguien de hace mucho tiempo, pero lo dudo.

—¿A quién te refieres?

—Cuando Mario y yo escapamos del hogar de acogida,

hacíamos cualquier cosa para sobrevivir y conseguimos trabajo en una planta procesadora de pescado en la bahía de Delaware.

—Recuerdo eso. ¿Qué pasó de nuevo?

—Había un imbécil, Bob Mallory. Era el supervisor de línea y un malnacido hijo de puta. Siempre me presionaba, dándome pinchazos con su palo y gritándome al oído. Todo el mundo decía que me la tenía jurada, pero nadie sabía por qué.

—Cuéntame qué fue lo que pasó.

Negué con la cabeza. —Un día, me estaba observando mientras yo abría las panzas de los pescados en la línea de producción. Lo tenía encima, criticándome a diestra y siniestra. Cuando no cortaba uno a la perfección, me picaba con su maldito palo. Le dije que parara y me fulminó con la mirada. Volví a destripar y empezó a gritar. Le dije que se callara la puta boca y me golpeó, justo aquí, donde me pegó ese cabrón de mi padre adoptivo. Perdí el control. Simplemente me di la vuelta y lo apuñalé con el cuchillo que estaba usando.

31

De pie en el césped, veía al equipo de saneamiento retirar los escombros del garaje. Era difícil creer que alguien le hubiera prendido fuego a mi casa. Mientras yo estaba adentro.

Sonó mi celular. Era Larson. —Oye.

—¿Ya llegaron?

—Sí. Gracias por mover tus hilos.

—Cuando quieras. Con toda la reconstrucción de Fort Myers Beach, todo el mundo tiene más trabajo del que puede abarcar.

—Y los precios están por las nubes.

—El seguro cubrirá la mayor parte.

—El ajustador vino a primera hora de la mañana.

Un Crown Victoria azul oscuro se detuvo, bloqueando la entrada de mi garaje. —Tengo que colgar, Ray —le dije—. Acaba de llegar el detective Moreno.

Nos dimos la mano en la acera. —¿Qué diablos pasó aquí?

—No lo sé. Estaba durmiendo y no oí nada. Supongo que el humo me despertó.

—¿Tu perro no se despertó?

—Ojalá pudiera dormir tan profundamente como él.

—Ya quisiéramos todos. Pero, mierda, tienes suerte de haberte despertado.

—Lo sé. La alarma de humo sonó cuando salíamos de la casa, así que me habría levantado de todos modos.

—Oí que fue intencional.

—No hay duda. Entraron por el teclado numérico del garaje y usaron un acelerante.

Negó con la cabeza. —¿Tienes idea de quién está detrás de esto?

—En realidad, no.

—¿Alguien con quien te metiste?

—Podría ser. Es solo que no se me ocurre nada.

—¿Y qué hay de Royal? Podría estar moviendo los hilos desde la prisión.

—El incendio provocado no es su estilo.

—¿De qué hablas? Sus hombres estuvieron implicados en el edificio de condominios de Cape Coral que se hizo humo un par de meses antes de que azotara Ian.

—Se me olvidó. Pero nunca arrestaron a nadie por eso.

—Royal siempre cubría sus huellas hasta que lo engañaste. Tiene sentido que intente vengarse.

¿Acaso Royal se estaba metiendo en mi territorio? —Hace un par de noches, estaba paseando a Toby más tarde de lo usual. De regreso, vi a un hombre al lado de mi casa. Salió corriendo antes de que pudiera reaccionar y se escapó.

—Mmm. Podría haber estado estudiando la zona.

—Eso pensé.

—Más vale que tengas cuidado.

—Siempre lo tengo.

—Le diré al capitán que se asegure de que una patrulla pase por aquí dos o tres veces por noche.

—Gracias.

—¿Necesitas algo? ¿Un lugar donde quedarte?

—No, gracias. No me voy a ninguna parte. Los del equipo

de saneamiento dijeron que tardarían de ocho a diez días en arreglar e inspeccionar todo.

—¿Y un auto?

—Enterprise está por dejarme uno. Deberían llegar en cualquier momento.

—Muy bien. Hablaré con el equipo de incendios provocados y te avisaré si surge algo de lo que recogieron.

—Gracias.

—De acuerdo, entonces. Ten cuidado.

Moreno empezó a caminar de vuelta a su auto, y le dije: —Oye, te agradezco que hayas venido a ver cómo estaba, Moe.

—Para eso están los amigos.

Una hora después, el equipo de reparación se fue y me subí al vehículo de alquiler. Era un SUV enorme. Había manejado por todas partes y en muchos vehículos diferentes, pero cuando me subí a la Tahoe, me invadió una sensación de incomodidad.

Era lo más grande que había manejado en mi vida. ¿El nerviosismo se debía al tamaño o a adónde me llevaba?

Se suponía que Laura vendría a cenar esta noche. Si lo posponía, se enojaría. Si tardaba en contarle lo que había pasado, se enteraría y las cosas serían peores.

Estacioné en el estacionamiento junto a Rosedale Pizza y me dirigí a Magnolia Square. El complejo de apartamentos llevaba abierto un par de años y ya estaba perdiendo su encanto inicial. Laura se había mudado a un pequeño apartamento hacía unos meses.

Alcé la vista y la vi. Estaba sentada en la diminuta terraza con vistas a la piscina. Le envié un mensaje de texto: *¿Adivina quién está esperando abajo?*

OMG. ¿Estás aquí? Estoy al teléfono con un paciente. Bajo enseguida.

Su blusa amarilla era tan radiante como su sonrisa. —¡Qué linda sorpresa!

Me rodeó con sus brazos. —¿Estuviste fumando?

—No.

—Hueles a cenicero.

—Pasó algo en la casa.

—¿Qué? Oh, no. ¿Tuviste un incendio?

—Sí. En el garaje.

Me miró de arriba abajo. —¿Estás bien?

—Estoy bien.

—¿Y Toby?

—Está perfecto. Mi auto quedó hecho polvo.

—¿Qué pasó?

—¿Por qué no nos sentamos junto a la piscina?

Me escudriñó la cara. —Está bien, pero ¿qué está pasando?

Me dirigí a una mesa redonda y abrí su sombrilla. Nos sentamos a la sombra y Laura dijo: —¿Qué no me estás diciendo?

—Cálmate. Hubo un incendio y todo está bien. Excepto mi auto.

Frunció los labios. —¿Cuándo pasó esto?

—Anoche.

—¿Y apenas me lo estás diciendo?

—Tuve que ocuparme del tipo del seguro y conseguir un contratista para...

—¿No pudiste llamarme? Solo toma un minuto.

—Quería decírtelo en persona.

—¿A qué hora fue anoche?

Aunque sentí la tentación de mentir un poco, sabiendo que algún día me descubriría, le dije: —Alrededor de la una. Estaba durmiendo y me desperté...

Me tomó de las manos. —Ay, Dios mío. Podrías haber salido herido o, o...

—Tranquila, todo salió bien. Como dije, el auto es pérdida total y el garaje necesita mucho trabajo, pero aparte de una pequeña parte del pasillo, todo lo demás está bien.

—No entiendo: ¿cómo empezó? ¿La batería del auto?

—No.

—¿Entonces qué? ¿Algo eléctrico?

Negué con la cabeza. —El capitán de bomberos no está seguro, pero cree que pudo ser un incendio provocado.

Se le agrandaron los ojos. —¿Qué? ¿Incendio provocado? —Apartó las manos— ¿Qué está pasando, Beck?

—No te preocupes, estoy bien.

—Alguien intentó quemar tu casa, contigo adentro, ¿y tú me sales con esa tontería de que no me preocupe?

—Todo está bien. De verdad que sí.

—¿Me crees estúpida o qué?

Intenté tomarle la mano, pero la apartó de un tirón. —No. Por supuesto que no.

—Entonces, ¿cómo puedes decir eso? Alguien intentó matarte. ¿No lo entiendes?

—No seas dramática.

—¿Y cómo le llamas tú a despertarse en medio de la noche con la casa en llamas? No hay nada más dramático que eso.

—No es para tanto.

Se puso de pie. —O me dices qué está pasando o yo...

—Vamos. Siéntate y te diré lo que sé.

Con un puchero, se sentó. —Te lo advierto: más te vale no ocultarme nada.

Me incliné hacia ella. —No lo haré. Como te dije, me desperté y olí humo. Toby y yo salimos y llamamos al 911. Llegaron los bomberos y lo apagaron. Eso es todo.

—Ajá, ¿y la parte del incendio provocado?

—Sí, bueno, dijeron que fue provocado.

—Entonces, ¿ahora sí es seguro que fue provocado y antes era una posibilidad?

—No quería asustarte.

—¿Alguien vio a la persona que lo inició?

—No, encontraron un acelerante, como gasolina, regado por todo el garaje, y yo nunca tengo gasolina por ahí.

—¿Cómo entraron?

Sería una buena detective. —Por el teclado numérico de afuera.

Entrecerró los ojos y dijo: —¿Qué hiciste para que alguien quisiera venir por ti?

—De verdad que no lo sé.

—Vamos, Beck. Deja de andarte con juegos.

—Sinceramente, me volví loco tratando de pensar quién pudo haber sido.

Se reclinó en la silla. —Tiene que ser por tu trabajo o lo que sea que hagas, ¿no?

Me encogí de hombros. —Quizás.

Laura se puso de pie. —Si no puedes ser sincero conmigo, esta relación no va a funcionar.

—Oye, espera un minuto.

—Tengo que irme. Tengo una llamada de Zoom de la escuela.

32

Estacioné al otro lado de la calle del parque Lowdermilk y recorrí la zona con la mirada. Solo gente en chancletas que cargaba sillas de playa. El edificio bajo de Mario era tan de la Florida de los años setenta. Subí corriendo las escaleras de concreto y toqué a su puerta.

Mario, con pantalones cortos y una camiseta, abrió la puerta.

—Hola, hermano.

A pesar de los techos bajos, mi mirada se fue directo a la vista. Entré.

—Cierra la puerta.

—¿Qué pasa?

—Llamó Larson. Tiene una pista sobre quién intentó quemarme vivo.

—¿Quién es el hijo de puta?

—¿Recuerdas a Switzer, el tipo de Punta Gorda?

—Mierda. Le prendió fuego al carro de su esposa. No puedo creer que no hayamos pensado en él.

—Le dieron la libertad condicional un par de días antes de que incendiaran mi casa.

—Deberíamos confrontar al cabrón. ¿Dónde vive?

—Tómatelo con calma. El momento podría ser una coincidencia.

—¿No eres tú el que dice que no existen las coincidencias, que son evidencia?

—Ahora mismo, todo lo que tenemos es su liberación y que ya ha provocado incendios antes.

—Eso es suficiente para mí. ¿Qué quieres hacer?

—Aquí tienes una foto de él. Mantén los ojos abiertos. El detective Moreno va a aumentar las patrullas alrededor de nuestras casas.

—Pero...

—Larson va a hablar con su contacto en Verizon para ver si puede conseguir los registros telefónicos de Switzer sin una orden judicial.

—¿Crees que los consiga?

—Lo único que buscamos saber es si estuvo en el norte de Naples esa noche.

—De acuerdo. Crucemos los dedos. Si es él, atrapamos al cabrón.

———

CON EL SOL reflejándose en el capó, mi nuevo carro estaba sobre una grúa de plataforma. El momento era perfecto. Llamé a Laura, que estaba de compras en Lululemon en Waterside Shops. El conductor bajó la plataforma y lo guié hacia la entrada de mi casa.

Me entregó un portapapeles.

—Necesito que firme los papeles.

Rodeé el BMW.

—No hay problema. Después de una rápida revisión de los documentos, los firmé. Me dio mis copias y le pasé un billete de veinte.

—Gracias. Si tiene sus placas viejas, puedo ponérselas.

—Está bien. Yo me encargo. Que tenga un buen día.

Puse los papeles en el asiento del copiloto y entré a buscar la placa.

Con la placa en la mano, volví a salir. Una camioneta se estacionó frente a mi casa: el pintor. Dejé la placa en el suelo y esperé a que el pintor se bajara.

—Hola, solo estoy revisando lo que hay que hacer.

—¿No va a terminar?

—Hoy no. Probablemente mañana. Tengo otro trabajo en Marco que terminar. Dependiendo de lo que haya que hacer aquí, quizá pueda meterlo mañana.

—Eso espero. Me gustaría terminar con esto de una vez por todas.

—Usted y todo el mundo.

Lo llevé adentro, y cinco minutos después estaba de vuelta en su camioneta.

Me arrodillé en la parte trasera del carro. Mientras atornillaba el primer tornillo en la placa, Laura llegó. Salió de su vehículo dando un saltito.

—Hola. Le di un beso rápido en la mejilla.

—Guau, qué carro tan bonito. El color blanco es más lindo de lo que pensé.

—Lo sé, ¿verdad? Tiene como profundidad.

—La placa está colgando.

Levanté el destornillador.

—La estaba poniendo cuando llegaste.

—Mejor hazlo ahora, o podrías olvidarlo.

—De acuerdo. Mira el interior; huele a nuevo. Me arrodillé mientras Laura se subía al asiento del conductor.

Tardé un minuto en asegurar la placa y abrí la puerta del copiloto.

—Bastante bien, ¿eh?

Apenas asintió.

—¿Qué pasa?

Tomó la tarjeta del seguro del asiento y la levantó.

—¿Mike?

—Eh... sí. Mi segundo nombre es Beck.

Se bajó del carro.

—No hay inicial de segundo nombre en ninguno de los papeles.

Quise decirle que no tocara mis documentos, pero sabía que nunca nos recuperaríamos.

—Quizá, pero mi segundo nombre es Beckstoffer. Es el nombre de mi abuelo.

—¿Y tengo que enterarme por accidente de que tu nombre real es Michael?

—Yo... yo... he estado usando Beck tanto tiempo que ni siquiera pensé en...

—Deja las excusas, ¿sí? Desde que nos conocimos, me has estado ocultando cosas.

—Eso no es justo.

—¿En serio?

—No es verdad. Solo me gusta un poco de privacidad.

Se burló.

—¿No crees que eres reservado?

—No. No es como si...

—No hablas de tu familia, de tu trabajo, ¿y no usas tu nombre real? ¿Cómo esperas que yo, o cualquier otra persona, confíe en ti? ¿Cómo puedes tener una relación con alguien si...?

—Vamos. Por supuesto que puedes confiar en mí.

—¿Cómo puedo, si no sé nada de ti?

—Estás exagerando.

—¿Lo estoy? Nunca me dices a qué te dedicas en realidad. Por lo que sé, podrías ser un narcotraficante o algo así. Todo es tan misterioso contigo.

—Eso es ridículo. Te conté lo de ese tipo de Wall Street...

—Háblame de tu familia.

—Entremos. Te lo contaré todo.

33

Tomé a Laura de la mano y la guié adentro de la casa. —¿Quieres un trago o algo?

—No.

Fui al congelador y saqué una botella de vodka Tito's.

—¿Qué haces? Apenas son las dos de la tarde.

—Siento que necesito un trago.

Puso las manos en sus caderas. —¿Tan malo es lo que me vas a decir?

—No. No es eso. Sentémonos en la sala de estar.

Me tomé el trago de un golpe y me senté junto a ella. El calor del alcohol se extendió por mi pecho. —¿Qué quieres saber?

—Por qué alguien intentó incendiar tu casa.

—Realmente no lo sé. Tienes que creerme.

Se puso de pie. —Lo sabía: más pendejadas.

—Espera —tiré de su mano—. Siéntate. No lo sé, pero tengo un par de ideas.

—¿Y?

Di unas palmadas en el sofá y ella se sentó.

—Creemos que podría ser alguien relacionado con el trabajo, pero no estamos seguros.

—¿A qué te dedicas en realidad?

—Ayudo a la gente.

—¿Cómo?

—Ya sabes, a veces el sistema de justicia no funciona. Alguien sufre una injusticia y el sistema falla. Yo intento arreglar las cosas para ellos.

Frunció el ceño. —O me lo dices sin rodeos o lo que sea que tengamos se acabó.

—Estoy tratando.

—Dame un ejemplo concreto de lo que haces.

—Te conté sobre el tipo de las finanzas que mintió para ganar dinero.

—Sígueme la corriente. Dame otro ejemplo.

—Bueno, tuvimos un cliente cuya esposa murió en un accidente de auto. El conductor estaba bajo los efectos del alcohol, pero se libró de los cargos por un tecnicismo.

—Eso es terrible.

—Lo es. No puedo entrar en detalles; ya sabes, firmamos acuerdos de confidencialidad y todo eso.

—Entonces, ¿qué hicieron?

—Hicimos que lo arrestaran.

—¿Cómo hicieron eso?

—No puedo entrar en eso, pero recibió su merecido.

—Dame otro ejemplo.

—Está bien. Ojalá pudiera contarte sobre los casos en los que estamos trabajando ahora, pero simplemente no puedo.

—¿Eres una especie de investigador privado?

—No, pero sí investigamos y trabajamos con las fuerzas del orden. De hecho, a veces la policía nos pide ayuda con situaciones complicadas.

—Eso suena a que haces cosas que ellos no pueden.

—A veces.

—Eso debe ser peligroso.

—Somos muy cuidadosos y no aceptamos todo lo que se nos presenta. Somos muy selectivos.

—Sigues diciendo «nosotros». Además de Mario, ¿quiénes son «nosotros»?

—Un par de abogados y algunas personas en las fuerzas del orden.

—¿Es legal lo que haces?

—Me considero un consultor. Pago mis impuestos y nunca me metí en problemas.

—Excepto cuando alguien intentó quemarte vivo.

—Todo trabajo tiene sus riesgos.

—Vamos. Si eres un cantinero, nadie intenta matarte. ¿Por qué alguien te persigue?

—Podría ser que él fuera víctima de lo que hacemos, pero no estamos seguros. Tenemos una pista sobre alguien y la policía lo está investigando.

—¿La policía te está ayudando?

—Sí. Trabajamos juntos a menudo.

Se quedó en silencio.

—¿Eso lo explica todo?

—¿Es por eso que usas tu segundo nombre?

Dudé.

—No te inventes una historia.

—Hace mucho tiempo, trabajé en una planta procesadora de pescado en la bahía de Delaware. Era un trabajo horrible, muchas horas y una paga de mierda, pero era menor de edad y necesitaba el dinero. Un capataz de allí era un miserable hijo de puta. Me la tenía jurada desde el primer día. Se metía conmigo y me maltrataba. Sabía que no podía quejarme porque no tenía papeles para trabajar, y un día fue demasiado lejos y, uh, exploté.

Sus ojos se abrieron como platos. —¿Lo... lo mataste?

—No. Nos peleamos y le di una buena paliza. Estaba

sangrando y me asusté, así que salí corriendo y terminé en Florida. Fue entonces cuando empecé a usar mi segundo nombre. Realmente no sirvió de nada para esconderme, pero lo usé y se me quedó.

—¿Esto fue en Delaware?

Asentí.

—Creí que eras de Nueva Jersey.

—Lo era. Es complicado.

—¿Te escapaste de casa?

Técnicamente, sí. —Sí.

—¿Cuántos años tenías?

—Quince.

Me tomó la mano. —Oh, Dios mío. Eres tan joven para estar solo.

—Estuvo bien. Ya es cosa del pasado.

—Es bueno hablar de ello.

No, no lo era. —Sobreviví. Mucha gente pasa por todo tipo de cosas. No es para tanto.

—¿Qué hacías a los quince años? No podías manejar ni nada.

—Nos fuimos justo antes de que empezara el verano y bajamos a Wildwood. Conseguimos trabajo en el malecón.

—¿Quiénes son «nosotros»?

—Mario y yo.

—¿Se escaparon juntos?

Estaba desenterrando fantasmas que no quería revivir. —Sí.

—¿Sus familias no los buscaron?

—No, realmente no.

—Ah. ¿Es por eso que te pusiste tan sensible con el tema de tu madre?

—No. Ella fue una gran madre.

—Estoy segura de que sí, pero ¿por qué no intentó buscarte?

Me levanté de un salto. —Porque estaba muerta. ¿De acuerdo? Y antes de que preguntes, mi padre también murió.

Tardó un segundo en atar cabos.

—¿Estuviste en hogares de acogida?

Asentí.

—Dios mío. ¿Qué les pasó a tus padres?

Me volví a sentar. —A mi mamá la mató un maldito criminal reincidente. El cabrón estaba bajo fianza. Mi padre no pudo soportarlo y se mató bebiendo.

Se le aguaron los ojos. —Qué triste. ¿No tenías otros familiares con quienes quedarte?

Negué con la cabeza.

—Con razón no quieres hablar de eso —tomó mi otra mano —. Sabes, no tienes que avergonzarte de nada.

No me avergonzaba. —Estoy bien con todo. No digo que fuera fácil, pero Mario y yo salimos adelante.

—Después de trabajar en el malecón de New Jersey, ¿qué hicieron? ¿No fuiste a la escuela?

—Tuve que dejarla. Pero lo compensé leyendo como un loco. Sabes, solo se puede aprender de dos maneras: de otra persona o de un libro. —Sonreí—. O hoy en día, supongo, de videos de YouTube.

—¿Dónde vivían?

—Era fácil en un pueblo de playa. Mario y yo compartíamos una habitación en una casa de huéspedes, donde se quedaban los salvavidas.

—¡Guácala! Debió de haber sido asqueroso.

—No estaba mal. Además, el cuarto que teníamos en el hogar de acogida era como un clóset.

—Cuando terminó el verano, ¿qué hicieron?

—Nos hicimos amigos de uno de los salvavidas, un buen chico llamado Ricky. Mario le había dicho que estábamos huyendo y él nos cuidó. Le dijimos que necesitábamos trabajo. Su hermano trabajaba en una planta procesadora de pescado en la bahía de Delaware y Ricky nos consiguió el trabajo, aunque éramos menores de edad.

—¿Ahí fue donde tuvieron esa pelea y huyeron otra vez?

—Sí. Vinimos a Florida. Trabajamos en los campos y, te diré, deberían hacer que todo chico que quiera dejar la escuela haga eso por un par de meses. Es un trabajo duro.

—Me siento mal de que hayas tenido que pasar por tanto. ¿Qué...?

—Estoy haciendo mi mejor esfuerzo por abrirme, pero es muy agotador. ¿Podemos dejarlo por ahora?

—Claro, claro.

—Tengo que asistir a una recaudación de fondos para el congresista Kravitz esta tarde.

—Mírate, de recoger naranjas a ir a un evento político. ¿Cómo te invitaron a eso?

—Por un contacto de Larson.

—¿Es por trabajo?

—¿Qué te parece si cenamos juntos?

—Claro.

Le di un beso rápido en la mejilla. —Paso por ti a las siete.

Después de que Laura se fue, quité la mesa de centro de la alfombra y enrollé el tapete. Me arrodillé y puse mis huellas en la caja fuerte. *Clic.* Abrí la puerta y saqué un fajo de billetes de cien dólares. Conté cinco mil, los metí en un sobre y volví a cubrir la caja fuerte.

34

Todos los lugares del estacionamiento de LaPlaya Golf Club estaban ocupados. Estacioné junto a la acera y entré discretamente al comedor.

El nombre del congresista Kravitz, en letras rojas, blancas y azules, dominaba la sala circular. Banderines de los mismos colores adornaban la mesa de registro. Me registré y me pegué una etiqueta con mi nombre en el saco deportivo.

Me dirigí a la terraza donde Kravitz y una asistente estaban rodeados por donantes. La mujer que estaba junto a Kravitz llevaba un traje sastre azul claro y un cordón al cuello. Era su jefa de gabinete.

Esperé mientras un sonriente Kravitz saludaba efusivamente al círculo de asistentes. Mi detector de patrañas sonó más fuerte que nunca. Su habilidad para parecer sincero encajaría perfectamente en Washington o en Hollywood.

Capté la mirada de su asistente y sonreí.

—Solo quisiera darle un rápido agradecimiento al congresista.

Su mirada se posó en la etiqueta con mi nombre.

—Por supuesto, señor Beck.

—Gracias.

—Ah, es cierto, usted es amigo del señor Larson.

—Sí. Me sugirió que conociera al congresista.

—Qué amable de su parte. —Levantó un dedo y le susurró algo al oído a Kravitz.

El congresista sonrió y extendió la mano.

—Señor Beck, siempre es un placer conocer a un amigo de Ray. ¿Cómo está él?

—Le manda saludos.

—Y yo le mando los míos. Entre los viajes a Washington y mis deberes legislativos, ha sido difícil mantener el contacto, pero dígale que haré todo lo posible por agendar algo.

—Le gustaría. Sé que está ocupado, pero solo quería agradecerle por todo lo que hace por nuestra comunidad.

Se necesitaban lentes de sol para protegerse del resplandor de su sonrisa.

—Es muy amable de su parte decir eso, pero es mi trabajo y me lo tomo en serio.

—Sé que lo hace, y por eso estoy feliz de contribuir para que siga en el cargo.

—Apreciamos eso. Vamos a tener una contienda reñida este otoño.

No iba a estar ni cerca de serlo, pero no se le podía decir eso al grupo de donantes.

—No se preocupe, señor, nos aseguraremos de que conserve el cargo.

La asistente le dio un golpecito en el hombro.

—Congresista, es hora de empezar. Cory necesita hablar con usted antes de que comience.

Kravitz dijo:

—Gracias a todos. Tengo que dar inicio a todo.

Mientras Kravitz se dirigía a la esquina, me interpuse en el camino de su asistente.

—Le agradecería un minuto a solas.

—Eh, estamos a punto de...

—Es sobre una donación.

—Claro.

La seguí hasta el vestíbulo. De espaldas a la sala, saqué un sobre del bolsillo interior de mi saco.

—Aquí tiene una contribución —levanté la solapa, mostrándole un fajo de billetes—. Hay cinco mil aquí adentro.

Ella se detuvo.

—Soy de la vieja escuela. Lo aprendí de mi padre; él nunca confiaba en los bancos.

Inspeccionó la zona y tomó el sobre. Lo metió en su bolso y dijo:

—Gracias. Le enviaremos un recibo por correo.

—No será necesario. Solo quiero ayudarlo a ser reelegido.

—Agradecemos su generosa donación.

—Hay más de donde vino eso.

—¿Puedo preguntar a qué se dedica?

—Soy representante de varias empresas que aprecian el trabajo que el congresista está haciendo.

—¿Es usted cabildero?

—Podría decirse que sí.

—¿Con qué firma trabaja?

Le entregué una tarjeta.

—Estoy vinculado a Winter and Partners.

Arrugó el ceño.

—No los conozco. ¿Tienen su sede en Washington?

—No, somos una pequeña empresa local. Y no se preocupe, nos centramos en asuntos de Florida y nunca trabajamos en nombre de una entidad o gobierno extranjero.

Ella sonrió y regresó a través de las puertas abiertas. La observé esperar hasta que Kravitz terminó de hablar. Le susurró algo al oído. Él asintió y la mirada del congresista se posó en mí. Le hice una seña con el pulgar hacia arriba y me dirigí a mi auto.

Dejando la puerta del auto abierta, puse el aire acondicionado al máximo y llamé a Larson.

—Hola, Beck.

—¿Sigues en la playa?

—No, llegué a casa hace una hora. ¿Qué onda?

—Conocí a Kravitz y le di una de mis tarjetas de Winter and Partners a su asistente.

—Bien. Mary sabe qué decir si llaman.

—No «si llaman». Van a investigarme.

—No hay problema, está cubierto.

———

CON LA MENTE puesta en Kravitz, dejé las bolsas de comida para llevar en la encimera.

—¿Adentro o afuera? —dijo Laura.

—Prefiero comer afuera. Déjame limpiar la mesa. Agarra las servilletas y los cubiertos.

Laura sacó los recipientes de poliestireno y me entregó uno.

—Este es el branzino.

Pinchó un trozo de pescado de su plato.

—En Nemo hacen la mejor ensalada de pargo.

—Ese lugar siempre es bueno.

—Es un caos durante la temporada, pero la comida siempre es consistente.

—Tan consistente como un político mintiendo.

—¿Qué?

—Solo digo que se puede contar con ellos, como con un político que te echa puro cuento.

Ella negó con la cabeza.

—¿Me pasas el aceite de oliva?

Mientras le pasaba la botella, sonó mi celular.

—Tengo que contestar.

Me acerqué al borde de la terraza.

—Hola, Moe. ¿Qué onda?

—No fue Switzer.

Estaba seguro de que era el tipo contra el que había testificado.

—¿Estás seguro?

—Sí. Sus registros telefónicos muestran que estaba en el condado de Lee.

—Podría haberlo dejado en casa.

—Switzer anduvo por ahí esa noche, pero nunca entró a Collier.

—Maldición. Pensé que había sido él.

—Parece que no. ¿Tienes alguna otra idea?

—Estoy empezando a pensar que podría ser alguien de hace mucho tiempo, de antes de que yo viniera a Florida.

—¿Quién?

—Te lo diré cuando te vea. Gracias por investigar a Switzer.

Me di la vuelta y Laura estaba de pie detrás de mí. —¿Quién era?

—El detective Moreno.

—¿Quién es Switzer?

Sería una excelente interrogadora. —¿Recuerdas que te conté sobre el caso que tuve y el tipo que pensé que podría haber sido quien inició el incendio?

—Sí. El hombre que quemó el auto de su ex.

—Sí, pero él no estaba en la zona esa noche.

—¿Rastrearon su celular?

Tenía que tener cuidado con ella. Podía atar cabos. —Sí.

—Entonces, ¿quién crees que fue?

—No lo sé.

—Acabas de decirle al detective que era alguien de hace mucho tiempo.

—¿Podemos terminar de comer?

Se puso las manos en la cintura. —Le dijiste a ese policía que era alguien que conocías. ¿Quién es?

—No estoy seguro, pero podría ser ese capataz de la planta de pescado donde trabajé.

—¿El tipo al que golpeaste?

—Sí.

—¿Por qué vendría a buscarte ahora, después de todos estos años?

—Siéntate.

Se sentó. Le dije: —Esto fue hace mucho tiempo. Apenas tenía dieciséis años, acabábamos de conseguir trabajo en una línea de producción, y el capataz, un cretino llamado Mallory, se aprovechaba de Mario y de mí, pero me la tenía jurada.

—Me hablaste de él. No lo entiendo; lo golpeaste hace años. ¿Por qué vendría a buscarte ahora?

—No lo sé. Simplemente no le caigo bien. Siempre me daba el peor trabajo y estaba constantemente encima de mí. Tenía un bastón o lo que fuera, y me pinchaba con él, como veinte veces por turno.

Entrecerró los ojos. —¿Vas a contarme lo que pasó de verdad?

—Está bien, está bien. Un día estuvo sobre mí tan pronto como arrancó la línea. Estaba destripando pescado.

—Qué asco.

—Te acostumbras.

—Yo no lo haría.

—Bueno, ese día, estaba justo detrás de mí, criticándome sin parar. Me pinchó un par de veces y luego me golpeó en un lado de la cabeza. Justo donde tengo la cicatriz, y simplemente perdí el control.

—Eso es terrible. ¿Le devolviste el golpe?

Me miré las manos. —Lo apuñalé.

—Oh, Dios mío. Tú... tú mataste...

—No. No, no maté a nadie. Lo herí de gravedad, muy gravemente. Sobrevivió.

—¿Te metiste en problemas?

—Me largué. Mario y yo nos fuimos a Atlanta un tiempo y luego vinimos a Florida.

—¿Y por eso empezaste a usar tu segundo nombre?

Ella podría ser de gran ayuda en algunos de los casos que tomo. —Sí. O sea, en Atlanta lavé platos con un nombre falso, pero cuando vine aquí, simplemente usé Beck.

—¿La policía no te está buscando?

—No. Mallory nunca presentó una denuncia ni nada. Digo, fue en defensa propia, pero no podía arriesgarme. Él era el jefe y yo solo era un chico.

—¿Por qué crees que es él?

—Dijo que me la cobraría aunque fuera lo último que hiciera.

35

MI CELULAR VIBRÓ EN LA MESITA DE NOCHE. LO AGARRÉ Y SALTÉ de la cama. Era una alerta de mi sistema de vigilancia. Alguien estaba en la puerta de mi casa.

Un hombre con una sudadera con capucha se asomaba por una de las ventanas del frente. ¿Quién era? La imagen en blanco y negro era granulada. El hombre se movió hacia un costado de la casa y fue captado por otra cámara. Su cojera me recordó a alguien de la banda de Royal.

Laura se incorporó. —¿Beck? ¿Qué pasa?

Fui a la esquina más alejada de la habitación del hotel. —Nada. Vuelve a dormir.

—¿Qué es?

—Nada. Solo una notificación de la aplicación de la cámara. Parece que está fallando.

—Vuelve a la cama.

—En un minuto —marqué al portón de la entrada—. Oiga, habla Beck. ¿Puede mandar una patrulla a mi casa? Parece que alguien podría estar intentando entrar.

—No, no. Estoy en Miami.

—Avíseme. Antes de que pudiera colgar la llamada, Laura ya estaba fuera de la cama.

—¿Hay alguien en tu casa?

—No lo sé. Solo intento asegurarme, es todo.

—¡No me mientas! Les dijiste que alguien estaba intentando entrar.

—Tranquila.

—¿Qué me tranquilice? ¿Alguien te está persiguiendo y se supone que me tranquilice?

—Cálmate. Es...

—Ah, ahora sé por qué vinimos a Miami, para huir de alguien que te persigue.

—No. Eso no es cierto.

Con las manos en sus maravillosas caderas, dijo: —Bueno, dime qué está pasando o me voy.

—¿Irte? ¿Se te olvidó que estás en Miami?

—¿Qué crees, que no puedo cuidarme sola?

—Claro que no. Di un paso hacia ella, pero retrocedió.

—Si no me dices qué está pasando, me largo de aquí. Y será para siempre, y lo digo en serio.

Puse mis manos sobre sus hombros. —Está bien, está bien. Relájate y te lo contaré.

Se sentó en el borde de la cama. Mientras arrastraba una silla, una sirena sonó con fuerza en la calle de abajo. Qué mala suerte con el momento.

—Quiero la verdad esta vez, sin rodeos.

—La verdad es que no tengo ni idea de quién demonios me está persiguiendo.

—Genial. Alguien intentó quemarte vivo y esperas que te crea que no sabes quién es.

—Si lo supiera, tomaría cartas en el asunto. Se lo diría a mis amigos de la policía. ¿Crees que quiero ser un blanco fácil para quienquiera que sea?

—Está relacionado con el trabajo, ¿verdad?

—Podría ser. Pero, sinceramente, no se me ocurre quién.

—Dime tus tres principales sospechosos y por qué querrían vengarse de ti.

Si hubiera una alarma de incendios, la activaría. —Si es alguien, podría ser una de dos personas.

Se inclinó hacia adelante. —¿Quiénes y por qué?

—Bueno, un tipo es un médico corrupto. Inventa cualquier cosa para sacarles dinero a las compañías.

—¿Qué le hiciste?

—Eh... nosotros, eh... lo sacamos del negocio.

Sus ojos se abrieron de par en par. —¿Lo mataste?

—No, no. Yo no hago ese tipo de cosas. Simplemente lo agarramos con las manos en la masa. Me hice pasar por un paciente encubierto y dije que me había resbalado en Walmart, y él dijo que me haría una resonancia magnética para mostrar daños y todo tipo de tonterías. Lo expusimos y perdió su licencia para ejercer la medicina.

—Ah. ¿Crees que un médico intentaría matar a alguien?

—Pudo haber contratado a un profesional.

—¿Un asesino como el que vimos en esa serie de Hulu? ¿En Naples?

No quería decirle que todo el sol que teníamos también proyectaba sombras que ocultaban un mundo de crimen y peligro. —Suena loco, pero aparte de él, podría ser el tipo del que te hablé en Delaware.

—¿Por qué la gente siente la necesidad de vengarse cuando son ellos los que empezaron las cosas? O sea, ese bravucón en la planta de procesamiento de pescado no dejaba de molestarte.

Molestar ni siquiera era una palabra en aquel entonces. —Está en la naturaleza humana querer desquitarse.

—¿Naturaleza humana? Es destructivo, eso es lo que es. Guardar rencor es dejar que alguien viva en tu cabeza sin pagar alquiler.

Eso me convertía en un casero. Me senté a su lado en la cama. —En fin, eso es lo que está pasando. ¿De acuerdo?

Me tomó de la mano. —No. No estoy de acuerdo. Alguien te está persiguiendo. No es seguro volver a casa. Deberíamos quedarnos aquí.

—¿En Miami?

—Sí, hasta que esto termine. Tengo mi laptop y puedo trabajar desde aquí.

Huir no estaba en mi ADN. —Eso no va a resolver nada. Si no estoy por ahí, nunca descubriremos quién es.

—Entonces, ¿vas a servir de carnada?

—No es así.

—¿Ah, no? ¿Entonces cómo es?

—Tengo a la policía investigando al doctor y a Mallory, el tipo de Delaware. No va a pasar nada.

—Podrías quedarte en mi casa hasta que lo atrapen.

—Gracias, pero la cosa no ha llegado a ese punto.

—Entonces, ¿a menos que estés en peligro inminente, no quieres quedarte conmigo?

—No es así, y lo sabes.

—Entonces, ¿por qué nunca te has quedado en mi casa? ¿Ni una sola vez?

—Es que es más fácil cuando vienes tú a la mía. Yo tengo una casa. Espera —mi teléfono vibró—. Era el guardia de seguridad de mi vecindario. La llamada fue rápida y colgué.

—No pudieron encontrar a nadie.

—¿Revisaron el video?

—Lo hicieron; no apareció nada.

—Es alguien de adentro.

Era una medallista de oro olímpica en sacar conclusiones precipitadas. —No es un vecino. Alguien pudo haber saltado la cerca.

—¿Nadie vio nada?

—Vamos, volvamos a la cama.

—No puedo dormir con esto pasando.

Le besé el hombro. —Perfecto. Ya que estamos despiertos, sé lo que podemos hacer.

36

Manejando hacia el sur por la Ruta 41, giré a la derecha en Bayshore Drive y me metí en uno de los centros comerciales que alfombraban el suroeste de Florida.

En medio de un Big Lots y el Grand Buffet se encontraba un local que albergaba la oficina de Marty Kravitz, representante del 19.º distrito congresional de Florida. Las ventanas estaban cubiertas con pósteres del congresista, todos con los colores de la bandera de Estados Unidos.

El patriotismo era un tema utilizado por la mayoría de los políticos. Era bien recibido en el suroeste de Florida, pero la verdad era que no se trataba de lo que era bueno para el país, sino de lo que beneficiaba a los políticos y a los intereses empresariales que derrochaban dinero en ellos.

Uno de los cuatro veinteañeros impecablemente arreglados detrás de los escritorios se levantó de su asiento de un salto.

—Bienvenido a la oficina del congresista Kravitz. ¿En qué podemos ayudarle hoy?

—Tengo una cita con el señor Kravitz.

—Fantástico. ¿Es usted un constituyente del congresista?

—Sí.

Me entregó un portapapeles.

—Necesitamos que se registre.

—De acuerdo.

—Consultaré con el congresista.

¿Le gustaba decir esa palabra? ¿Lo hacía sentir importante?

Me quité el saco y llené la hoja. Seguro de que me inundarían con solicitudes de donaciones para su campaña, usé una cuenta de correo de Yahoo que revisaba una vez al mes. Le devolví el portapapeles y me hicieron pasar a la oficina de Kravitz.

La oficina era pequeña, con un escritorio, una credenza cargada de fotos de Kravitz con el presidente y varios senadores, y dos sillas.

Su apretón de manos fue más firme de lo que recordaba.

—Me alegra verlo de nuevo. Siéntese. ¿Le podemos ofrecer algo?

Eché un vistazo a un papel en el centro de su escritorio. Tenía mi nombre.

—No, estoy bien.

—Gracias por su donación. Llevar una campaña es increíblemente costoso en estos días.

—Estoy seguro de que sí. La inflación ha disparado los costos de todo.

Le echó una ojeada al documento.

—¿En qué podemos ayudarle hoy? ¿Se trata del refugio del que habló con mi personal?

—Sí. Creo que es algo que la comunidad necesita y que Washington debería respaldar.

—Cuénteme qué es lo que intenta hacer.

—Bueno, podemos hacerlo, si conseguimos la financiación. Ahora, sé que usted forma parte del Comité de Medios y Arbitrios, y ellos controlan los hilos del presupuesto del gobierno federal, ¿cierto?

Enderezó los hombros.

—No todo, pero la mayor parte del gasto discrecional debe pasar por nuestro comité.

—No es un secreto que muchas mujeres son maltratadas por sus parejas y no tienen los medios económicos para dejarlos. Queremos proporcionar un refugio seguro para estas mujeres maltratadas, como nuestra primera prioridad.

—Es una idea noble, pero el condado ya tiene el Refugio para Mujeres y Niños Maltratados, que el HUD, el Departamento de Vivienda y Desarrollo Urbano, ayuda a financiar. No sé cuál sería el apetito por duplicar eso.

—Son una organización maravillosa, pero creemos que el mercado está desatendido. El Refugio para Mujeres Maltratadas tiene dos instalaciones de sesenta camas, una en Naples y la otra en Immokalee. El año pasado, la Oficina del Sheriff del Condado de Collier respondió a dos mil llamadas por violencia doméstica.

Meneó la cabeza.

—Una cifra triste y enorme, pero no estoy seguro de que esas llamadas deriven en una necesidad de refugio.

—Nuestros estudios han demostrado que si la opción estuviera disponible, más mujeres la aprovecharían.

—Un contingente pequeño pero creciente de miembros está buscando eliminar programas duplicados. Me temo que algo así podría ser difícil de vender.

—Confío en que usted podrá convencer a sus colegas de financiar este proyecto vital.

—¿Cuánto dinero sería necesario para construir una instalación?

—Menos de lo que debería, porque la propiedad está siendo donada. Tenemos una oferta en firme de un constructor que construyó una instalación similar en Sarasota. Vamos a usar sus planos para ahorrar dinero y acelerar las cosas.

—Inteligente. ¿Cuánto costará?

—Doce millones, una bicoca en Washington.

—¿Ha explorado qué podría aportar el condado financieramente?

—Están sin fondos, pero el estado de Florida dijo que si los federales se involucraban, ellos aportarían una contrapartida de hasta dos millones.

—Entonces, ¿necesita diez millones?

—Sí. Es barato, especialmente hoy en día.

—Esto va a tomar tiempo. El gobierno federal se mueve a paso de tortuga. Tendré que encontrar una razón para motivar a mis compañeros del comité.

Saqué un sobre de mi bolsillo y lo puse sobre su escritorio.

—Aquí tiene un incentivo para acelerar las cosas.

Kravitz miró hacia la puerta, que estaba cerrada.

—Las contribuciones de campaña siempre vienen bien. Gracias. Levantó la solapa, echó un vistazo al fajo de billetes de cincuenta antes de guardar el sobre en un cajón del escritorio.

—De nada.

Me incliné hacia adelante y bajé la voz.

—Si el efectivo es un problema, tengo un par de opciones, ninguna de ellas rastreable.

—Interesante —señaló hacia donde puso el sobre—. Cosas como esta deben ser digeribles.

—Conmigo nunca tendrá acidez.

Kravitz sonrió.

—Entonces nos llevaremos de maravilla.

—Espero tener una relación larga y mutuamente beneficiosa.

Suspiró.

—Ese es el problema con Washington: todo el mundo quiere un trato unilateral.

El problema de la capital era que había demasiada gente como Kravitz allí.

—Eso es desafortunado. Entonces, ¿qué tan rápido puede poner esto en marcha?

—Déjeme tantear el terreno. Una vez que determine el apetito del comité, podré darle una mejor idea de las posibilidades de financiación. Pero como le mencioné, es dudoso.

—Usted tiene un historial de hacer lo que es bueno para sus electores, y esto encaja a la perfección.

—Estoy orgulloso de lo que hemos podido lograr; sin embargo—y no le resto importancia a que muchas mujeres sufran maltrato—, ya existen programas para atender a esa población.

Me puse de pie. —Gracias por su tiempo, congresista. ¿Cuándo tendré noticias suyas?

—Viajo a Washington esta noche. Deme un par de días.

Salí a la luz del sol. Mi teléfono vibró de nuevo. Era Susan, la novia de Mario. Le envié un mensaje de texto: *Te llamo en cuanto pueda.*

Respondió: Mario está en el hospital.

Marqué el número de Susan. —¿Hola? ¿Qué pasa?

—No puedo hablar; el doctor acaba de entrar. Estamos en el NCH de North Naples.

—¿Alguien lo atacó?

Clic.

—¿Hola? ¿Susan?

Colgó. Me subí a mi Beemer. ¿Acaso las mismas personas que incendiaron mi casa habían llegado hasta Mario?

37

Derrapé al estacionar y corrí a la entrada de la sala de emergencias del hospital. Mario estaba en el cubículo cuatro. Hice una pausa antes de mirar detrás de la cortina.

Mario, con una mascarilla de oxígeno, dormía. En cuanto Susan se puso de pie de un salto, le examiné el cuerpo. No había señales físicas de un ataque.

Susan me abrazó y se echó a llorar.

—¿Qué pasó? —dije.

—Dicen que fue una sobredosis.

—¿Una sobredosis? ¿Estás segura?

—Eso es lo que dijeron. Lo encontré en el piso, y estaba teniendo una convulsión o algo así.

—¿Cuánto estaba consumiendo?

—No tanto.

—Deja de decir pendejadas. Está aquí por una razón. ¿Fue coca?

—En serio no lo hace muy seguido. Al menos, que yo sepa. Digo, fuma demasiada marihuana, pero eso es todo.

—Abre los ojos. Sabía que se estaba metiendo esa porquería. Le dije que la dejara...

Una mujer con una bata blanca entró en el área.

—Hola, soy la Dra. Varita.

—Hola —dije—. ¿Está segura de que Mario tuvo una sobredosis?

—Me temo que sí.

—¿De cocaína?

—Sí. Le hicimos un toxicológico y dio positivo.

—¿Cuánto consumió para que le diera una sobredosis?

—Es difícil de determinar. El riesgo de sobredosis es muy impredecible. Alguien puede tener una sobredosis con una cantidad mínima, mientras que otros toleran niveles más altos antes de sucumbir.

—¿Qué le pasó?

—El consumo de cocaína representa un riesgo significativo para el sistema neurológico y, en el caso de su amigo, le provocó una convulsión. Pudo haber sido peor; hemos visto a demasiados consumidores caer en coma.

—¿Por fentanilo?

—No solo por el fentanilo. La cocaína por sí sola puede inducir un coma. Es una droga peligrosa.

—La gente está loca por meterse cualquiera de esas porquerías.

—Su amigo tiene suerte de no haber sufrido un paro cardíaco. Los infartos son un riesgo importante, ya que la cocaína afecta gravemente el ritmo del corazón. Tuvo una convulsión.

Negué con la cabeza.

—Estará bien, ¿verdad?

—Si deja de consumir, estará bien.

—¿Algún efecto secundario?

—No creemos que vaya a haber ninguna consecuencia a largo plazo por esto. Pero se salvó por poco.

Susan dijo:

—Eso espero. ¿Cuánto tiempo tiene que quedarse aquí?

—Lo dejaremos aquí esta noche como precaución. Si se mantiene estable, podrá irse a casa mañana por la mañana.

—De acuerdo. Gracias.

La médica se quitó los lentes.

—Le recomendamos encarecidamente a su amigo que busque ayuda profesional. Lidiar con la adicción es complicado. El hospital puede recomendarle varios lugares buenos en la zona.

Susan dijo:

—De acuerdo, doctora, se lo preguntaré.

La doctora asintió.

—Es muy importante que reciba la terapia que necesita.

—Ojalá acepte.

Esperanza, ahí estaba esa palabra otra vez. La esperanza no era más que una prisión para los flojos. Esperar nunca lograba nada. Tenías que prepararte, planificar y actuar si querías algo. Esperar dejaba las cosas al azar.

La doctora se fue. Me volví hacia Susan.

—Mario tiene que buscar ayuda.

—No está tan mal. Solo lo hace de vez en cuando.

—Es un adicto.

—¡No, no lo es!

—¿Oíste lo que dijo la doctora? Tiene que entrar en un programa.

—No va a querer ir.

—¿Sabes que su madre consumía crack cuando él nació? Tuvieron que destetarlo como a un adicto.

Frunció el ceño.

—Me lo contó.

Mi teléfono vibró.

—Tengo que contestar, es Larson.

Salí al pasillo.

—Hola, Ray. ¿Qué pasa?

—Oí que Mario está en el hospital.

Su red de contactos era mejor de lo que pensaba.

—Sí, andaba jugando con coca y tuvo una convulsión. Pero ya está bien.

—¡Por Dios! ¿Por qué diablos se mete con esa porquería? Con su historial...

—Lo sé. Voy a meterlo en un programa para que reciba la ayuda que necesita.

—Tengo un contacto en Celadon. Yo lo arreglo.

—Oh, amigo, eso sería genial.

—No hay problema. Hablaré con ellos y te aviso.

—Gracias, viejo.

—Oye, quería que supieras que Kravitz estuvo investigándote. Llamó a Winter and Partners, y verificaron tu coartada.

—Perfecto.

———

MARIO ESTABA SENTADO en la cama del hospital atándose los zapatos deportivos. Mi hermano adoptivo sonrió cuando me vio entrar.

Lo abracé.

—¿Qué tal, hermano? ¿Cómo te sientes?

—Perfecto. Listo para largarme de aquí de una vez.

—Bien. ¿Ya te dieron el alta?

Susan dijo:

—Sí, acaba de firmar la salida.

—Genial. Vámonos.

Susan dijo:

—Tengo que llevar a mi mamá al médico. Los veo en la casa.

Mario le dio un beso en la mejilla.

—Bueno, te veo más tarde.

Llevé a Mario a mi auto. Se subió y dijo:

—Me muero de hambre. La comida en ese lugar es terrible.

—Todos dicen que es mucho mejor que antes.

—Sigue siendo comida de hospital. Vamos al North Naples Country Club. Me muero por una *smokehouse burger*.

—Conozco un lugar mejor en Fort Myers.

—¿Dónde?

—Ya verás.

Cruzamos a Fort Myers y manejamos por Palm Beach Boulevard. Detenido en un semáforo en la calle Freemont, escribí un mensaje de texto. Giré y manejé hacia el agua.

—¿Este lugar está junto al agua?

Bajé el parasol. —Sí. Tiene unas vistas increíbles.

Entré en un camino de entrada circular que daba al campus de recuperación Celadon.

—¿Qué carajos?

—Tranquilo.

—¡No voy a entrar ahí!

—Hablamos de esto anoche. Te hará bien.

—Dije que no iba a ir. No necesito esta mierda.

Lo agarré del brazo. —Vamos, amigo, admítelo: tienes un problema y este lugar te va a ayudar a superarlo.

—Me encargaré yo solo.

—Escúchame, hermano. ¿Para qué quieres complicarte? Tienes que usar todas las herramientas disponibles.

—Puedo hacerlo solo.

—Probablemente podrías, ¿pero para qué arriesgarse? ¿Para qué alargar las cosas?

—No, viejo. Vamos. Tú sabes que yo...

—Tienes que confiar en mí. Confías en mí, ¿verdad?

—Sí, viejo. Pero esto es una locura.

—Si no quieres hacerlo por ti, entonces hazlo por mí. No puedo perderte, hermano. ¿De acuerdo?

Bajó la cabeza. —¿Cuánto tiempo tengo que estar aquí?

—Depende de ti. Si progresas, sales en treinta días.

—¡Treinta días! Es demasiado tiempo.

—El tiempo vuela.

—No traje nada.

—Susan está yendo a buscar tu ropa. Todo va a estar bien. Vamos, acabemos con esto de una vez.

El labio de Mario tembló. —¿Tú y Susan van a venir a verme?

—Por supuesto. No podía decirle que Celadon determinaría cuándo se le permitirían visitas.

Respiró profundo y abrió la puerta. —Bueno. Estoy listo.

Al acercarnos a la entrada, un hombre con el físico de un *linebacker* salió de las instalaciones. —Bienvenido a Celadon. Me llamo Paul. Soy el director.

—Gracias. Soy Beck y él es Mario.

Nos dimos la mano y Paul dijo: —Nosotros nos encargamos desde aquí, Beck. Entre, Mario; le mostraré el lugar. Va a disfrutar su estancia con nosotros.

Mario me miró. Contuve una lágrima. Nos abrazamos. Le dije: —Vas a estar bien, hermano. Te veré en un día o dos.

Con un revuelo de serpientes en el estómago, corrí a mi auto y miré por encima del hombro. Mario desapareció dentro de las instalaciones. No pude evitar sentirme culpable. Era por su propio bien, pero me sentía como una mierda por dejarlo ahí.

No podía quitarme de la cabeza la expresión de su rostro. Era la misma expresión desolada que tenía Bev cuando la dejamos en el hogar de acogida. Golpeé el tablero. ¿Cómo diablos habíamos llegado a este punto? ¿Superaría esto o se hundiría más en el abismo de las drogas?

38

UNA BRISA SUAVE Y CÁLIDA AYUDABA A UN PADRE Y SU HIJO A elevar un cometa amarillo hacia el cielo, y un par de familias disfrutaban de un picnic al final de la tarde en el extenso césped del Parque Baker. La sencillez de las interacciones me llegó al corazón.

¿Llegaría yo alguna vez a eso? El sonar de una campanilla me hizo apartarme del sendero. Un hombre que se parecía a Larson andaba en bicicleta con su hija.

Los vi alejarse pedaleando, pensando que Larson parecía feliz con las pequeñas cosas de la vida. Disfrutaba de sentarse en la playa y tenía una cuenta bancaria abultada. Larson no era un solitario, pero parecía haber encontrado la paz, incluso después de la muerte de su esposa. ¿Era suficiente ver a su hijo, Tommy, de vez en cuando?

Larson rara vez salía con alguien y estaba contento con su vida. Mientras me preguntaba cómo lo lograba, vi a Kravitz caminando desde el estacionamiento. Me puse las gafas y me le acerqué.

Nos dimos la mano. —Gusto en verlo, congresista.

—Igualmente. No venía por aquí desde la inauguración.

¿Para qué venir si no había cobertura de prensa? —Han hecho mucho. Caminemos a un lugar tranquilo donde podamos hablar.

Entramos en la pasarela de madera. El sol se reflejaba en el río Gordon mientras lo cruzábamos. Kravitz dijo: —Esta es una hermosa instalación para la comunidad.

—Lo es, y también lo sería el refugio que propuse.

—Usted es muy tenaz, ¿no es así?

—Eso es quedarse corto. Para mí es algo personal.

—¿Su madre?

Respiré hondo y negué con la cabeza.

—¿Una hermana?

Mi hermana de crianza, Bev, y mi madre cruzaron por mi mente. —No. Perdí a dos amigas cercanas por la violencia doméstica.

—¿Dos de sus amigas fueron asesinadas? ¡Qué trágico!

Casi parecía sincero. —Técnicamente, no fue un asesinato, pero Jeanine recurrió a las drogas para escapar del mundo en el que vivía, y Christine se ahorcó.

—¡Dios, qué terrible!

Eran mentiras, pero dentro del ámbito de las posibilidades de lo que podría haberles pasado a Bev y a la Sra. Bryant. —Se sentían atrapadas. Si hubieran tenido un lugar donde buscar refugio, todavía estarían vivas.

—Entiendo por qué el refugio es importante para usted. Ojalá pudiera ayudar, pero mis colegas del comité no ven la necesidad de priorizar esto en este momento.

Salimos de la pasarela de madera hacia un sendero de asfalto. —¡Qué lamentable! ¿Cuál es el problema?

—Hay una larga lista de cosas. Digamos que el momento no es el ideal.

Dejé de caminar y encaré a Kravitz. —Como he dicho, la

idea de proporcionar un refugio seguro es muy importante para mí, y estoy más que dispuesto a ayudarlo a convencer a sus colegas de que es una necesidad urgente.

Kravitz examinó la zona antes de decir: —Incentivarlos sería un esfuerzo costoso.

—Lo entendemos.

—¿Cuánto está preparado para gastar? Necesito repartir el dinero.

Me incliné hacia él. —Por una subvención de diez millones de dólares, usted obtiene cien mil. Si puede conseguir doce millones, lo subiré a ciento cincuenta.

Kravitz sonrió. —¿Cien mil por diez millones? Eso es el uno por ciento. Apenas califica como una comisión de intermediario.

—¿Qué es lo que quiere?

—Trescientos mil por diez, cuatrocientos mil si consigo que aprueben los doce millones.

Dudé. —Suena justo, pero conseguir esa cantidad de efectivo es un problema para mí y, francamente, levantaría sospechas.

—Yo puedo manejarlo, pero es crucial que pasemos desapercibidos.

—Sería difícil. Lo que sí puedo conseguir son diamantes.

—Esa es una idea interesante. Nunca los he usado antes.

—Yo los uso todo el tiempo. Almacenan un valor tremendo en un paquete pequeño.

—Tendré que pensar en eso.

—Confíe en mí, se usan todo el tiempo. Los federales no los rastrean como lo hacen con el efectivo.

Kravitz asintió levemente. —Está bien. Lo intentaré.

—Bien. ¿Cuándo pondrá a sus colegas de nuestro lado?

—Tendré algunos gastos iniciales. Hay gente de la que necesito encargarme. Voy a necesitar un adelanto.

—¿Qué tal diez mil?

—Que sean veinte, y tiene que ser en efectivo.

Extendí la mano. Kravitz la estrechó, diciendo: —Un gusto hacer negocios con usted.

—El gusto es mío, congresista.

39

Toby empezó a ladrar mientras me acercaba al apartamento de Laura. Ella abrió la puerta y Toby saltó.

—Sabía que estabas aquí antes de que tocaras el timbre —dijo Laura.

—Hola, amiguito. ¿Te la pasaste bien en casa de Laura?

—Toby se portó genial. Es muy tranquilo.

Me arrodillé y le rasqué la oreja.

—Pasa. Preparé el almuerzo.

Asentí y entré.

Abrió el refrigerador, sacó dos platos y los puso sobre la mesa.

—¿Qué te pasa? —dijo.

La seguí adentro. —Nada.

—No has dicho ni dos palabras desde que llegaste. ¿Qué sucede?

Me encogí de hombros.

—Dime qué te pasa.

—Tuve que llevar a Mario a un centro de rehabilitación de drogas.

—¿Qué? ¿Es adicto?

—No. Solo se estaba pasando un poco de la raya, y es mejor cortar el mal de raíz antes de que se salga de control.

—No entiendo. ¿Por qué ir a un centro de rehabilitación si no tiene un problema? Esos lugares son caros.

—Lo obligué a ir.

—¿Lo obligaste? ¿Por qué aceptaría algo así?

—Tuvo una sobredosis la otra noche.

—¡Oh, Dios mío! ¿Qué pasó?

—Es muy sensible a la cocaína y tuvo una convulsión.

—¿Está bien?

—Estará bien, siempre y cuando se mantenga alejado de esa porquería.

—Eres un buen amigo.

—Es más que un hermano para mí —susurré—. No puedo permitir que le pase nada.

Me tomó de la mano. —Mario va a estar bien. No le va a pasar nada.

—Debí haber hecho algo antes.

—¿Sabías que estaba consumiendo?

—Lo supuse, pero pensé que no era para tanto. Le dije que se calmara, pero...

—No es tu culpa.

—Debí haberlo obligado a rehabilitarse en cuanto vi las señales.

—La gente necesita tocar fondo antes de estar lista para enfrentar una adicción.

Negué con la cabeza. —Mario necesitaba que yo lo cuidara y la cagué.

—Eso no es justo contigo. No eres su padre.

—No lo entiendes.

—¿De qué hablas?

—Mario y yo no tenemos a nadie. Si no nos cuidamos el uno al otro, nadie lo hará.

—No estás solo. Estoy aquí para ti.

—Lo sé, pero es diferente. Debiste ver la expresión de su cara. Estaba asustado, y lo dejé allí.

—Va a estar bien. Hiciste lo correcto.

Me dejé caer en su sofá. —Bev tenía la misma mirada cuando nos fuimos de Nueva Jersey.

Laura se sentó a mi lado. —¿Bev? ¿Quién es?

—Nuestra hermana de crianza. Era demasiado pequeña para venir con nosotros cuando nos escapamos. O al menos eso nos dijimos.

—Vamos, Beck. No eres responsable de todo el mundo...

—Era una niña y la dejamos con ese maníaco, Bryant.

—¿Te mantuviste en contacto con ella?

—¿Cómo diablos se suponía que iba a hacer eso?

—Cálmate. Solo pregunto por ella.

—No podíamos arriesgarnos a intentar contactarla. No tenía teléfono. Llamé a la línea de la casa un par de veces, pero la señora Bryant siempre respondía.

—Quizá puedas intentar encontrarla ahora.

—Lo hice hace un par de años, pero nunca la localizamos.

—Tal vez se casó.

—Espero que esté bien. Era la niña más dulce. El maldito Bryant solía aterrorizarla.

—¿A qué te refieres?

Señalé la cicatriz detrás de mi oreja. —Un día, le estaba pegando con un cinturón por comerse un maldito sándwich. Intenté protegerla y me estrelló la cabeza contra la mesa.

—¡Oh, Dios mío, qué animal!

—Eso es lo que era.

—¿Cómo puede alguien así ser padre de crianza?

—El sistema apesta; por eso. A algunas personas les importa e intentan, pero montones de niños se quedan en el olvido.

Toby gimió.

—¿Cuándo fue la última vez que salió?

Laura se levantó. —Esta mañana. Yo lo saco.

—Voy contigo.

Toby tiró de la correa y nos dirigimos a las escaleras. Señalé.
—¿Quién es ese?

—No lo sé.

Un hombre con una sudadera con capucha estaba mirando por la ventana de mi auto. —¡Oye! ¿Qué demonios quieres?

El hombre salió corriendo y se subió a lo que parecía ser un Toyota. Bajé las escaleras de dos en dos, llegando al rellano justo cuando el auto rechinaba las llantas al salir del estacionamiento.

—¿Quién era ese?

Tenía una idea de quién era, pero dije: —No lo sé. Probablemente solo un drogadicto, eh, un vándalo viendo si había algo que valiera la pena robar.

—Este es un vecindario seguro. No hay delincuencia aquí.

—Tal vez el tipo estaba drogado... o quién sabe.

No había podido leer la placa. Todo lo que tenía era que el auto era un Toyota blanco de último modelo. Debía haber cincuenta mil de ellos en el suroeste de Florida. Sería una locura intentar rastrearlo.

¿Era Mallory? El tipo no se movía como un hombre más joven y ambos eran de complexión mediana.

—¿Beck?

—Oh, lo siento.

—¿En qué estás pensando?

—En nada.

—¿Crees que ese hombre podría ser el que incendió tu casa?

El FBI podría contratarla. —No, solo estoy tratando de procesar todo esto.

—¿Cómo sabes que no era él? Pudo haberte seguido hasta aquí.

—Me habría dado cuenta si alguien me estuviera siguiendo.

—Estabas molesto por lo de Mario. Tenías que estar distraído.

Olvídate del FBI, Laura podría hacerse de oro como adivina. Me encogí de hombros y llevé a Toby a un trozo de césped. —Vamos, amiguito, haz tus cosas.

—¿No crees que deberíamos reportarlo a la policía?

—No pasó nada. Solo un, eh, tipo mirando por mi ventana. Solo para estar seguros, asegúrate de estacionar tu auto cerca de una luz.

—Siempre trato de encontrar un lugar junto a una.

—Qué bueno. Me muero de hambre. ¿Por qué no subes y preparas el almuerzo?

—Solo tengo que calentarlo.

—Me rugen las tripas. Anda, subo en cinco minutos.

Laura volvió a su apartamento y yo saqué a pasear a Toby detrás del Starbucks. Mientras Toby olfateaba buscando un lugar para hacer sus necesidades, llamé al detective Moreno.

—¿Qué tal, Moe? ¿Tiene un minuto?

—Claro. ¿Qué pasa?

Le conté sobre el hombre que estaba mirando dentro de mi carro.

—Podría no ser nada. Solo un maleante viendo si había algo que robar.

—Lo sé, pero hubo un tipo, Mallory, con el que tuve un par de roces cuando estaba en Delaware.

—Eso fue hace mucho tiempo.

—Lo fue, pero el hombre que vi se parecía a él. ¿Puede verificar si es dueño de un Toyota blanco?

—¿Vive en Delaware?

No estaba seguro de que siguiera allí. —Vivía allí.

—Envíeme lo que tenga de él y veré qué puedo averiguar.

40

LAURA ME TOMÓ DEL BRAZO MIENTRAS ENTRÁBAMOS A LA sección de Flamingo Beach de los Wonder Gardens.

—Vaya, flamencos rosados de verdad —dijo.

—Es genial, ¿verdad?

—Claro que sí. No puedo creer que nunca haya venido antes.

—Tienen unas exhibiciones muy lindas.

—Parece un zoológico tropical.

—Me gusta la sección de los guacamayos, pero esta Laguna de los Flamencos es linda; tiene ese aire de la Florida de antes.

—¿Por qué crees que Dios hizo rosados a estos flamencos?

—No sé si lo hizo Dios. Parece más probable que sea resultado de la evolución. Quizá el color rosado los ayudaba a camuflarse de los depredadores.

—A mí me gusta pensar que Dios puso cosas bonitas en la Tierra para que las disfrutáramos.

¿Junto con un montón de gente peligrosa? —Quizá. Mi celular sonó. —Tengo que atender.

Me aparté. —¿Qué tal, Moe? ¿Qué pasa?

—Revisé el registro nacional de títulos, Mallory no aparece...

—¡Maldita sea!

—Era poco probable.

—Se parecía a él.

—No lo has visto en años.

—Confía en mí, nunca olvidaré a ese desgraciado mientras viva.

—Si se te ocurre algo más, avísame. Me tengo que ir.

—Gracias, Moe.

Laura estaba arrodillada junto al lago, tratando de atraer a un flamenco. Se puso de pie. —¿Todo bien?

—Sí, todo bien.

—Era tu amigo el detective, ¿verdad?

—Ajá.

—¿Qué quería?

—Nada.

—Entonces, ¿por qué llamó?

Era más fácil decírselo que someterme a un interrogatorio. —Revisó el auto para ver si era de alguien, pero no.

—¿De quién pensabas que era?

—De alguien con quien trabajamos en el lado opuesto de un caso.

—¿Qué tipo de caso?

—Laura, no importa, ¿sí? No es él y no hay razón para hablar de eso.

Apretó los labios.

—Lo siento. Fue hace diez años, un tipo que metimos a la cárcel por golpear a su esposa, ¿de acuerdo?

—Ay, Dios mío. Qué asco de tipo.

—Me muero de sed. Vamos a tomar unas aguas.

Era difícil fingir que disfrutaba la tarde. Alguien me estaba buscando para matarme y me estaba quedando sin sospechosos. ¿Se me acabaría el tiempo primero?

41

A LA MAÑANA SIGUIENTE ENTRÉ AL ESTACIONAMIENTO DE Publix. Apenas quedaba un chorrito de leche. Al pasar por las puertas automáticas de la tienda, sonó mi celular. Era el detective Moreno.

—Hola, Moe.

—¿Puede hablar?

Me di la vuelta. —Deme un segundo para salir... ¿Qué pasa?

—Investigué un poco más a Mallory.

—¿Ah, sí?

—Sí, algo en la forma en que dijo que nunca lo olvidaría me hizo indagar más a fondo.

—¿Qué? ¿Qué fue lo que dije?

—Cuando estaba por colgar el otro día, dijo que nunca lo olvidaría mientras viviera. Eso me recordó lo que dijo: que Mallory juró vengarse de usted, aunque fuera lo último que hiciera.

—Eso fue lo que dijo. ¿Qué averiguó?

—Hice una búsqueda de domicilio, y un Mazda blanco está registrado a nombre de una tal Jill Cashman en la dirección de Mallory.

—¿Qué tan actualizada es la información? ¿Quizás Mallory se mudó?

—Según su registro vehicular, sigue ahí.

—No sé, ¿un Mazda? A mí me pareció un Toyota.

—¿Está seguro? Sus logotipos son muy parecidos.

—¿Qué modelo de Mazda?

—Un Mazda 3. Es un sedán. ¿Es eso lo que vio?

—Sí. Deme un segundo; quiero buscar una foto. ¿De qué año es el de esa mujer?

—2020.

Yendo a la pestaña de imágenes, tecleé el modelo y el año. Me desplacé hasta la foto de un auto blanco e hice zoom. El logotipo en la cajuela era parecido al que usaba Toyota. Cerré los ojos e intenté recordar el auto en el estacionamiento de Laura. Era difícil estar seguro.

—Sabe, pude haberme equivocado con la marca del vehículo. Se parece un poco a un Mazda, pero no puedo estar seguro.

—Delaware tiene un montón de placas especiales. Algunas se parecen a las que tenemos en Florida.

—La que vi era definitivamente azul.

—Florida tiene varias azules.

Olvidándome de las compras, fui directo a mi auto, mientras decía: —Lo llamo de vuelta; quiero revisar algo.

Mirando con frecuencia por el espejo retrovisor, manejé hasta el apartamento de Laura. Di vueltas por el estacionamiento buscando el auto que vi. No estaba. Me estacioné y corrí hasta la puerta de Laura.

—¿Beck? ¿Qué estás...? ¿Está todo bien?

Asentí. —Necesito que veas algo. A ver si se parece al auto que vimos en tu estacionamiento.

—¿Encontraste el auto?

Le di mi teléfono. —No. Esta es solo una foto genérica.

Acercó el teléfono a su cara. —Se parece al auto, ¿no crees?

—¿Estás segura?

—Sí. ¿Por qué? ¿Qué está pasando? ¿Sabes de quién es?

—En realidad, no.

—Entonces, ¿viniste hasta acá para mostrarme esto y no significa nada? No me chupo el dedo, ¿sabes?

—No dije eso; es solo que es confuso y...

—Ahí vas de nuevo, a meterte en tu caparazón. Quieres mi ayuda para identificar el auto, pero no me dices nada de quién es.

—No quiero asustarte. No estamos seguros de nada. En este momento, es una posibilidad.

Con las manos en las caderas, exigió: —Dime.

—Está bien, está bien. ¿Recuerdas al tipo Mallory, de Delaware, del que te hablé?

—¿El hombre que apuñalaste?

Asentí. —Se lo merecía. Fue en defensa propia. O sea, el muy cabrón me golpeó la cabeza con un palo y yo solo reaccioné.

—¿Es él?

—Podría ser. Una mujer llamada Jill Cashman vive en la misma dirección que él y es dueña de un Mazda como el que vimos.

—¿No puede la policía hacer algo?

—Ni siquiera sabemos si fue él, y si lo fue, lo único que estaba haciendo era mirar dentro de mi auto.

—El tipo trató de matarte, por el amor de Dios. Incendió tu casa.

—Tranquila. No podemos achacárselo.

—Solo te vas a quedar esperando a que intente...

Tomé sus manos. —Vamos, me conoces mejor que eso. Confía en mí; estoy alerta y lo estamos vigilando.

———

Era otro día perfecto, pero yo estaba encerrado adentro tratando de mantenerme a salvo. Miré a través de las puertas corredizas, revisando la terraza. Nada más que sol, el lago y una exuberante vegetación.

La sensación de que algo debía hacerse me seguía carcomiendo. Si era Mallory, estaba preparado. Y el detective Moreno había emitido un boletín para advertir a la Oficina del Sheriff del Condado de Collier que estuvieran atentos a Mallory y al Mazda.

¿Qué era lo que no cuadraba? Caminando de un lado a otro por la sala de estar, me di cuenta de que era Mario. Hacía más de treinta años que nos conocíamos; nunca había pasado un día sin que habláramos. Incluso cuando discutíamos, siempre nos poníamos en contacto rápidamente. Ninguno de los dos tenía padres o hermanos con quienes conectarnos; solo nos teníamos el uno al otro.

Laura era buena, quizás genial, y era ella o Mallory quien mantenía mi mente alejada de mi hermano de otra madre. Pero nadie podía reemplazar a Mario. Nadie entendía el vínculo que habíamos formado.

Marqué el número de Celadon Recovery y pregunté por Paul.

—Hola, Paul, soy Beck. Quería saber cómo está Mario. ¿Cómo le va?

—Mario está bien y parece que se está adaptando bien. Me dijeron que parece estar listo para hacer el trabajo que necesita.

—Excelente. Qué bueno oír eso. ¿Cuándo puedo visitarlo?

—Le avisaremos. No haga otro viaje para acá hasta que le avisemos que ya es hora.

—¿Otro viaje? ¿A qué se refiere?

—Me informaron que alguien vino esta mañana. Supuse que era usted.

—No. ¿Quién fue?

—No lo sé.

—Mire, esto podría ser serio. Necesito que averigüe quién fue.

—No lo sé—

—¿Las visitas no tienen que mostrar una identificación?

—Sí, es un requisito, pero solo cuando se concreta la visita.

—Necesito ver las grabaciones de seguridad.

—¿Qué está pasando? ¿Hay alguna amenaza de la que debamos saber?

—No hay nada de qué preocuparse. Déjeme ver el video de vigilancia, solo para estar seguro.

—No puedo autorizar algo así. Solo el director tiene esa facultad.

—Consúltelo con él. Ya voy para allá.

42

ATRAPADO EN UNA FILA DE TRÁFICO QUE LLEVABA A BONITA Beach Road, hice una llamada.

—Detective Moreno.

—Hola, Moe. Necesito que te reúnas conmigo en Celadon, en Fort Myers.

—¿El centro de rehabilitación?

—Sí. Mario se está desintoxicando ahí.

—¿Qué está pasando?

—Creo que Mallory, o quien diablos sea el que viene por mí, fue para allá. Necesito ver las grabaciones de vigilancia.

—¿Por qué irían tras él?

—Podrían, si está relacionado con lo que hacemos.

—Pero si es Mallory, ¿tú crees...

—No lo sé, viejo.

—¿Cómo sabrían que Mario está ahí?

—Mira, si tuviera todas las respuestas, no te estaría pidiendo ayuda.

—Cálmate, solo estoy tratando de entender qué pasa.

—¿Puedes reunirte conmigo?

—Claro. Ya voy para allá.

Pegado al parachoques del auto de adelante como si me llevara el diablo, serpenteé entre el tráfico, pisando el acelerador a fondo al pasar The Promenade. Un par de camiones de jardinería que avanzaban pesadamente en los carriles izquierdos ralentizaron el tráfico. Me desvié bruscamente al carril derecho y los rebasé.

Al reducir la velocidad por un semáforo que cambiaba en Coconut Point, pisé el acelerador y casi le pegué a un auto que salía del centro comercial. A unos cuatrocientos metros de Corkscrew Road, lo vi. Una patrulla, con las luces destellando, estaba en mi espejo retrovisor.

Maniobré hacia otro carril, pero el policía se deslizó justo detrás de mí. —¡Mierda!

———

CON LA PLACA colgando del cinturón, Moreno estaba en la entrada circular hablando con uno de los guardias de seguridad de Celadon. Estacioné bajo el pórtico y salí de mi auto. —Perdón, viejo. Me clavaron una maldita multa.

Moreno se rió entre dientes. —¿El condado de Lee?

—Sí.

—¿Quién te detuvo?

—El oficial Leahy.

—No lo conozco, pero dame la multa. Veré si puedo convencerlo de que la anule.

—Gracias.

Me presentó al guardia. —Joe, este es Beck.

Nos dimos la mano. —Mucho gusto.

—¿Puedes mostrarnos el video de vigilancia?

—Claro que sí. Vamos a ello.

Sacó una tarjeta del bolsillo y la sostuvo contra un lector. Las puertas de entrada se abrieron.

La recepcionista se animó. Joe dijo: —Están conmigo.

Lo seguimos a una pequeña habitación. Un guardia estaba sentado en un escritorio cubierto de monitores. —Estos caballeros necesitan ver la grabación de la entrada de esta mañana.

—Claro, ¿qué lapso de tiempo?

Dije: —¿A partir de las nueve, si está bien?

—No debería ser muy difícil encontrar lo que buscan, fue una mañana tranquila. —Tecleó en un teclado—. Listo. —Señaló un monitor del segundo nivel—. Está en ese.

Joe dijo: —¿Por qué no te tomas un descanso? Yo vigilo todo.

—Claro, estaré atrás. Envíame un mensaje cuando terminen.

Salió de la habitación apretujándose, y Joe se sentó en su silla. Con el dedo suspendido sobre el mouse, dijo: —¿Listos?

—Dale.

Moreno dijo: —Es un buen sistema de cámaras.

Dije: —Espero que ayude. Adelántalo hasta que haya acción.

A las nueve y veinte, una camioneta se detuvo. Mis hombros se tensaron. —Ponlo en cámara lenta.

—Son solo los de la lavandería.

Apareció un hombre, cargando dos bolsas grandes de plástico transparente llenas de ropa de cama doblada. Oprimió el intercomunicador y esperó a que se abrieran las puertas. Desapareció adentro y regresó con tres bolsas, que arrojó a la camioneta.

A las nueve y cincuenta y ocho, un hombre apareció en la imagen. —Ponlo en cámara lenta. —Me incliné mientras la grabación cambiaba a velocidad normal. Bajó de la entrada de autos y se dirigió a la entrada.

—Páusalo y haz zoom.

A centímetros de la pantalla, me volví hacia Moreno. —No es Mallory.

—De acuerdo. ¿Lo reconoces?

Estudié el rostro del hombre. Tendría unos treinta y tantos

años con barba de dos días. Era fornido y vestía jeans y una camiseta azul. Negué con la cabeza. —¿Quién diablos es este tipo?

—¿Pongo el resto?

—Adelante.

El hombre misterioso oprimió el intercomunicador, dijo algo y miró a izquierda y derecha. Parloteó por el altavoz y se alejó.

Moreno dijo: —Reprodúcelo de nuevo, pero en cámara lenta. Podríamos ver algo.

Fue una buena idea, pero no ayudó.

Dije: —Tenemos que ver si Mario sabe quién es, Joe. ¿Puedes preguntarle a Paul si podemos verlo solo un minuto?

Levantó el teléfono y marcó una extensión. Después de una breve charla, colgó. —Paul dijo que acaba de entrar a una sesión de grupo y luego tiene una individual con el Dr. Belcher.

—¿Cuánto va a tardar todo eso?

—Dos horas.

—Déjame hablar con Paul.

Joe marcó y me pasó el teléfono. —Hola, Paul, sé que Mario va a estar ocupado, pero todo lo que necesito es un minuto para mostrarle el video, ver si sabe quién es.

—Lo siento, pero no podemos interrumpir su terapia. Mario está progresando y algo como esto podría provocarle un retroceso.

—Oh, vamos, solo va a ver una foto. ¿Cómo diablos va a ser eso peligroso?

—Mario necesita mantenerse enfocado en sí mismo y en su recuperación. Es un proceso delicado y no podemos arriesgarnos a que haya un contratiempo.

Tragándome la rabia, dije: —¿Cuándo podemos verlo?

—En una semana más.

—De acuerdo. Mire, estoy siendo demasiado precavido,

pero existe la posibilidad de que alguien esté buscando a Mario.

—¿Buscándolo? ¿Por qué razón?

—No lo sé, pero han estado sucediendo algunas cosas extrañas y tenemos que asegurarnos de protegerlo.

—Por supuesto.

—¿Puede asegurarse de que yo sea el primero en verlo?

—Mmm, esa decisión depende de Mario.

—Mire, ambos queremos lo mejor para Mario y somos como hermanos de otra madre. Existe una pequeña posibilidad de que esté en peligro, así que de verdad necesito que haga una excepción.

—Lo siento, pero no podemos hacer excepciones.

43

Entré al estacionamiento de empleados de Celadon y apagué los faros. Esperé un minuto y envié un mensaje de texto. Sin quitarle el ojo a la entrada, me bajé de mi BMW.

Al amparo de un almácigo, revisé el teléfono. Recibí un mensaje. Un par de cámaras estaban apagadas. Era hora de actuar.

Corrí hacia el resquicio de luz que salía de una puerta y me deslicé dentro de un pasillo. Un segundo después, apareció Joe. Se llevó un dedo a los labios.

Le di cuatro billetes de cien dólares. Se los metió en el bolsillo, susurrando:

—Quédate aquí. Desapareció detrás de una puerta que decía «Vestidor».

Dos minutos más tarde, la puerta se abrió. Una sonrisa se dibujó en mi rostro. Abrí los brazos y abracé a Mario.

—Amigo, ¿cómo estás?

—Bien. Es la mitad de la noche, ¿qué pasa?

—Solo quería mostrarte la foto de alguien.

—¿Quién? ¿De qué se trata?

—Podría ser el tipo que me está persiguiendo.

Le entregué tres fotos que había sacado del video.

Mario dijo:

—¿Crees que Gene va tras nosotros?

—¿Lo conoces?

—Sí, es el hermano de Susan.

Se me cayeron los hombros.

—¿Me estás jodiendo? ¿Ese es el hermano de Susan?

—Sí, ¿qué te hace pensar que quiere hacernos daño?

—Bueno, vino a verte y... pensé que, ya sabes, podría ser Mallory. Tiene el mismo auto que el que vi cerca de lo de Laura y... olvídalo, es solo que...

Mario sonrió.

—Es solo que estás paranoico. Lo sé, está bien, amigo. Me abrazó. —Te agradezco que me estés cuidando.

—Siempre, hermano. ¿Estás bien?

—Ah, sí. No me sentía tan bien desde hacía como dos años.

—Genial. Estoy orgulloso de ti, amigo.

Joe asomó la cabeza en el pasillo.

—Vámonos.

Nos abrazamos de nuevo y cada uno se fue por su lado.

El corazón me latía demasiado rápido. Hice una serie de inhalaciones dobles y exhalaciones lentas para calmarlo y repetí un principio estoico fundamental: estar alerta y activo era la única forma de mantener el control.

———

APAGUÉ la alarma y abrí la puerta corrediza.

—Vamos, chico. Haz tus necesidades.

Toby correteó hacia el césped y levantó una pata junto a un arbusto lleno de flores rosas. Tomé un sorbo de mi café antes de dejarlo en la mesa. Saqué mi teléfono y escribí un mensaje. Moreno tenía que saber; Mallory seguía siendo el sospechoso número uno.

Toby estaba dando vueltas cuando mi amigo el detective Moreno me devolvió la llamada.

—Oye, ¿cómo estás?

—Bien. Resulta que el tipo que fue a ver a Mario era el hermano de su novia.

Moreno se rió.

—¿Me hiciste manejar hasta Fort Myers por eso?

—Lo siento.

—No te preocupes. Mañana tengo el día libre. ¿Quieres que vayamos a almorzar?

—Claro. ¿A dónde quieres ir?

—El hijo de mi vecino está trabajando en un lugar nuevo en Vanderbilt que se supone que es muy bueno.

—Ok. ¿Cómo se llama?

—The Bicyclette Cookshop. Estoy casi seguro de que antes era Fit and Fuel.

—Ah, sí, oí que lo remodelaron.

—Sí, y el chef acaba de ganar un concurso de un programa de televisión.

—Vaya. Eso es importante.

—Es la gran cosa. ¿Te parece bien a las doce y media?

—Claro. Nos vemos allí.

———

EL CENTRO comercial Pavilion había cambiado con los años. Tras perder un Publix como tienda ancla y pasar por dificultades, se transformó en una mezcla de tiendas y restaurantes populares. Agarré una de las manijas de metro veinte de la puerta de Bicyclette y la abrí. Un dolor punzante en mi cadera derecha me paralizó en seco.

Inhalé profundamente y di un paso. El dolor seguía ahí. Entré cojeando al restaurante.

Moreno estaba sentado en una mesa al fondo del lugar.

—¿Te lastimaste la pierna?

—Es la espalda. Aunque no lo creas, me la lastimé al abrir la puerta.

—Hasta al mejor le pasa. Tienes un spa, ¿verdad?

—Sí, ¿por qué?

—Cada vez que me empieza a molestar la espalda, me meto en el spa. Lo pongo lo más caliente posible y apunto los chorros a la zona que me molesta. Relaja todo y me siento mejor.

—¿En serio?

—A mí me funciona; inténtalo.

—Lo intentaré —señalé detrás de él—. Esa pared está genial. Estaba cubierta de listones de madera.

—Usaron un par de maderas diferentes aquí.

Me dejé caer en una silla.

—Le da calidez al lugar. Me gusta lo que hicieron aquí.

Él señaló.

—¿Ves la barra?

—Ah, sí. Muy bonita.

—Pedí un aperitivo para que empecemos. Mi vecino dijo que no nos perdiéramos las papas con chorizo.

Tomé el menú.

—Suena bien.

—¿Cómo está Mario?

—Solo lo vi un segundo anoche, pero parecía estar bien.

—¿Cuándo puede recibir visitas?

—En unos días más, pero puede recibir llamadas a partir de mañana.

El mesero trajo el aperitivo. Pedí una hamburguesa de atún y Moreno pidió un plato de pescado blanco.

Moreno pinchó una papa.

—Así que, después de todo, no era Mallory.

—Todavía podría ser él.

—Están buenas. Prueba una.

Comí un trozo. —Me gusta. Tiene un toque picante.

El mesero nos sirvió la comida.

—La salsa tiene alguna especia. Aparte de Mallory, has tenido algunos casos, digamos, interesantes. ¿Crees que podría ser alguien de esos?

—Le di muchas vueltas. Sí, es decir, ajustamos varias cuentas, pero todos se lo merecían. Además, mantenemos un perfil bajo.

—Pero ese asunto con Royal te hizo salir en la prensa.

Corté un pedazo de mi hamburguesa. —Gracias por recordármelo.

—Royal es de lo más peligroso que hay.

—De nuevo, no necesito que me lo recuerdes —me metí el trozo en la boca—. Creo que le ponen el mismo tipo de salsa a esto.

—Probablemente sea la especia.

—¿Qué tal está?

—Excelente. Es ahumada con un poco de jalapeño.

Terminamos de almorzar y el mesero retiró los platos. — ¿Les gustaría ver el menú de postres? Tenemos...

—Yo no, gracias —dije.

—Solo la cuenta, por favor —dijo Moreno.

Él sacó la cuenta de su delantal y ambos pusimos nuestras tarjetas de crédito Sapphire sobre la mesa.

Sentía la espalda bastante bien mientras manejaba a casa, pero al bajar del auto, un dolor agudo me recorrió la parte baja. Probaría lo que Moreno dijo que ayudaba. Fui a mi cuarto a ponerme un traje de baño.

Mientras vaciaba mis bolsillos en un cajón, suspiré: — Maldición.

Tenía la tarjeta de crédito de Moreno, y él tenía la mía.

Moreno respondió a mi mensaje de texto diciendo que iba de camino a un hospital en Port Charlotte a visitar a una tía. Después tenía una clase de pickleball y un partido. Pasaría por la noche y me enviaría un mensaje cuando estuviera en camino.

Me metí en el jacuzzi con cuidado. El agua me quemaba la piel. Ya sentado, me deslicé y dirigí dos de los chorros a mi espalda baja. Después de cinco minutos me moví un poco. El dolor casi había desaparecido.

Moreno tenía razón. Después de veinte minutos salí y me sequé. Me sentía un noventa por ciento mejor. Entré a la casa para hacer algo de papeleo.

————

DESPUÉS DE CENAR una lata de pollo de Costco, me acosté en el suelo, estirando suavemente las piernas y la espalda. El dolor comenzó a reaparecer. Estar sentado en el jacuzzi funcionaba. Volvería a meterme.

Mientras estiraba el isquiotibial, llegó un mensaje: Moreno llegaría en cinco minutos.

Me puse de rodillas y me levanté lentamente. Toby estaba parado junto a su tazón. Se me había olvidado darle de comer. Le llené el plato de comida y salí a encender el calentador del jacuzzi. Me metería en el agua después de que me devolviera mi tarjeta de crédito.

Tras pulsar el botón, puse las manos sobre una columna y llevé mi pierna izquierda más atrás. Se sintió bien estirar la pantorrilla y el isquiotibial. Cambié de pierna.

Inclinándome desde la cadera, dejé caer los brazos, pero no intenté tocar el suelo. El *crujido* de una rama me hizo enderezarme de un salto. Toby estaba acurrucado en su cama en la cocina.

El único sonido era el del agua circulando. Metí la mano en el jacuzzi.

—¡Policía! ¡Manos arriba!

Me quedé rígido.

—¡Alto ahí!

Sonó un disparo. Me agaché detrás del jacuzzi mientras un hombre gritaba: —¡Mierda!

—¡Beck! ¡Soy Moreno! Está herido. Llama al 911.

Entré corriendo a la casa hacia una ventana lateral. Moreno había esposado a un hombre vestido de negro y le estaba hurgando en el bolsillo trasero.

Mientras marcaba el 911 con una mano, saqué mi Glock de la mesita de noche y salí.

Moreno le estaba atando un torniquete alrededor del muslo al hombre. Miré la cara del herido. —¿Quién diablos es?

Me entregó su billetera. —Anton Solenko. ¿Lo conoces?

—No —me arrodillé—. ¿Quién lo envió?

El hombre cerró los ojos. Le presioné mi Glock contra la barbilla. —Dígame o le vuelo la maldita cabeza.

Moreno me apartó la mano de un manotazo. —Déjame encargarme de esto.

El detective presionó con el puño la herida del hombre.

El hombre chilló: —¡Ay!

—¿Para quién trabaja?

El hombre repitió un nombre. Era la última persona en la que habría pensado.

44

Con las sirenas cada vez más cerca, le dije:

—Moe, gracias a Dios que estabas aquí.

—Dicen que la clave está en el momento oportuno.

—¿Cómo lo viste?

—Tan pronto como doblé en tu cuadra, vi un sedán con las luces apagadas deteniéndose lentamente cerca de tu casa. Apagué las luces y me orillé. Un tipo se bajó del auto, pero no cerró la puerta. Llevaba un pasamontañas en la cabeza, de esos que se pueden bajar. Miró directamente a tu casa y se dirigió al espacio entre esta y la de al lado. Supuse que era un ladrón. Pero cuando metió la mano en el cinturón y sacó una pistola, vine para acá a toda prisa.

—Estaba en la terraza, preparando el jacuzzi para mi espalda.

Una patrulla frenó con un chirrido. Moreno dijo:

—En cuanto le tomemos la declaración, iremos a buscar a Weiss.

—Todavía no puedo creer que haya sido Weiss quien lo contrató.

—¿Ya se te olvidó? Le volaste el mundo en pedazos, amigo. Y el tipo tiene recursos ilimitados.

Vimos una ambulancia deslizarse hasta detenerse.

—Vamos, metí a otras personas en la cárcel. Weiss recibió su merecido.

—No digo que el tipo no se lo mereciera, solo que el estatus lo era todo para Weiss, y tú lo bajaste de la cima.

Una camioneta de noticias de WINK se detuvo.

—Será mejor que llame a Laura. Si se entera antes de que yo le diga...

Moreno sonrió.

—Hombre listo. Apúrate, vas a tener que dar una declaración.

———

La terapia de Mario terminaba a las dos. Esperé hasta las dos y cinco y lo llamé.

—Hola, Mario. ¿Cómo estás, amigo?

—Beck. ¡Qué gusto escuchar tu voz!

—Te habría llamado antes, pero tienen sus reglas y todo eso.

—Lo sé. Pregunté y me las explicaron. Pero todo bien.

—¿Cómo te sientes?

—Bien. A veces se vuelve aburrido, pero es mejor de lo que esperaba. La gente de aquí es muy amable, y, vaya, sí que saben de lo que hablan.

—¿Son buenos terapeutas?

—Sí, o sea, tú sabes, después de todo lo que hemos pasado, es bueno, ya sabes, profundizar en algunas de esas cosas.

—Seguro que ayuda.

—Sí que ayuda. Deberías pensar en ver a alguien. Te haría bien.

—Quizás uno de estos días.

Dan Petrosini

—No vale la pena esperar. Se ha estado acumulando en ti por mucho tiempo, hermano.

—Basta de hablar de mí. ¿Cómo vas con, eh, ya sabes, la cocaína?

—Soy un adicto.

Me estremecí al oír la palabra.

—No, no lo eres.

—Sí, lo soy. Ya me cansé de mentirme a mí mismo.

—La persona a la que es más fácil engañar es a uno mismo.

Mario continuó:

—Es verdad, pero voy a ser honesto conmigo mismo de ahora en adelante. Con eso y las herramientas que me están dando para lidiar con las ganas, voy a estar bien. Te puedo asegurar, hermano, que de ninguna manera voy a volver a esa porquería.

—Eso es genial. Me alegra muchísimo que hayas cortado esto de raíz.

—Si no fuera por ti, no habría venido a un lugar como este.

—Lo importante es que lo hiciste.

—Gracias, hermano.

—Cuando quieras.

—Y bueno, ¿qué hay de nuevo? ¿Cómo van los casos?

—Ay, amigo, no vas a creértelo, pero fue Weiss quien incendió mi casa.

—¿Weiss? ¿El vendedor en corto?

—Sí, todo el tiempo pensé que había sido Mallory o quizás Royal, pero fue Weiss. Contrató a un tipo de Orlando, le pagó cien mil dólares para que intentara quemarme vivo...

—Te apuesto a que él estuvo detrás del incendio en esa fábrica de aviación.

—Yo también, pero Weiss no paró ahí; el cabrón gastó otros cien mil para que alguien intentara dispararme.

—¿Dispararte? ¿Cuándo?

Le conté cómo Moreno había llegado y visto al que iba a ser mi asesino.

—Mierda, si no fuera por Moe, estarías muerto.

—Lo sé.

—¿Cómo te hace sentir eso?

¿Acaso me estaba psicoanalizando?

—No lo he pensado demasiado.

—Vamos, hombre. Es importante procesar cosas como esta.

Dudé.

—Bueno, para ser honesto, me ha desequilibrado un poco.

—Es normal estar alterado.

—Pero no es estar alterado. No sé, pero estoy empezando a preguntarme si lo que estamos haciendo está bien, ¿entiendes? Digo, estamos ayudando a la gente y ganando buen dinero con ello, pero, joder, alguien intentó matarme.

—Está bien tener miedo.

—No tengo miedo; es solo confuso.

—Deberías tomarte un descanso. Aléjate por ahora y reflexiona...

—No puedo irme ahora; estamos en medio de los casos de Jackson y Kravitz. No puedo dejarlos colgados...

—Oye, lo siento, pero se me acabó el tiempo; tengo que irme.

Después de colgar, me dejé caer en el sofá. La buena sensación que tenía de que Mario parecía haberse enderezado se vio empañada por las repercusiones de lo de Weiss. Yo no creía haber ido lo suficientemente lejos con Weiss, pero él sí lo creía.

Concentrarse en gente como Whitmore era lo correcto. Pero no haber tenido en cuenta las diferentes reacciones de la gente de la que nos vengamos casi me costó la vida.

45

SIMONE JACKSON, CON UNA GORRA DE BÉISBOL Y GAFAS, mantuvo la cabeza gacha mientras entraba en el Casino Immokalee. Aunque Carl estaba jugando un torneo en Miami, Jackson quería pasar lo más desapercibida posible.

Fue directamente a la caja y entregó lo que equivalía a su sueldo. Jackson tenía el estómago revuelto mientras cruzaba la sala del casino. Se dijo a sí misma que iba a ser una buena noche.

Pasó rápidamente por delante de las mesas de *seven-card stud* y *Omaha Hi-Lo* hasta la sección reservada para el *Texas Hold'em*. Observó el juego en dos mesas antes de pasar a una tercera.

Jackson sintió cómo aumentaba su confianza mientras estudiaba a los jugadores. Eran cuatro: una mujer que creía que rondaba los treinta años y tres hombres, todos ellos de entre cuarenta y cincuenta años.

Un hombre sentado a la derecha de la mujer tenía tantos *piercings* que parecía que se había caído dentro de una caja de aparejos de pesca. A su derecha había un hombre con la cabeza rapada, y el último jugador era barbudo.

Aunque la mujer no era atractiva, pensó que los hombres competirían por su atención. Jackson giró el taburete que había a su lado y puso sus fichas sobre la mesa de fieltro verde.

Le sonrió a la joven, que asintió con la cabeza. El de la cabeza rapada dijo:

—Espero que me cambie la suerte.

—Haré lo posible.

El crupier repartió las cartas de mano. La apuesta *pre-flop* llegó a Jackson. En lugar de arriesgar cincuenta dólares, se retiró. Mantuvo los ojos fijos en los hombres, observando lo que hacían mientras jugaban.

La mano se desarrolló rápidamente, y llegó el momento de revelar la última carta comunitaria.

El crupier volteó el *river* y el calvo le guiñó un ojo a Jackson. Empujó una pequeña pila de fichas al pozo.

—Quinientos.

El resto de los jugadores se retiró. El hombre de los *piercings* dijo:

—¿Qué tenía?

El calvo recogió el pozo.

—Hay que pagar para ver, amigo.

—Tenía color.

—Si eso es lo que usted cree.

Se repartió la siguiente ronda. Jackson se llevó las cartas al pecho y las miró. Las dejó sobre la mesa. Un tres y un ocho, de palos distintos, no eran jugables. Se sintió bien al descartar sus cartas; estaba jugando con inteligencia.

Se repartió la siguiente mano. Emparejó las cartas de mano y miró la de abajo, un diez de diamantes. Una carta decente. Sacó con cuidado la siguiente, un nueve de diamantes. Era su turno de hacer la apuesta *pre-flop*. Vio la apuesta, añadiendo sus cincuenta dólares al pozo.

El crupier reveló el *flop*: un as de tréboles, un rey de tréboles y un siete de corazones. Jackson pasó, pero el siguiente jugador empujó dos fichas negras. Supuso que tenía un par de ases o de reyes. Cuando la apuesta llegó a su turno, se retiró.

Se retiró antes del *flop* en la siguiente mano, pero en la mano siguiente tenía un par de jotas. Vio la apuesta de cincuenta dólares *pre-flop*. El siguiente jugador la subió a cien. Todos los jugadores siguieron. A Jackson le gustaba su mano, pero alguien podría tener ases, reyes o reinas.

El crupier volteó el *flop*: una jota de picas, un diez de picas y un cuatro de corazones.

Con un trío, Jackson esperó a que la apuesta llegara a ella. Subió la apuesta de doscientos dólares a trescientos. Dos jugadores la igualaron.

Se reveló la carta del *turn*. Otra jota, esta vez de corazones. Jackson se dijo a sí misma que se calmara. Tenía un póker. Era una mano fantástica que solo salía una vez cada cuatro mil manos.

El hombre de la cabeza rapada apostó cuatrocientos; luego, el siguiente jugador se retiró. Jackson se tomó su tiempo, empujando las fichas.

—Subo a quinientos.

El calvo le resubió la apuesta.

—Que sean seiscientos.

Jackson apretó las manos sobre la mesa para que no le temblaran.

—De acuerdo, voy —añadió otra ficha negra al pozo.

Se reveló la carta del *river*, una reina de picas. El hombre pasó. Jackson estudió las cartas comunitarias. Quizá esperaba una escalera real y no la consiguió. Si tuviera una mano fuerte, habría apostado.

Jackson empujó las fichas.

—Quinientos.

—Mil.

Jackson estaba atrapada. ¿Era un farol? ¿O la había atraído a una trampa? Calculó que el pozo ascendía al menos a tres mil dólares. Con unas probabilidades de seis a uno o más, era favorable. Puso cinco fichas más.

El calvo sonrió.

—Señora, ha sido usted buena conmigo. —Volteó sus cartas. Tenía una escalera de color. Era una rareza que salía una vez cada setenta mil manos.

La bilis le subió por la garganta a Jackson. Había perdido la mitad de su dinero.

Se retiró de cinco manos seguidas antes del *flop*. Se tranquilizó, recordándose a sí misma que había jugado bien la mano del póker, y que Carl había dicho que incluso con las mayores probabilidades de ganar a su favor, se podía perder. Había dicho que los profesionales no jugaban basándose en la suerte, pero que a veces la mala suerte podía arruinar los planes.

El calvo estaba hablando con el crupier, y Jackson se dio cuenta de que no había estado observando a los jugadores.

Jackson se animó cuando echó un vistazo a sus cartas de mano, un par de reyes. Actuó con cautela cuando le tocó el turno y vio la apuesta de cien dólares.

El flop

Fue perfecto, un par de seises y otro rey. Tenía un *full*. El hombre de los *piercings* apostó cuatrocientos. La joven subió a quinientos.

Jackson quería subir, pero no quería asustar a nadie para que se retirara. Empujó cinco fichas negras.

El crupier volteó la carta del *turn*. La cuarta carta comunitaria era un nueve de diamantes. El hombre apostó quinientos. La chica se retiró.

Jackson contuvo la respiración. Al exhalar, dijo:

—Voy con todo.

Contó cuánto tenía frente a sí: mil trescientos veinticinco dólares en fichas.

El hombre la miró antes de decir:

—Iguálalo.

Puso ochocientos veinticinco dólares.

La última carta fue un tres de tréboles.

El crupier asintió; Jackson y el hombre mostraron sus cartas.

—¡Mierda!

Jackson se levantó y se marchó. Su *full house* perdió contra el póker de seises del tipo.

Con la garganta apretada como por un tornillo de banco, irrumpió en el estacionamiento. Había perdido todo su dinero. Y eso que había jugado con inteligencia, con moderación.

Jackson giró en Immokalee Road, repasando mentalmente las dos manos excepcionales con las que estaba segura de que ganaría. No encontró ningún error.

No era una profesional, pero había mejorado y no se le ocurría ninguna forma en que Carl hubiera jugado las manos de manera diferente.

Por muy frustrante que fuera, Jackson se dijo a sí misma que solo era mala suerte. Si seguía aprendiendo y jugando con disciplina, ganaría.

———

46

JACKSON ESTABA DE PIE EN LA ACERA ELEVADA, AFUERA DEL BRICK Coffee and Bar. Carl subió los escalones de un saltito. —Vamos a tomar un café.

Entraron en la pequeña cafetería e hicieron fila. —¿Vienes aquí a menudo? —dijo Jackson.

—Un par de veces al mes. No hay muchos lugares que sirvan café Lavazza.

—Vaya que está concurrido.

—A los turistas les encanta este lugar. No solo está en la Quinta Avenida, sino que muchos sitios de viajes lo tienen como un favorito que no te cuesta un ojo de la cara.

—Los sándwiches se ven buenos.

—Me gustan sus paninis, sobre todo el italiano. Deberías pedir uno; estás muy flaca.

—No tengo hambre.

Carl señaló hacia afuera. —¿Qué tipo de café quieres?

—Solo uno regular.

—Está bien —señaló—. Agarra esa mesa antes de que alguien más lo haga.

Jackson se sentó en una de las tres mesas exteriores apretujadas en la acera. Minutos después, Carl se abrió paso entre una multitud de transeúntes y dejó los cafés sobre la mesa.

Le dio un sorbo a su café. —No sé por qué el expreso nunca pegó en los Estados Unidos.

—Es demasiado fuerte.

—Los italianos le dicen «sopa» al café americano.

Jackson sonrió. —Una vez tomé café turco; es espeso y arenoso.

—Exacto, es como arena. ¿Lista para ir al grano?

—¿Aquí? Hay mucha gente.

—También en un casino. ¿Sabes que los italianos usan la palabra «casino» para describir un lío o una situación confusa?

—Mmm.

—Tienes que ser capaz de concentrarte, de aislar todo a tu alrededor, si quieres ganar en la mesa de póquer.

—Sabes, tienes razón, profe —sonrió ella.

Carl se terminó lo último que quedaba de su café. —Bien, la clase ha comenzado. Es después del *flop*. Tienes un doble par. ¿Cuál es la probabilidad de mejorar la mano a un *full house*?

Jackson parpadeó. —Eh, alrededor del diez por ciento, quizás más.

—Es el nueve, pero eso está bien. ¿Y para un proyecto de escalera interna?

—Ah, es lo mismo que para conseguir un *full house*.

—Muy bien. Bueno, digamos que tus cartas de mano son una jota y un ocho de picas. El *flop* tiene un nueve de picas, un diez de corazones y una jota de tréboles. Para una escalera necesitas que salga una reina o un siete.

—Eso me da ocho *outs*, cuatro para la reina y cuatro para el siete. Una mano bastante buena.

—Quizás tienes que ver qué pasa si cae una reina, porque entonces las cartas comunitarias mostrarán un nueve, un diez, una jota y una reina. Eso significa que cualquiera que tenga un rey tiene una escalera alta al rey, que supera a tu escalera alta a la reina.

—Entonces, necesitaría un siete.

—Exactamente. Ahora, puede que nadie tenga un rey, pero en una partida grande es una situación que da miedo.

—¿Tú te retirarías?

—Depende de cuál sea la apuesta y de cómo esté el pozo.

—Tiene sentido.

—Lo estás haciendo bien, aprendiendo más rápido de lo que esperaba.

—Gracias.

—Calcular los *pot odds* teniendo en cuenta tu mano es el siguiente paso. Lo simplificaré lo mejor que pueda.

—De acuerdo —dijo ella mientras pasaba un auto con un molesto sonido de silenciador.

—Digamos que tienes un tres y un cuatro de corazones como cartas de mano. Nadie apuesta *preflop*, así que te quedas. El *flop* es un dos, un cinco y un nueve, ninguno es de corazones. Alguien apuesta siete dólares en un pozo de treinta. ¿Igualas la apuesta?

—Yo diría que sí.

—No digas «diría que sí»; calcula los *pot odds* y toma una decisión.

—De acuerdo.

—Los *pot odds* son los siete dólares contra el pozo de cuarenta y cuatro dólares.

—¿Cuarenta y cuatro? Era un pozo de treinta.

—Los treinta originales más la apuesta de siete y tu igualada de siete.

—Entendido.

—Así que eso es alrededor del dieciséis por ciento.

—Ok.

—Eso significa que necesitamos ganar al menos el dieciséis por ciento de las veces para no perder dinero. Así que calculemos nuestras probabilidades de conseguir la escalera. Tenemos ocho *outs* con una escalera abierta, lo que significa que la completaremos en el *turn* el dieciséis por ciento de las veces. Eso cumple nuestro mínimo, y además nos queda la carta del *river*. Esta es una igualada rentable.

Jackson se quedó con la mirada perdida.

Carl sonrió. —Tienes la mirada perdida. —Se inclinó hacia adelante—. Sé que es confuso. Va a tomar tiempo asimilar las matemáticas. Créeme, si no te rindes, después de un tiempo será automático.

Jackson exhaló. —Lo sé, pero estoy ansiosa por jugar, ¿sabes?

—Claro. Mira, puedes empezar pronto. Hay un torneo que se acerca y, por lo que he oído, muchos de los peces gordos van a estar en Las Vegas, así que la competencia será más ligera. Sería un buen lugar para empezar a foguearte, y probablemente termines en los puestos premiados.

—¿Cuándo es?

—En unas dos semanas. Te dará algo más de tiempo para practicar los *pot odds*. Te daré los detalles.

—No puedo esperar. —Su sonrisa se desvaneció—. ¿Cuánto cuesta la entrada?

—Cinco mil.

—Ah, eso es mucho.

—Más alto que muchos, pero el retorno es de los mejores que hay.

Jackson se quedó en silencio.

—¿Es demasiado para ti?

—No. Solo tengo que hacer unos arreglos.

—Bien. Pero no esperes demasiado; la cuota tiene que pagarse una semana antes de que empiece el juego.

47

UNA MULTITUD ESTALLÓ EN UNA CELEBRACIÓN. JACKSON SE volteó hacia su derecha, donde la gente alrededor de una mesa de dados se chocaba las manos. Se preguntó qué punto había logrado el lanzador.

Volvió a centrar su atención en la mesa de Texas Hold'em en la que Carl estaba sentado. Estaba acumulando lentamente torres de fichas. Jackson pensó en la diferencia en su enfoque hacia el juego.

Los jugadores de dados eran los más expresivos del casino. Carl era callado, medido y metódico. ¿Eran esos los rasgos de un ganador o había que evitar los altibajos emocionales para no agotar a un jugador habitual?

Una mesera tomó las órdenes de los jugadores en la mesa de Carl. A Jackson se le antojó un trago y revisó su bolso: un par de billetes de un dólar y dos de veinte. Los vítores de una mesa de ruleta le llamaron la atención.

La ruleta pagaba treinta y cinco a uno. Veinte dólares le darían setecientos si salía su número. Podía intentarlo dos veces. Las probabilidades seguirían siendo terribles. ¿Y si Carl se enteraba? ¿Lo dejaría pasar o dejaría de ser su mentor?

Le sonó una notificación. Jackson sacó su teléfono. Era un correo electrónico de Summit Mortgage Corporation. Dudó antes de abrirlo:

Estimada Sra. Jackson:

Lamentamos informarle que su solicitud de préstamo con la garantía de la propiedad en 1123 Palmetto Drive ha sido denegada por falta de capital.

Puede volver a presentar una solicitud utilizando otra propiedad como capital... bla, bla, bla.

Jackson borró el mensaje y se pellizcó el puente de la nariz. ¿Dónde más podía pedir un préstamo? Quizás debería vender su casa y empezar de cero. En un año o dos, sería una jugadora mucho mejor y compraría otra cosa con sus ganancias.

Jackson forzó su atención de vuelta a la mesa ovalada en la que jugaba Carl. Ignoró el murmullo de las conversaciones y el tintineo de las máquinas tragamonedas, y se concentró en la partida. La apuesta le correspondía a una mujer de aspecto moderno de unos treinta y tantos años que estudiaba sus cartas con intensidad.

Jackson intentó determinar si se estaba tirando un farol para ocultar una mano fuerte o si de verdad estaba intentando tomar una decisión. La mujer puso los dedos alrededor de una pila de fichas. —Veo la apuesta.

La mirada de Carl se movió de un jugador a otro. Jackson sabía que debía tener una buena mano; supuso que tendría un par alto, quizás reyes como cartas de mano. Las cuatro cartas comunitarias conllevaban el riesgo de un color y la posibilidad de una escalera.

El repartidor volteó la carta del *river*, un diez de corazones. A la mujer le dio un tic en el ojo. ¿Había conseguido el color? El turno de apostar era de Carl, que pasó.

El siguiente jugador, que llevaba una camiseta amarilla de fútbol, empujó su pila de fichas al centro y se puso de pie. —Todo adentro.

Los dos jugadores a su izquierda se retiraron mientras el repartidor contaba la apuesta que había hecho el señor de la camiseta de fútbol. —Mil cuatrocientos cincuenta.

El turno era de la mujer. Se miró las cartas de mano. Jackson sabía que eran los nervios; la mujer no había olvidado lo que tenía. Jackson supuso que la mujer se retiraría.

La mujer deslizó sus cartas hacia el repartidor. —No voy.

Jackson sonrió y contuvo la respiración mientras Carl miraba al hombre de pie y movía tres torres de fichas hacia el centro. —Veo tu apuesta.

Jackson vio que el señor de la camiseta de fútbol se puso rígido cuando Carl volteó sus cartas. —Trío de jotas.

—Me ganaste, amigo.

Carl recogió el pozo mientras el perdedor se alejaba.

Después de una docena de manos más, Carl pidió un cambio de valor de fichas. Le dio propina al repartidor y se llenó los bolsillos con las fichas de mayor denominación.

Jackson levantó una palma. —Qué buena jugada. Carl no le chocó la mano.

—Ganes o pierdas, nunca llames la atención. No es justo para los jugadores a los que les ganas, y te aseguro que no quieres que el casino te vigile más de lo que ya lo hace.

—De acuerdo, lo siento.

—No hay problema.

—Me pusiste nerviosa con ese pozo con todo adentro. ¿Cómo sabías que no tenía el color?

—No estaba seguro, pero las probabilidades del pozo eran excelentes, y cuando se puso de pie, para mí, eso gritaba farol. Si tuvieras el color, ¿de qué habría que estar nerviosa? No había un par en la mesa, así que la mejor mano era una escalera o un trío.

—Sí, tienes razón. De verdad conoces este juego.

—No es un juego, es una combinación de entender comportamientos con un montón de matemáticas de por medio.

—Haces que parezca fácil.

Él negó con la cabeza. —Confía en mí: no es fácil. Pero si te esfuerzas y tienes disciplina, tendrás una buena oportunidad de ganar de forma consistente.

—Me estoy esforzando.

—Sé que lo haces.

—Por cierto, sabía que esa mujer se iba a retirar.

—¿Qué te dio la pista?

—No dejaba de mirarse las cartas. Y cuando salió el *river*, le dio un tic en el ojo.

—Buena observación. ¿Cómo te va con las probabilidades del pozo?

—No es fácil, pero estoy trabajando con un libro de ejercicios que descargué.

—¿El de Split Suit?

—Sí.

—Sigue con eso y lo conseguirás.

—¿Cuándo crees que debería jugar?

—Te hablé de ese torneo. Creo que eres lo suficientemente buena para jugar. ¿Por qué no te inscribes?

—De acuerdo, lo haré.

—No olvides nuestro acuerdo. De lo que sea que ganes, me llevo una parte.

—Créeme, estaré feliz de pagarte tu parte.

—Tengo que irme. Mi novia llega a Fort Myers en poco más de una hora.

—Entonces, vete ya.

Salieron al estacionamiento y se separaron. Jackson se dirigió a su auto sintiéndose bien por lo que Carl había dicho sobre su progreso.

Intentó repasar la conversación. Cuando llegó al final, a la parte de su comisión, él había dicho «de lo que sea que ganes». Ella sonrió; no era «si» ganaba.

Jackson se visualizó recogiendo un gran pozo de fichas. Una sonrisa se dibujó en su rostro. Pero su euforia se desvaneció: no tenía el dinero para pagar la cuota de inscripción.

JACKSON SE DIJO QUE LAS COSAS SALDRÍAN BIEN AL ENTRAR AL Casino Immokalee. Dudó antes de encontrarse con Carl. Tenía unos minutos. ¿Debería apostar en la ruleta los cien que le había pedido prestados a un compañero de trabajo?

Era una de las apuestas más arriesgadas, pero sentía que ya le tocaba ganar. Jackson se asomó al Lucky Mi Bar.

Carl estaba sentado en un taburete, hablando con el cantinero. El cantinero señaló con el mentón hacia las hileras de máquinas tragamonedas que estaban justo afuera del bar. Carl giró en el taburete y le sonrió a Jackson, que se acercaba.

—Oye, ¿cómo estás?

—Ahí voy.

—¿Qué quieres tomar?

Se deslizó en un taburete.

—Agua mineral con gas.

El cantinero llenó un vaso, lo puso sobre un portavasos y fue a atender a otro cliente.

Carl dijo:

—¿Te sientes bien?

Jackson dijo:

—Estoy bien.

—¿Segura? No te ves bien.

—¿De qué estás hablando?

—Tienes los hombros caídos y estás mucho más callada de lo normal.

—¿Qué, analizas a todo el mundo? ¿Incluso cuando no estás jugando contra ellos?

Carl se encogió de hombros.

—Me sale natural.

Ella sorbió de su popote antes de decir:

—Debe ser el humo del cigarro. No soporto el olor. ¿Por qué no hacen algo al respecto?

—Nunca habías mencionado nada sobre eso.

—Bueno, hoy me está afectando.

—Tienes que ignorarlo.

—A veces es más fácil decirlo que hacerlo.

—Anímate, ¿quieres?

Ella asintió.

—¿Cómo te va con el cuaderno de probabilidades?

—Todavía no lo domino, pero siento que está empezando a tener sentido.

—Bien. Sigue así.

—Créeme, lo haré.

Carl sonrió.

—Tengo que admitir que te di un cincuenta por ciento de probabilidades de que siguieras con esto. Me alegra que me hayas demostrado que estaba equivocado.

—Vaya, te gané en algo.

—Bien hecho. Oye, ¿te inscribiste en el torneo?

Ella negó con la cabeza en silencio.

—¿Qué estás esperando?

Se encogió de hombros.

—No me digas que tienes miedo. Te irá bien.

—No es eso.

—Entonces, ¿qué pasa?

Jackson exhaló.

—Tuve que hacerle un montón de reparaciones a la casa y eso me dejó sin fondos.

—¿No tienes el dinero?

Suspiró.

—No. Me siento muy mal por eso, de verdad quiero jugar.

—Qué lástima.

—Ni me lo digas. Ojalá hubiera una forma de conseguir el dinero.

—Sabes, podría haber algo. Deja que consulte a un amigo mío.

—¿Me financiaría? Pero eso no sería justo para ti.

—No, es algo diferente.

—Eso sería increíble.

—No tenemos mucho tiempo. Déjame ver si puede reunirse contigo más tarde esta noche o mañana por la mañana.

—Está bien, avísame.

—¿Trabajas mañana?

—Sí.

—Si no puede ser esta noche, veré si puede encontrarse contigo allí o en algún lugar cercano.

—¿Quién es ese tipo?

—El amigo de un amigo. Ha ayudado en un par de situaciones.

—¿Por qué ayuda a gente que no conoce?

—Él obtiene lo que quiere y ellos obtienen lo que necesitan.

—¿Y qué es lo que quiere?

—Eso tendrá que decírtelo él. Yo solo hago las presentaciones.

49

JACKSON MIRÓ EL RELOJ DE LA PARED; ERAN LAS 11:35 A. M.
¿Dónde estaba el amigo de Carl? Le envió un mensaje de texto
a Carl: *Tu amigo no ha llegado. ¿Todavía va a venir?*

Mientras miraba la pantalla, el intercomunicador graznó: —
Simone, hay un tal Paul Smith que vino a verla.

Se levantó de un salto. —Ya voy.

Jackson se alisó la blusa y se acomodó el cabello. Tomó su
cartera y cerró la puerta de su oficina a sus espaldas.

Entró al vestíbulo del Departamento de Niños y Familias de
Florida. Con las piernas cruzadas, Paul Smith era el único
hombre en el lugar. —¿Señor Smith?

Smith levantó la vista de su teléfono y sonrió. —Ese soy yo.
—Se puso de pie y guardó el teléfono en su saco. Su reloj
parecía caro. Se acomodó el bolso de hombre y extendió una
mano. —Señorita Jackson. Es un placer conocerla. Carl me
habló mucho de usted.

—Espero que hayan sido cosas buenas.

—Por supuesto que sí. La tiene en muy alta estima.

—Es una persona muy agradable. Y de lo más inteligente
que hay.

—Es todo un personaje, ¿no cree?

—Único en su especie.

Smith bajó la voz. —Carl dijo que quizá yo podría ayudarla.

—Eh... justo iba a bajar por un café. ¿Por qué no vamos por uno juntos?

—Me parece bien.

Jackson y Smith bajaron por las escaleras y salieron a la luz del sol. El zumbido de los autos que superaban el límite de velocidad en la Ruta 41 competía con la voz de Smith.

Jackson levantó una mano. —Espere a que lleguemos.

Cruzaron la calle hacia un centro comercial que albergaba un Starbucks. Charlaron de trivialidades mientras esperaban sus cafés. Con las tazas en la mano, Jackson dijo: —Tienen mesas afuera, en la parte de atrás.

La entrada trasera daba a una terraza vacía salpicada de mesas y sombrillas. Jackson guió a Smith a un lugar apartado. Acercaron unas sillas. Smith se quitó el bolso cruzado y lo puso sobre la mesa. Bebieron un sorbo de sus cafés.

Jackson dijo: —Gracias por venir a verme con tan poca antelación.

Smith dejó su taza. —No se preocupe, señorita Jackson.

—Llámeme Simone, por favor.

—Entonces, Simone, entiendo que está pasando por algunas dificultades económicas.

—Es una mala racha. Yo, eh..., hice muchas remodelaciones en la casa y eso fue después de un montón de arreglos dentales.

—Un amigo mío dice que los dentistas de Naples no fueron a la facultad de odontología, sino a la de negocios.

Jackson bufó. —No está lejos de la verdad.

—¿Cuánto necesita?

—Cinco mil.

—No hay problema.

—¿De verdad?

—Sí. —Miró a su alrededor y sacó un sobre de su saco. —

Aquí hay seis mil. —Abrió la parte de arriba, revelando un fajo de billetes de cien dólares de una pulgada de grosor.

A Jackson se le abrieron los ojos como platos.

—Es suyo. Todo lo que tiene que hacer es enviar a un par de niños a la Alianza.

—No entiendo.

—Usted sabe que no hay suficientes familias de acogida para todos los niños. La Alianza acaba de expandirse y tiene camas vacías. Usted envía a tres niños, preferiblemente menores de diez años.

—Lo que me está pidiendo...

—Su cargo le da la autoridad, ¿no es así?

—Sí, pero...

Golpeó el sobre sobre la mesa. —Si quiere esto, lo hará. Si no, me voy. —Smith arrastró su silla hacia atrás.

—Espere un momento. Yo, eh..., tengo que pensarlo.

—No olvide que estos niños tienen que ser ubicados en algún lugar, y la nueva ampliación que hizo la Alianza es muy agradable.

—¿Para quién trabaja?

—Trabajo de forma independiente para muchas organizaciones.

—¿Para la Alianza?

—¿Quiere el dinero o no?

—Sí.

—¿Y va a enviar a los niños?

—Sí.

—Bien. —Deslizó el dinero por la mesa.

Jackson lo arrebató, metiendo el sobre en su cartera.

—Tendrá que enviar a uno, si no a dos, hoy mismo.

—¿Hoy? Eso es imposible...

—¿De dónde cree que sale ese dinero? La tarifa diaria que paga el Estado es más que baja. La Alianza necesita un largo período para recuperarlo.

—Está bien, está bien. Veré qué puedo hacer.

Smith se levantó, tomando su bolso. —Un placer hacer negocios con usted.

Un escalofrío recorrió la espalda de Jackson mientras Smith se alejaba. Cuando lo perdió de vista, abrió su cartera y puso el sobre en su regazo. Su corazón latía con fuerza mientras abanicaba los billetes. Volvió a meter el dinero en la cartera, se acercó al borde de la terraza e hizo una llamada.

—Carl, acabo de, eh..., reunirme con Paul Smith.

—¿Cómo te fue?

—Bien, supongo.

—¿Te dio el dinero para la cuota de inscripción?

—Sí, pero quiere que haga algo que podría hacer que me despidan.

—¿Cómo así?

Bajó la voz. —Quiere que envíe niños a la Alianza mientras esperan una familia de acogida.

—¿Y? ¿Acaso no proporcionan alojamiento a los niños del sistema de acogida?

—Sí, pero en realidad no tenemos relación con ellos. Sería...

—No veo cuál es el problema. Los niños necesitan ir a algún sitio y tú estás haciendo eso.

—Pero me está pagando, eh..., una comisión como intermediaria para que lo haga.

—Suena como un buen trato para ambas partes.

—¿Se puede confiar en que lo mantendrá en secreto?

—Sí. Paul es muy discreto.

—Más le vale.

—Lo será, pero asegúrate de cumplir con tu parte del trato o la cosa se podría poner fea.

—¿Fea? ¿Qué quieres decir con eso?

—Él está, eh..., digamos, involucrado con muchos personajes interesantes.

—¡Oh, Dios mío! ¿Está en la mafia o algo así? ¿Cómo pudiste meterme en esto con él?

—Necesitabas dinero; ¿quién creías que te lo iba a dar, un ángel?

—Deberías haberme dicho...

—Mira, si haces lo que acordaste hacer, no tendrás ningún problema.

—¿Estás seguro?

—Mira, si quieres jugar el torneo, el plazo de inscripción es hoy a las cinco de la tarde.

50

JACKSON TIRÓ SU CAFÉ A LA BASURA Y SE APRESURÓ A ENTRAR A su oficina. Cerró la puerta y abrió el cajón inferior de su escritorio.

Agarró una pila de expedientes, metió el bolso en el cajón, se dejó caer en su silla y abrió una carpeta.

Tras quedarse mirando el expediente sin comprender, apretó el botón del intercomunicador. —Freda, ¿dónde están los expedientes de traslado de hoy?

—Los aprobó esta mañana.

—Ya lo sé. Búsquelos y tráigamelos lo antes posible.

—Pero...

—¡He dicho que los busque y me los traiga!

—De acuerdo.

Cinco minutos después, llamaron suavemente a la puerta antes de que se abriera. —Simone, soy Freda. Aquí tengo esos expedientes.

—Démelos.

Freda se los entregó a Jackson, quien dijo: —Necesitamos desviar un par de ellos a la Alianza.

—¿La Alianza? Hace siglos que no trabajamos con ellos...

—Llegó un memorándum de Tallahassee; quieren repartir un poco las cosas.

—Ah, ¿Bradley lo sabe?

Jackson fulminó a Freda con la mirada. —Él no toma las decisiones, las tomo yo.

—Ah, ya lo sé, pero él se encarga del transporte y todo eso.

Jackson revisó un puñado de documentos. —Hará lo que yo diga.

—Por supuesto.

Jackson sacó dos hojas, tachó el nombre del centro receptor y escribió a mano «la Alianza».

Tras poner sus iniciales en los cambios, dijo: —Llévelos a transporte y asegúrese de que se haga.

Devolviéndole la carpeta, dijo: —Tengo una cita importante fuera de la oficina esta tarde. Si hay algún problema, llámeme al celular.

—¿Volverá más tarde?

—Probablemente no.

—De acuerdo. Nos vemos.

Freda se dirigió a la puerta. Jackson dijo: —Eh, espere un segundo.

Freda se dio la vuelta. —¿Qué pasa?

—Eh, déjeme revisar la documentación del traslado. Quiero asegurarme de que esté en orden.

—Está bien, ya la vi.

—Mi nombre está en ella. Quiero comprobar todo dos veces. La dejaré en su escritorio cuando salga.

Tan pronto como su asistente se fue, Jackson abrió la carpeta. Pasó la página hasta la modificación que había hecho. El cambio a mano era demasiado evidente.

Tecleó en su computadora y abrió el primer caso: una niña de nueve años. Jackson hizo el cambio a la Alianza e imprimió la página. Repitió el proceso para el segundo niño que estaba desviando.

Jackson firmó ambas órdenes y reemplazó las páginas. Se quedó mirando el expediente, pensando en quién podría cuestionar el cambio. ¿Acaso Bradley miraría siquiera la documentación? Si lo hiciera, o si el conductor a quien se la entregara dijera algo, la interrogarían.

Ella dirigía el lugar, pero si no lo manejaba bien, el estado de Florida se le echaría encima. Si lo hacía, no tendría defensa para justificar la acción. Se hundió en su silla. Era demasiado peligroso.

Jackson no podía seguir adelante. Devolvería el dinero y se olvidaría del torneo.

Puso los dedos en el teclado, navegando hacia los archivos digitales. Sonó un mensaje de texto. Jackson agarró su teléfono. Era de Florida Power and Light; estaba atrasada con su factura de la luz.

Se reclinó en la silla. Vender su casa solo le daría lo suficiente para pagar la mitad de su deuda. Si se mudara, necesitaría al menos seis mil dólares para el primer y último mes de alquiler y el depósito de seguridad.

Jackson cerró la sesión en su computadora y sacó la cartera del cajón. Recogió la carpeta de su escritorio y cerró la puerta tras de sí.

LAS DOS DOCENAS DE ESPECTADORES DETRÁS DE LOS CORDONES de terciopelo guardaron silencio. El croupier volteó la carta del *river*: un siete de corazones. Se escuchó un suspiro colectivo. No encajaba con ninguna de las cartas comunitarias.

Los dos jugadores que quedaban miraron sus cartas de mano. El que usaba lentes miró las fichas de su oponente y empujó una pila de las suyas al pozo.

—Cinco mil.

—Veo.

Ambos jugadores se pusieron de pie. Quien ganara pasaría a la mesa final. El hombre de los lentes volteó sus cartas: un par de reyes. Con el rey de la carta del *turn*, tenía un trío.

El otro jugador echó la cabeza hacia atrás y suspiró.

—¡Ah! Me ganaste: doble par.

La multitud estalló en aplausos.

El director del torneo, un hombre corpulento con un traje oscuro, se acercó al ganador.

—Felicitaciones, Dutch, va a jugar en la mesa del campeonato.

El croupier formó hileras de pilas con las fichas que Dutch había acumulado.

Las contó y dijo:

—Ochenta y siete mil cuatrocientas.

Dutch asintió. El croupier cargó las fichas en una bandeja de lucita y se la entregó a Dutch.

—Buena suerte, señor.

Dutch tomó tres fichas y se las entregó al croupier.

—Estas son para usted.

La multitud de la mesa ahora vacía se trasladó a la mesa del campeonato y la rodeó. Los jugadores restantes tomaron asiento mientras Dutch caminaba hacia la mesa final.

Dejó la bandeja frente a la única silla libre y se sentó a la derecha de una mujer. Dijo:

—Te vi por ahí con Carl. —Extendió la mano—. La gente me llama Dutch.

—Mucho gusto, soy Simone Jackson.

—Buena suerte, entonces.

—Igualmente.

Jackson le echó un vistazo a su bandeja, calculando que estaba cerca de tener la mayor cantidad de dinero. Ella estaba más o menos en medio y se sentía optimista sobre sus posibilidades. Los premios se otorgaban a los cuatro mejores jugadores.

Ganar sería increíble, pero no lo necesitaba. Todo lo que tenía que hacer era quedar entre los cuatro primeros. Si quedaba en cuarto lugar, se llevaría veinte mil a casa. Si conseguía el tercer puesto, ganaría el doble.

Jackson se dijo que se calmara y buscó a Carl por la sala. ¿Dónde estaba? Inhaló profundamente por la nariz y exhaló lentamente.

Dutch giró la cabeza.

—Muy bien, vamos a darle.

El director del torneo dijo:

—¿Están todos listos para jugar?

Resonó un coro de síes.

—De acuerdo, comencemos esta ronda final.

El público vitoreó. Carta por carta, el croupier las sacaba del dispensador y les repartía a los seis jugadores sus cartas de mano. Jackson titubeó al levantar su primera mano. Contuvo la respiración y echó un vistazo a las cartas.

Se le aceleró el corazón; tenía un par de reinas. La suerte que había tenido desde la primera mano —hacía ocho horas— se mantenía. Jackson esperó a que la apuesta llegara a ella y la subió.

Dos horas más tarde, el primer jugador en quebrar abandonó la mesa. Ahora había cinco jugadores. Jackson estaba a un jugador de ganar veinte mil dólares. Inhaló profundamente. Un saludo con la mano le llamó la atención.

Sonrió. Carl estaba aquí. Levantó el pulgar. Sus hombros se relajaron. Recogió sus cartas del fieltro verde y, cubriéndolas con la mano, las espió. Un rey y una reina de tréboles.

La apuesta previa al *flop* era de quinientos. Cuando le llegó el turno, tomó cinco fichas negras de su pila, las arrojó al pozo e igualó.

El croupier volteó las cartas del *flop*: un dos de tréboles, un ocho de tréboles y una jota de picas. La apuesta era para Dutch.

—Paso.

Jackson terminó de hacer sus cálculos. Sabía que Carl habría pasado, igual que Dutch. Contó su apuesta.

—Mil.

El hombre a su izquierda, un tipo con barba de ZZ Top, se retiró. La siguiente jugadora, una mujer con blusa amarilla, metió sus fichas.

—Veo.

La apuesta pasó a un hombre de unos cincuenta años que llevaba una gorra de taxista. Se aclaró la garganta, pero no dijo nada. Miró alrededor de la mesa antes de examinar sus cartas de mano. Deslizó sus cartas hacia el croupier.

—Fuera.

Le tocaba a Dutch. Arrugó la nariz y dijo:

—Veo. —Después de que puso su dinero en el pozo, el croupier sacó la carta del *turn* del dispensador.

Era un rey de corazones.

Jackson esperaba un trébol, pero al menos tenía un par de reyes. Si lograba otro par, solo un doble par mayor con ases podría ganarle.

Era su turno de apostar. Apartó la sensación de que no era suficiente.

—Mil quinientos.

La de la blusa amarilla metió su dinero rápidamente. A Jackson se le revolvió el estómago. Dutch le lanzó sus cartas al croupier.

—Me retiro.

El croupier movió la carta del *river* del dispensador al centro de la mesa y la volteó. Un siete de tréboles.

Por encima de los susurros, Jackson podía oír la sangre pulsar en sus oídos. La apuesta era para la dama de la blusa color canario. Ella dijo:

—Paso.

Jackson contó en silencio hasta cinco antes de decir:

—Mil quinientos.

La de la blusa amarilla inhaló.

—He llegado hasta aquí. Veo. —Metió sus fichas y Jackson volteó sus cartas.

—Color.

—Eso pensé. Es tuya. —Sin revelar lo que tenía, la dama empujó sus cartas hacia el croupier.

Jackson levantó la vista. Carl estaba sonriendo. Recogió el pozo con manos temblorosas.

Jackson tomó las cartas nuevas que tenía enfrente: un seis y un ocho de diamantes. Esperaba que alguien hiciera una apuesta preflop. La de la blusa amarilla dijo:

—Trescientos.

Jackson se retiró. Estudió a su competencia. Solo Dutch y el de la Gorra Plana tenían más fichas que ella. Estaba en tercer lugar.

Jackson decidió jugar con cautela y esperar a que a la de la Blusa Amarilla, que era la que tenía menos fichas, se le acabaran.

Se reveló el flop y el de la Barba ZZ Top apostó:

—Mil quinientos.

Dutch se retiró. La de la Blusa Amarilla miró sus fichas y frunció los labios.

—All-in.

El repartidor contó el montón.

—Cuatro mil doscientos.

El de la Barba ZZ Top sonrió.

—Voy.

La de la Blusa Amarilla se encogió de hombros. Jackson supo que iba a perder. El repartidor reveló las cartas del turn y del river. ZZ Top volteó sus cartas.

—Full de ases sobre dieces.

Otro hombre de traje se acercó con paso lento y le dijo a la mujer:

—Jugó bien hoy y llegó a la mesa final. Es un gran logro.

La de la Blusa Amarilla dijo:

—Gracias.

—Esperamos que vuelva para el próximo torneo.

—Así será. La de la Blusa Amarilla se alejó.

Jackson reprimió una sonrisa; estaba en los premios. Recorrió con la mirada las fichas frente a los jugadores restantes. ¿Hasta dónde podría llegar? ¿Podría de verdad ganar y llevarse los cien mil dólares que obtendría la campeona?

52

LLEVABAN JUGANDO MÁS DE DIEZ HORAS. LOS JUGADORES HABÍAN tenido cuatro descansos de quince minutos y un período de cuarenta minutos para comer. A Jackson le dolía la espalda baja, pero no estaba cansada. La adrenalina le corría por el cuerpo.

Jackson inhaló contando hasta seis y exhaló lentamente. Estaba en su tercera ronda de la rutina de respiración de la que Carl le había hablado cuando le repartieron su segunda carta de mano. Le echó un vistazo: un seis de picas y un dos de tréboles. Antes de retirarse, esperaría a ver si alguien apostaba antes del flop.

Era el turno de Dutch de apostar, y él arrojó un par de fichas negras.

—Cuatrocientos.

Jackson deslizó sus cartas hacia el repartidor.

—No voy.

El repartidor volteó el flop: dos reinas, una de corazones y la otra de diamantes, y un as de diamantes.

Al mirar a la multitud, Jackson vio a Carl tecleando en su

teléfono. Su atención volvió a la mesa cuando el de la barba de ZZ Top empezó a apostar.

—Mil quinientos.

Jackson supuso que podría tener un as como carta de mano, lo que le daría dos pares altos.

El de la boina no dudó. Avanzó dos pilas de fichas.

—Tres mil.

Dutch frunció el ceño.

—Que sean cuatro mil.

El de la barba de ZZ Top lanzó más fichas.

—Igualo.

El de la boina también igualó. El pozo pasó de mil doscientos antes del flop a más de trece mil. Jackson sabía que alguien tenía ases, quizás tres ases, lo que le daba un full.

El repartidor deslizó la carta del turn fuera del dispensador y la volteó: un seis de corazones. No parecía mejorar la mano de ningún jugador.

El turno de apostar era del de la boina.

—Paso.

Jackson supuso que estaba tratando de ver qué harían los demás.

La nuez de Adán de Dutch subió y bajó. Empujó todas sus fichas hacia adelante.

—All-in.

El repartidor contó la montaña de fichas.

—La apuesta es de veintitrés mil seiscientos.

El de la barba de ZZ Top tomó un sorbo de su bebida. La bajó y comenzó a contar sus fichas.

—Igualo.

Jackson supuso que el de la boina, que tenía la menor cantidad de fichas, se retiraría, pero dijo:

—Yo también. Voy.

El pozo de ochenta mil dólares era el más grande que Jackson había visto. A Jackson no le importaba quién ganara;

sin importar quién lo hiciera, dos jugadores quedarían gravemente debilitados.

Mientras el repartidor deslizaba la carta del river, boca abajo, hacia el centro de la mesa, Jackson se encontró apoyando al de la boina. Si él ganaba, dos tendrían muchas más fichas que el otro.

El repartidor volteó la carta: un dos de tréboles. El público dejó escapar un suspiro colectivo.

El de la boina fue el primero en revelar sus cartas: un full, tres reinas sobre un par de ases. Jackson sabía que solo una escalera real, una escalera de color o un póker podían superar su mano.

El de la barba de ZZ Top dijo:

—Mierda —y lanzó sus cartas de mano al repartidor.

Dutch dijo:

—Fue un gusto jugar con ustedes —extendió su mano y estrechó las de los otros jugadores.

Jackson no podía quedar peor que en tercer lugar, lo que significaba que le esperaban al menos cuarenta mil dólares. Miró las fichas frente a los jugadores restantes. El de la barba de ZZ Top tenía una ligera ventaja sobre ella, pero ella tenía más que el de la boina.

Dos hombres de traje aparecieron junto al director del torneo. El maestro de ceremonias estrechó la mano de Dutch.

—Esa fue una de las jugadas más emocionantes del día.

—Fue divertido. Ojalá hubiera podido seguir.

—Felicitaciones por obtener el cuarto lugar.

—Gracias.

Los hombres de traje desenrollaron un cheque gigante de utilería.

—El Casino Immokalee se complace en entregarle este premio por su magnífico esfuerzo.

La multitud aplaudió. El director dijo:

—¡Es una gran paga por un día de trabajo!

—Es agradable, sí, pero me tomó años de juego llegar hasta aquí.

—Nos alegra que haya participado y esperamos verlo competir en el próximo.

—Gracias, fue genial. Definitivamente volveré.

—Estupendo. Ahora, estos buenos caballeros lo escoltarán hasta la caja, donde recibirá el cheque de verdad.

Mientras Dutch seguía a los hombres, el director se volvió hacia la mesa.

—Nos quedan los últimos tres jugadores. ¡Buena suerte a todos ustedes! ¡A jugar Texas Hold'em!

La multitud estalló mientras Jackson miraba a Carl. Él le dedicó una gran sonrisa mientras el repartidor distribuía las cartas de mano. Ella echó un vistazo a las suyas: un cinco de corazones y un nueve de diamantes.

Tan pronto como el de la boina hizo una apuesta antes del flop, Jackson se retiró. Mientras la mano se desarrollaba, pensó en ganar el torneo. Estaba jugando bien, y los dioses de las cartas habían sido generosos. Quedar en primer lugar estaba a su alcance.

Cuando se reveló la carta del turn, Jackson se dio cuenta de que había llegado hasta aquí usando los métodos de Carl, pero ¿sería suficiente para ganar? En todos los libros que había leído y en todos los torneos que había visto en la televisión, el ganador tomaba riesgos. Nadie ganaba los premios grandes sin arriesgarse.

Mientras el de la barba de ZZ Top recogía el pozo, Jackson se dio cuenta de que solo se había tirado un farol dos veces en todo el día. Quizás era hora de uno o dos faroles estratégicos. Carl no lo aprobaría, pero todo el mundo se tiraba faroles, incluso los mejores jugadores del mundo.

Jackson descartó sus cartas de mano cuando el de la boina hizo una apuesta inicial de quinientos dólares. El de la barba de

ZZ Top lo igualó, y el flop sacó un par de ochos y un as. El de la barba de ZZ Top apostó mil, y el de la boina lo igualó.

La carta del turn fue una jota, y la apuesta de dos mil del de la boina fue aumentada a tres mil por el de la barba de ZZ Top. El de la boina puso mil más, y el repartidor deslizó la carta del river desde el dispensador.

El turno era del de la boina. El seis de corazones no parecía ayudar, pero él dijo:

—Dos mil.

—La subo a cuatro mil.

El de la boina golpeó el fieltro y lanzó sus cartas al repartidor.

—No voy.

Habiendo perdido las dos últimas manos, ambas en el river, el de la boina estaba un poco más vulnerable. Y, creyeras o no en el impulso, estaba pasando por una mala racha.

Carl decía que la jugada correcta cuando tu suerte se ponía fea era levantarse y buscar otra mesa. Él era un firme creyente en reducir las pérdidas. Tenía sentido, pero esto era un torneo; tenías que jugar en la mesa en la que estabas.

Jackson también recordó que Carl decía que no había que mostrar piedad. Cuando un jugador estaba débil, tenías que aplicar presión, ya que era propenso a cometer más errores de lo habitual.

53

UNA VEZ REPARTIDAS LAS CARTAS DE MANO, JACKSON LAS JUNTÓ Y echó un vistazo: una jota de picas. Con el pulgar, levantó lentamente la siguiente carta. La J en la esquina superior izquierda era inconfundible; tenía un par de jotas.

Barba ZZ Top apostó mil preflop. Gorra de Taxista metió su dinero. Jackson no quería asustar a nadie para que se retirara y empujó una pila de fichas.

—Igualo.

El repartidor volteó las cartas comunitarias: un seis y un cuatro de diamantes y un diez de tréboles. El turno de apostar era de Gorra de Taxista.

—Mil.

Jackson empujó dos pilas de fichas.

—Dos mil.

Barba ZZ Top igualó la apuesta, y Gorra de Taxista puso otras diez fichas negras. El repartidor sacó la carta del turn, la jota de corazones.

Con la esperanza de incitarlos a apostar, Jackson dijo:

—Paso.

Barba ZZ Top dijo:

—Dos mil.

Mientras empujaba sus fichas, Gorra de Taxista dijo:

—Que sean cuatro mil.

Jackson esperó a que todas las fichas estuvieran dentro. Miró las fichas de Gorra de Taxista.

—¿Cuánto te queda ahí?

El color desapareció de su rostro.

—Eh, unos diecisiete mil.

—De acuerdo. Lo que él tenga más los cuatro mil ya apostados.

Barba ZZ Top dijo:

—No voy.

Gorra de Taxista se quedó mirando las cartas comunitarias.

—Está bien, *all in*.

Las únicas cartas que Jackson no quería en el river eran un as, un rey o una reina, por si él tenía un par en la mano, o cualquier diamante que le diera la oportunidad de hacer un color.

Gorra de Taxista se puso de pie mientras el repartidor deslizaba dramáticamente la carta del river al centro de la mesa. Tras una pausa, la carta fue revelada: un siete de tréboles.

Jackson exhaló y volteó sus cartas.

—Trío de jotas.

Gorra de Taxista estiró el borde de la gorra.

—Me temía eso. Se inclinó y empujó sus cartas hacia el repartidor, sin mostrar nunca lo que tenía. Jackson recogió el pozo. Mientras apilaba sus fichas, levantó la vista. Carl estaba hablando por teléfono.

Los hombres de traje y el director regresaron.

—¡Un aplauso para nuestro finalista en tercer lugar!

La multitud aclamó mientras los hombres de traje sostenían una réplica de un cheque por cuarenta mil dólares. El maestro de ceremonias felicitó a Gorra de Taxista y terminó diciendo:

—¡Vamos a tomar un descanso en esta acción fascinante y,

cuando regresemos, descubriremos quién será nuestro ganador!

Dos guardias uniformados acordonaron la mesa y montaron guardia mientras Jackson y Barba ZZ Top se levantaban. Jackson le sonrió a la persona que se interponía entre ella y el primer premio de cien mil dólares.

Caminó hacia Carl, quien miró su teléfono y se alejó.

—¡Carl! Carl, espera.

Carl miró por encima del hombro y, acelerando el paso, se dirigió a la sección de máquinas tragamonedas. Jackson estaba perdiendo terreno y se detuvo en seco cuando él atravesó las puertas corredizas hacia el estacionamiento.

Jackson supuso que Carl tenía algún tipo de emergencia. Esperaba que no fuera demasiado grave. Una mujer de su edad dijo:

—Oye, estás jugando genial. ¡Vas a ganar!

—Gracias. Entró al baño de damas y se concentró en la próxima jugada.

Barba ZZ Top ya estaba sentado cuando Jackson regresó a la mesa. El director del torneo sostuvo la cuerda de terciopelo a un lado y ella se deslizó en su silla. Revisó sus pilas de fichas. Todo estaba intacto.

Jackson tenía más de ochenta mil dólares en fichas. Era más de lo que tenía su competidor, pero la diferencia no era suficiente para influir en el juego.

—Damas y caballeros, los dos últimos concursantes se enfrentarán mano a mano. El ganador se lleva a casa el gran premio de cien mil dólares y el derecho a presumir como campeón de este torneo de Texas Hold'em. ¡Que comience la competencia!

La multitud vitoreó y el repartidor aplaudió rápidamente y mostró las palmas de sus manos. Sacó cartas del sabot y repartió las cartas de mano a los jugadores.

Jackson tenía un ocho y un nueve de tréboles. Barba ZZ

Top pasó preflop. Jackson apostó quinientos y Barba ZZ Top igualó.

Las cartas del flop fueron una jota de diamantes, un cuatro de tréboles y un tres de corazones. Jackson pasó y Barba ZZ Top dijo:

—Tres mil.

Jackson le lanzó sus cartas al repartidor y Barba ZZ Top se llevó el escaso pozo. Buscó a Carl entre la multitud. No había regresado.

Se repartió la siguiente mano y Jackson echó un vistazo a sus cartas. Su ritmo cardíaco se aceleró. Dejó el par de reinas boca abajo. La apuesta preflop comenzaba con ella.

—Quinientos.

Barba ZZ Top subió rápidamente.

—Mil.

Jackson puso el dinero extra.

El repartidor volteó las cartas comunitarias: una jota y un seis de picas, y la reina de corazones.

Barba ZZ Top dijo:

—Mil.

Tan pronto como él empujó sus fichas, Jackson le subió la apuesta:

—Dos mil.

—Cinco mil.

Jackson originalmente pensó que tenía un par de ases o reyes. Ahora creía que tenía un trío de jotas. A menos que hubiera ido de farol antes, la posibilidad de que buscara una escalera o un color no cuadraba con lo que había apostado. Y si lo hacía, la mano de ella era superior.

Jackson consideró si igualar la subida e intentar sacarle un par de miles más, o apostar con audacia. El riesgo era bajo, pero era posible que en el turn o en el river saliera una jota, dándole un póquer y la mano ganadora.

Jackson se humedeció los labios.

—*All in.*

—No tengo tanto como tú, pero también voy *all in.*

El crupier contó sus fichas.

—Sesenta y nueve mil setecientos.

Mientras un murmullo recorría entre el público, una gota de sudor le rodó por la frente. Jackson se la secó, temiendo que él tuviera dos tréboles en la mano y estuviera buscando un color.

Calculó las probabilidades usando el método del dos y el cuatro que Carl le había enseñado. Inhaló profundamente, tratando de calmar el pulso. Había trece tréboles en la baraja, dos ya estaban en el *flop* y, si él tenía dos en su mano, entonces quedaban nueve tréboles en el mazo.

Aproximadamente, había una probabilidad del treinta y seis por ciento de que apareciera uno en el *turn*, y luego bajaría al dieciocho por ciento con la carta del *river*. Una voz en su cabeza le gritaba que había sido una estupidez ir con todo.

Cuando el crupier se movió para sacar una carta, el murmullo del público se acalló. Justo cuando se oyó una ovación proveniente de una mesa de dados, el crupier reveló la carta del *turn*: un seis de diamantes.

Jackson exhaló, mientras la voz en su mente repetía: Que no salgan tréboles, ni rey, ni as. Que no salgan tréboles, ni rey, ni as...

Por encima del hombro del crupier, notó que la atención del público se había desviado hacia un puñado de hombres de traje. ZZ Top se puso de pie, haciendo que la atención volviera a la jugada.

Con los labios apretados, el crupier deslizó la mano hacia el mazo y arrastró una carta hasta el centro de la mesa. Volteó la última carta con dramatismo.

Jackson exhaló. Era un tres de picas. Miró a ZZ Top. Él mostró sus cartas: un par de ases.

Una sonrisa estalló en el rostro de Jackson mientras volteaba sus cartas.

—Tercia de damas.

Instintivamente, extendió la mano hacia el pozo. Una mano le sujetó el hombro. Se la sacudió de encima y recogió las fichas.

Un brazo con saco de traje la agarró de la muñeca.

—Oye, suéltame —se dio la vuelta. Se encogió de hombros al verlo.

54

Lo que vio fue una placa.

—Simone Jackson, ponga las manos detrás de la espalda. Queda arrestada.

Un murmullo se extendió entre el público. El maestro de ceremonias se quedó con la boca abierta.

Jackson dijo:

—¿Qué? Quítenme las manos de encima.

—Está arrestada —dos de los detectives la tomaron por las axilas—. Venga con nosotros o tendremos que ponerle grilletes en las piernas también.

—¿Y mi dinero? ¡Gané el torneo! ¡Quiero mi dinero!

El director dijo:

—Tranquila, eh, no se preocupe; resolveremos esto.

El vecindario de Pelican Marsh donde vivía Larson era tranquilo. Los grandes lotes significaban un espacio generoso entre las casas de la calle sin salida en la que vivía.

Con los lentes de lectura sobre la cabeza, Larson abrió la puerta.

—Llegas con el tiempo justo.

Lo seguí hasta la sala de estar.

—Dijiste que llamaría a la una y media.

El abogado tenía abiertas las puertas de cristal que daban a su terraza. La mezcla de aire cálido atenuaba el frío del aire acondicionado.

—Así es.

—¿Qué hora es en Hong Kong?

—Carl no está en Hong Kong, está en Macao.

—Ah, sí, ahí es donde están todos los casinos.

—Dicen que es la versión asiática de Las Vegas.

—¿Cuál es la diferencia horaria?

—Tienen trece horas de adelanto.

Hice el cálculo.

—¿Así que son como las cuatro y media de la mañana?

—Exacto.

—Yo no podría funcionar a esa hora.

—Yo tampoco, pero Carl es de esas personas que se adaptan fácilmente a los cambios de horario. Me contó lo que hace para aclimatarse, como levantarse horas antes de lo normal y recibir —creo que es luz blanca— cuando lo hace.

—¿Toma suplementos, como melatonina o lavanda?

—No, ni siquiera bebe alcohol. Una vez estábamos en un Zoom. Él estaba en el casino Horseshoe, en Mississippi, y tenía todas las ventanas tapadas. Le pregunté al respecto y me dijo que lo hace en todos los lugares donde duerme; dice que no quiere que ni la luz de un despertador interfiera con su sueño.

—Carl es la persona más disciplinada que conozco.

—Supongo que con la forma en que se mueve de casino en casino, tiene que serlo.

—Es una mierda que los casinos puedan prohibirle la entrada a alguien que gana. O sea, no está haciendo trampa.

—Son empresas privadas y, como tales, no necesitan una razón para impedirte jugar.

—No es justo.

—Tú sabes mejor que nadie que la vida no es justa.

—De eso no hay duda. Sabes, cuando me hablaste de Carl por primera vez, pensé que eran puras mentiras. O sea, sabía que había matemáticas involucradas en las apuestas, pero nunca pensé que se pudiera vivir de eso.

—No es fácil, pero hay un par de miles de personas que se ganan bien la vida haciéndolo, y al menos un tipo, Bill Benter, que se hizo multimillonario apostando.

—¿Es ese el tipo con el que se metió en líos aquel golfista?

—No. Phil Mickelson estuvo relacionado con un apostador conocido como Billy Walters, pero no terminó bien. Él...

La computadora que estaba sobre la mesa sonó y la cara de Carl llenó la pantalla. Larson tomó el dispositivo y lo puso en la encimera de la cocina, diciendo:

—Buenos días. Disculpe que lo haga madrugar tanto.

—No hay problema, tomo un vuelo temprano a Melbourne.

—¿Australia? ¿Tienen casinos?

—Oh, sí. Es el país con más apuestas del mundo.

—No lo sabía.

—Poco menos del ochenta por ciento de la población apuesta al menos una vez al año. Eso es un tercio más que en los Estados Unidos.

Larson dijo:

—Qué sorprendente. Mire, agradecemos el maravilloso trabajo que hizo con Jackson. Funcionó a la perfección.

—Gracias, pero no fue nada, de verdad. Disfruto hablar de póker.

Acerqué mi cara a la cámara.

—Oye, Carl. Deberías considerar enseñar a jugar. Lograr que Jackson ganara un torneo fue algo extraordinario. O sea, fue una locura.

Carl frunció el ceño.

—Tuvo suerte, eso es todo.

Larson dijo:

—Es usted demasiado modesto.

—No, es verdad. Recuerden, cualquiera puede ganar en un día determinado. Eso es suerte en juego. Pero si quieren ganar de manera consistente, tienen que dominar las matemáticas detrás del póker y jugar con extrema disciplina.

Dije:

—Estoy seguro de que no es fácil. Déjame preguntarte, ¿qué tipo de persona crees que es Jackson?

Carl frunció el ceño.

—Bueno, es difícil decirlo, ya que solo la conozco en un contexto.

—Vamos, eres un profesional leyendo a la gente.

—Podría equivocarme, pero diría que parece un poco desesperada.

—Se metió en un lío financiero de mil demonios.

—No, no hablo de dinero. Es como si Jackson ansiara validación de alguna manera. No logro precisarlo bien, pero es como si buscara una posición de respeto o de experta.

Crecer en el sistema de cuidado tutelar dejaba cicatrices.

—¿De verdad?

—Creo que sí, pero su problema es que, en lugar de esforzarse para llegar a la cima, toma atajos.

—Una evaluación interesante.

—Mira, ahora que sé lo que hizo, eh, es feo, ¿cierto? Pero no diría que es malvada ni nada de lo que la prensa anda diciendo.

Larson dijo:

—Puede que así sea, pero su expediente y sus tácticas de estilo nazi sugieren lo contrario. Envíeme las instrucciones para la transferencia y le haremos llegar el pago.

—Las enviaré de inmediato.

—Que tenga un buen viaje.

La pantalla se puso negra. Dije:

—Es único en su clase. ¿Cómo lo contactaste?

—Tommy lo conocía.

—¿Tu hijo fue a la escuela con él?

—Sí. Lo conoció en una clase de informática. Carl podía crear código más rápido que el profesor.

—No lo dudo.

—Se basa en gran medida en ecuaciones y conceptos matemáticos para crear y manipular imágenes. A Tommy también se le da bien y lo usa para los efectos especiales que crea.

—Tu hijo hace un trabajo increíble.

—Estos chicos crecieron con aparatos en las manos.

—Y Carl se gana la vida sin uno —dije.

—Nunca lo había pensado de esa manera. ¡Qué irónico!

—Sabe, todavía no puedo creer que Jackson ganara ese torneo. Salió de la nada.

—Como dijo Carl, tuvo suerte.

—Oh, espere, se me acaba de ocurrir una buena idea.

55

Me llegó un mensaje de Mario. Me asomé por la ventana; estaba esperando en su auto. Me puse la pistola en la tobillera y le di un premio a Toby antes de activar la alarma de la casa.

Subí al auto de Mario y le dije:

—¿Cómo estás?

—Sigo sobrio.

—No te estaba preguntando eso.

—Sí, claro. Todo el mundo está esperando a que empiece a consumir de nuevo.

Le di una palmada en el brazo.

—Eso es pura mierda.

Sacudió la cabeza.

—Créeme, no sabes lo que es. La gente te mira diferente.

—No digo que algunos no lo hagan, pero quizás le estás dando demasiadas vueltas.

Salió de reversa de la entrada de mi casa.

—¿A dónde vamos?

—A la joyería Crown.

—¿La joyería que está en la Cuarenta y Uno?

—Sí.

—¿Por qué vamos para allá?

—Larson conoce al dueño.

—¿Y para qué vamos para allá?

—Larson consiguió algo que necesitábamos para el trabajo de Kravitz y ya está listo para que lo recojamos.

—No me molesta ir, pero ¿necesitabas a dos tipos para recoger unas joyas?

—Es de mucho valor y, por seguridad, hay que estar preparado para lo peor.

Mario entró al centro comercial que albergaba un edificio gris y ornamentado. Le dije:

—Ve por detrás.

Estacionó frente a una puerta sin letrero. Nos paramos frente a la cámara y oprimimos el botón de llamada.

Un hombre alto y delgado con una corbata rosa sobre una camisa blanca entreabrió la puerta.

—Adelante, señores.

Entramos. Cerró la puerta con llave detrás de nosotros.

—Soy Conrad.

Mientras nos dábamos la mano, dijo:

—Saben, Larson ha sido una de mis personas favoritas desde que fuimos juntos a la facultad de Derecho. Siempre que Ray necesita algo, estoy feliz de ayudar.

—Gracias. ¿Tiene lo que él pidió?

—Sí. Síganme.

Pasamos por un pasillo y nos detuvimos frente a la puerta de una bóveda. Conrad puso la palma de la mano sobre un lector. Cuando parpadeó en verde, tecleó en un panel numérico, sonó un timbre y la puerta se abrió con un clic.

La bóveda era del tamaño de un armario para escobas. Conrad abrió un cajón y sacó una bolsa de terciopelo azul. Cerró la puerta con llave y me la entregó.

—Dígale a Ray que tengo la documentación certificada y

que, si necesita una declaración jurada, conseguiré una notariada.

—Bien. Se lo haré saber a Larson.

Extendió la mano.

—Buena suerte con lo que sea que mi amigo se traiga entre manos.

Nos acompañó de vuelta a la puerta trasera, revisó la cámara y abrió la puerta de par en par. Miré a ambos lados. No había nadie. Nos subimos al auto de Mario y nos fuimos.

———

DESPUÉS DE CAMBIARME de camisa por tercera vez, me paré frente al espejo. ¿Por dentro o por fuera? Eché un vistazo a la mesita de noche. Seis y veinte. Laura esperaba que la recogiera a las seis y media.

Dejé la camisa por fuera y tomé las llaves de mi auto. Mientras manejaba hacia su departamento, no dejaba de repetirme que todo estaría bien. Había pospuesto la cena con los padres de Laura todo lo que había podido.

Laura estaba esperando afuera de Magnolia Square con una sonrisa de ganadora de la lotería. Se subió a mi Beemer y me dio un beso en la mejilla.

—Traes puesta la camisa que te regalé para Navidad.

Había olvidado que me la había comprado.

—No digas que me la regalaste.

—¿Por qué dices eso?

—No sé. Es que... eh, olvídalo. Te ves muy bien.

—Gracias. La conseguí en Nordstrom Rack. Solo tenían esta y era de tu talla.

—Tú siempre tienes suerte.

—¿Tú crees?

—Claro, mira con quién estás saliendo.

Me dio un empujón en el hombro.

—Muy chistoso.

Manejamos en silencio y, cuando reduje la velocidad al llegar al semáforo en Golden Gate Boulevard, dijo:

—Estás callado. ¿Está todo bien?

—Todo bien.

—No tienes que estar nervioso; mis padres son lo máximo. Son gente muy sencilla.

—No quiero que me interroguen sobre a qué me dedico.

—Ay, vamos, nadie te va a interrogar.

—Ya veremos.

—Puede que pregunten, pero es natural. Llevamos mucho tiempo juntos y esto, ya sabes, se está poniendo serio.

Sentí una opresión en el pecho.

—¿Cuál es tu definición de serio?

Volteó la cabeza bruscamente.

—¿Qué? ¿No crees que...?

—Espera, estaba tratando de bromear, no me salió bien.

—¿Estás seguro?

—Claro, mira, entiendo por qué a tus padres les preocuparía, pero tengo un trabajo estable y bien pagado.

—A ellos no les importa el dinero. Solo quieren que seamos felices.

Esa era la frase de siempre, pero justo después de alcanzar lo que creías que era la felicidad, todo se trataba de los ingresos.

Laura señaló.

—Ahí están mamá y papá.

Un Genesis blanco estaba entrando al estacionamiento de Jimmy P's Charred. Reduje la velocidad, asegurándome de que me tocara el semáforo en rojo.

Sus padres estaban sentados en una mesa bajo una chimenea que quedaba a la altura de los ojos. Le di la mano a su padre y su madre me recibió con un abrazo.

—Qué bueno que por fin se nos hizo —dijo su papá.

—A nosotros también, papá. Pero Beck ha andado muy ocupado.

Y dicho y hecho, ella le dio pie y su padre entró de lleno: —¿Laura dijo que es usted investigador? ¿De qué tipo y para quién trabaja?

Este señor sería un excelente fiscal. —Soy independiente.

—¿Comercial o penal?

Ahora sabía de dónde sacaba Laura su habilidad para interrogar. —Depende.

El mesero tomó nuestra orden de bebidas. En Jimmy P's no servían licores fuertes. Pedí una copa de vino tinto italiano.

El mesero apenas se había alejado cuando su padre dijo: —¿Usted estuvo involucrado en ese caso de Royal, el narcotraficante? Debió de ser interesante. ¿Qué hizo usted en ese caso?

¿Royal? Quise pedirle a Laura que saliéramos un momento. Su madre intervino: —Vamos, Frank. No hablemos de trabajo. Es tan aburrido.

—Solo tenía curiosidad porque la última vez...

—Papá, ¿no oíste lo que dijo mamá?

Antes de que su padre pudiera responder, el mesero apareció para anunciarnos los especiales del día. Laura mantuvo la conversación ligera y alejada del trabajo.

———

Nos despedimos y nos subimos al auto.

—Como ves, fue muy divertido —dijo Laura.

Me encogí de hombros.

—No me digas que no la pasaste bien. Te reíste mucho.

—¿Por qué le contaste a tu padre sobre el caso de Royal?

—No lo hice. Te lo juro. Debió de verlo en las noticias o algo así. Recuerda que mencionaron tu nombre.

—Solo fue ese idiota de la fiscalía que dijo que yo ayudé, y la noticia desapareció en uno o dos días. Tu padre tuvo que estar buscando información sobre mí. Estuvo indagando.

—Si lo hizo, fue solo porque, ya sabes, intentaba averiguar sobre ti, ya que estamos juntos.

Asentí. —Lo sé. Si tuviera una hija, haría lo mismo.

—Serías un padre genial.

No estaba seguro de eso, pero de lo que sí estaba seguro era de que, gracias a mi padre adoptivo, había aprendido qué era lo que no se debía hacer.

56

Abrí de par en par la puerta principal. Mario entró y dijo:

—¿Un traje? Vaya, ¿tan emperifollado un sábado por la mañana?

—Bueno, para alguien cuyo guardarropa consiste en shorts, camisetas y una camisa de cuello, la vara no está muy alta.

Mario se agachó para acariciar a Toby.

—Oye, ¿se te olvida que esto es Florida?

—Eso no significa que no tengas que hacer un esfuerzo. Agarra el otro lado de la mesita de centro.

La movimos a un lado y enrollamos la alfombra. El lector de huellas de la caja fuerte parpadeó en verde y la puerta se abrió con un clic. Metí la mano y saqué la bolsa de terciopelo azul.

Después de cerrar la puerta, volvimos a poner los muebles en su sitio.

—Dale una golosina a Toby.

—Claro.

Mario abrió el cajón de las golosinas y yo agarré un par de lentes. Activé la alarma de la casa y nos subimos al auto de Mario.

————

LAS LUCES del local de campaña de Kravitz estaban apagadas. La puerta estaba cerrada con llave. Toqué el timbre y Kravitz asomó la cabeza desde una oficina. Levantó un dedo y, un segundo después, la puerta sonó. La abrí y me dirigí al fondo.

—Representante Kravitz, me alegro de verlo de nuevo.

—Igualmente.

Empecé a sentarme y él dijo:

—No tengo mucho tiempo esta mañana. ¿Lo trajo?

Me palmeé el bolsillo de la chaqueta.

—Sí, señor.

—Bien.

Saqué la bolsa y la sostuve en alto.

—Antes de dársela, quiero asegurarme de que...

—Mi palabra es impecable. Cuando hago un trato, cumplo.

—Lo único que intento evitar es un malentendido.

Extendió la mano hacia la bolsa.

—Deme eso y me aseguraré de que su proyecto sea financiado.

—Quiero mostrarle lo que hay adentro mientras ambos estamos aquí —levanté la bolsa y, con cuidado, dejé caer un puñado de diamantes; extendí el brazo—. Son una belleza. Mire cómo brillan.

—Apúrese, tengo que irme.

Mientras guardaba los diamantes de nuevo en la bolsa, dije:

—El tiempo es esencial en esto. ¿Qué tan rápido lo va a hacer?

—Tengo una reunión de comité el lunes. Lo plantearé entonces.

—¿Va a ir a Washington?

—Mañana por la mañana.

—¿Qué clase de comité es?

—De asignaciones.

—Perfecto —le entregué la bolsa.

Kravitz abrió los cordones. Miró adentro como si yo hubiera hecho un juego de manos.

—Estaré en contacto.

———

EL CELULAR en mi mesa de noche vibró, despertándome. Eran las 2:37 a. m. Lo tomé mientras Toby saltaba de la cama.

—¿Aló?

—Beck...

—¿Mario? ¿Qué pasa?

—Lamento llamar tan tarde, amigo.

¿Estaba drogado?

—¿Estás bien?

—Sí, estaba aquí acostado. Me cuesta mucho dormir, ¿sabes? Siempre tengo el mono en la espalda.

Apoyé la cabeza en la almohada.

—Está bien, amigo. Llámame cuando sientas que vas a recaer.

—No, no estoy recayendo ni nada; estaba pensando en ti y en lo que pasó con Weiss, y puede que esté confundiendo las cosas. En rehabilitación me dijeron que hablara de ello cuando algo me molestara.

Solo por Mario haría de terapeuta a las dos de la mañana.

—Está bien, amigo. ¿Qué puedo aclararte sobre Weiss?

—Bueno, ¿recuerdas que me contaste sobre el tipo entre tu casa y la vez que te estaban siguiendo?

Giré las piernas para bajarlas de la cama.

—¿Qué pasa con eso?

—Yo consumía mucho en esa época, así que podría estar equivocado, pero ¿no fue eso antes de lo de Cindy y el Ritz con Weiss? ¿Antes del incendio?

Mi mente se aceleró y me puse de pie.

—Eh, sí. Fue...

—¿No significa eso que no era un hombre de Weiss?

¿Cómo demonios se me había pasado eso?

57

Con gorra de béisbol, lentes de sol y una barba falsa, me mantuve a un lado mientras Kravitz y su prestigioso abogado, Gordon Frost, salían del juzgado.

La prensa se abalanzó y Frost levantó una mano. —El congresista no va a hacer comentarios esta tarde. Sin embargo, haré una breve declaración sobre los procedimientos de hoy.

Cuatro manos que sostenían micrófonos se precipitaron hacia adelante.

Un reportero gritó: —¿Cómo se declaró el congresista Kravitz?

Frost fulminó al reportero con la mirada. —Dije que iba a hacer una declaración.

La multitud se calmó y el abogado dijo: —Hoy negamos enérgicamente las acusaciones formuladas contra mi cliente. De hecho, vamos a solicitar al tribunal que desestime los cargos.

—¿Con qué fundamentos?

—Creemos que el registro del domicilio y de la oficina del congresista fue ilegal e inconstitucional. Como lo demuestra la liberación del señor Kravitz bajo palabra y sin fianza, creemos que el tribunal verá con buenos ojos nuestra moción y fallará en consecuencia.

Un reportero preguntó: —La fiscalía confirmó los informes de prensa de que una bolsa de diamantes sueltos fue incautada durante la redada. ¿Por qué tenía el congresista esas gemas en su casa?

Frost sonrió. —Me alegra que pregunte eso. El congresista Kravitz tiene un largo historial como coleccionista de objetos de valor, incluidas las gemas. Vamos a establecer y documentar ese hecho innegable. Es importante entender que el pasatiempo de coleccionar piedras, tanto talladas como en bruto, ha sido practicado por la familia Kravitz durante varias generaciones.

—Entonces, ¿no fue por un soborno?

—Por supuesto que no. Es parte de la colección del congresista. De hecho, muchas de ellas probablemente fueron heredadas de su padre y su abuelo.

—¿Cuándo es la próxima audiencia?

—Mi oficina está redactando una moción de desestimación, así que creemos que será una audiencia breve. Eso es todo por hoy.

Kravitz mantuvo la cabeza en alto, pero miraba fijamente la nuca teñida de Frost mientras caminaban a través de un mar de reporteros. Se mostraba desafiante y había contratado a una de las mejores mentes legales del país.

Inhalé y conté hasta ocho antes de exhalar lentamente. Repetí el proceso seis veces, me sequé una gota de sudor de la frente y me dirigí al auto. Teníamos suficiente para atrapar a Kravitz, ¿o no?

Al salir al sol del mediodía, exploré la zona y me apresuré hacia mi auto. Nadie me seguía. Había una mínima posibilidad de que la amenaza que había visto cerca de mi casa fuera un ladrón cualquiera. De no ser así, volvería a pensar que era Mallory o Royal.

Mi celular sonó. Era el detective Moreno. —Hola, Moe.

—Qué tal. Mira, verifiqué con todos los contactos que tengo en el Departamento de Prisiones y no tenemos nada concreto sobre Royal.

—¿Concreto? ¿A qué te refieres con eso?

—Esa no fue la palabra correcta. No hay duda de que Royal sigue manejando los hilos desde la cárcel, pero no hay nada que indique que esté organizando algo en tu contra.

—Si eso es cierto, tiene que ser Mallory.

No respondió.

—¿Moe? ¿Sigues ahí?

—Sí. Mira, tienes todo el derecho a estar paranoico después de lo que Weiss intentó hacer, pero ¿estás seguro de que existe una amenaza?

—¿Qué?

—Solo digo que, con todo lo que está pasando, has estado hipervigilante. Tal vez malinterpretaste...

—Había un tipo al lado de mi casa, hombre. ¿Qué diablos crees que hacía ahí?

—Espera. No sé de qué se trató eso. Quizá fue un ladrón o alguien que estaba estudiando una casa.

—¿Ya se te olvidó que alguien me estaba siguiendo?

—No, pero te estabas metiendo con Kravitz y Weiss. Esos tipos van a hacer sus averiguaciones...

—¿Mandando a un matón por la noche?

—Beck, tómatelo con calma. Solo digo que el seguimiento podría no estar relacionado con el tipo de tu casa.

Era algo que nunca había considerado. —Lo siento, hombre.

—Está bien.

—Les pediré que hagan una patrulla regular por tu casa.

—Gracias.

—Mantén los ojos abiertos y veré si alguno de nuestros informantes tiene algo.

—Gracias, Moe.

De camino a casa, pensé en la posibilidad de que la amenaza fuera imaginaria. Mario siempre decía que era paranoico. Y Moe tenía un buen punto al decir que los dos incidentes podrían no estar relacionados.

Mis hombros se relajaron. A punto de llamar a Laura, apreté el volante. Había olvidado lo del hombre en mi casa mientras Laura y yo nos quedábamos en un hotel. Eran tres incidentes.

Con la mente a mil, recordé que habíamos ido a Miami después del incendio. Pudo haber sido Weiss haciendo otro intento.

Leí el mensaje de texto de O'Leary. El fiscal decía que la lectura de cargos era la siguiente. Me deslicé dentro de la sala y tomé asiento en la última fila mientras O'Leary se sentaba detrás de la mesa de la fiscalía.

El juez Appleton miró la mesa de la defensa. —¿Está lista la defensa?

Simone Jackson y su defensora pública se apuraron a ponerse de pie.

—Sí, señoría.

—Señorita Jackson, ¿cómo se declara?

Jackson murmuró: —Inocente, señoría.

El juez tomó nota y miró a O'Leary, que se puso de pie. —El Estado está de acuerdo con dejar en libertad a la señorita Jackson sin fianza.

El juez Appleton dijo: —Tomo nota, abogado. La próxima cita en la corte será en dos semanas a partir de hoy, el veinte.— Golpeó el mazo. —Siguiente caso.

Con la cabeza gacha, Jackson fue directo hacia la puerta. La ropa le colgaba. Me paré frente a ella. —No querrás salir por la entrada principal, hay más cámaras que en los Premios Óscar.

Ella frunció el ceño. —¿Ah, y por dónde puedo salir?

—Yo te mostraré. Hay una entrada lateral que no conocen.

—¿Eres abogado?

—No, pero trabajo para un par de abogados.

—¿Del lado de la defensa?

—A veces, y a veces para los fiscales. Sígueme.

Giré a la izquierda por un pasillo y abrí la tercera puerta. Jackson se detuvo en el umbral. —¿Aquí? Esto no lleva afuera.

—Quería hablar contigo antes de que te fueras.

Ella dio un paso atrás. —¿Sobre qué?

—Los Duber, lo que hiciste...

Jackson se dio la vuelta.

Dije: —Espera. Puedo ayudarte con los cargos que enfrentas.

—¿Y cómo vas a hacer eso?

—Conozco muy bien al fiscal O'Leary.

—También mi abogada.

—No como yo.

—Está bien, ¿cuánto quieres? Porque no tengo dinero.

—Sentémonos a hablar de eso en privado. Estoy seguro de que el trato que te propongo te parecerá interesante.

Nos sentamos frente a una mesa ovalada. Con los brazos cruzados sobre el pecho, Jackson dijo: —Te doy cinco minutos, así que más vale que empieces.

—Estás aquí por cargos de soborno y por poner en peligro a un menor. Pero lo que les hiciste a los Duber fue deplorable. Lo que les hiciste a ellos y a quién sabe cuántos más es retorcido y vengativo, como mínimo. Pero tienes suerte de que yo conozca las circunstancias atenuantes por las que has pasado.

—¿Ahora eres terapeuta?

—No, pero yo también pasé por el sistema de cuidado tutelar. No me trasladaron tanto como a ti, pero me patearon el trasero demasiadas veces antes de largarme antes de cumplir la mayoría de edad.

—¿Cómo sabes eso de mí?

—Me pagan por saber. Mira, estuve en el sistema. Sé que puede ser duro.

—No fue la mejor manera de crecer.

—Lo que no entiendo es que conocías el sistema desde adentro, y aun así hiciste lo que hiciste.

—No tengo que darte explicaciones. ¿Tienes algo más que decir que no sea un sermón? Si no, me largo de aquí.

—No sé si fueron las apuestas las que te hicieron descarrilar o qué pasaba por tu cabeza, pero jodiste a los Duber...

—Estaba tratando de proteger a los niños.

—Tal vez al principio, pero ¿sabes lo que creo?

Jackson empezó a levantarse.

—¡Siéntate! ¡Escucha lo que tengo que decir o me aseguraré de que te pudras en la cárcel!

Jackson se sentó. —¿Quién diablos te crees que eres para hablarme de esa manera?

—Porque sé por qué hiciste lo que hiciste. Me sentí igual cuando escapé por primera vez del cuidado tutelar.

—¿Ah, sí? ¿Y qué es eso?

—Querías negarles a los niños una infancia normal. Querías que todos los niños sufrieran lo que tú sufriste.

El rostro de Jackson se ensombreció. —¿Terminaste?

—Querías que los demás se sintieran como tú. Yo me sentí igual la primera vez que estuve en un hogar de acogida y me estaban jodiendo. Miraba a otros niños y, me avergüenza decirlo, resentía que tuvieran padres normales.

Jackson se removió en su silla, pero no dijo nada.

—Pudo haber sido por la forma en que mataron a mi madre.

—¿Qué pasó?

—La asesinó un cabrón que estaba libre bajo fianza.

Jackson negó con la cabeza. —¿Y tu padre?

—No pudo soportarlo y se mató bebiendo.

—Al menos tuviste padres. Yo ni siquiera conocí a los míos. ¿Sabes cómo te hace sentir eso?

—Lo siento. Sé que fue devastador, y si no fuera por eso, me importaría un carajo lo que te pasara.

Ella susurró: —Dijiste que podías ayudarme.

—Hay una alta probabilidad de que pases un tiempo en la cárcel. Pero, de seguro, perderías tu pensión además de tu trabajo.

Jackson bajó la cabeza. —La cagué en serio. Necesitaba el dinero...

—No quiero oírlo.

—Sé que no me lo merezco, pero ¿hay alguna manera de que puedas ayudarme?

—Nada puede hacerse para revertir el daño que causaste, pero podemos intentar mejorar algunas vidas.

—Haría cualquier cosa...

—El dinero que ganaste en el torneo está congelado, ya que la cuota de inscripción provino del dinero del soborno.

—Si lo consigo, te lo daré...

—Quiero que cuarenta mil de ese dinero vayan a los Duber, para reembolsarles los honorarios de los abogados que los obligaste a contratar. Luego pondremos diez mil en un fondo universitario para su hijo. Los cincuenta restantes irán a Youth Haven para ayudarles a cuidar de los niños.

—Lo que tú digas, lo digo en serio; suena bien y estás siendo muy amable.

—Te declaras culpable, aceptas que se te prohíba trabajar con niños, entregas los cien mil dólares y evitarás la cárcel. Y arreglaremos los cargos para que califiques para recibir una pensión parcial.

—¿En serio? Oh, Dios mío, gracias, gracias, gracias.

—Nos pondremos en contacto con tu abogada para arreglar todo.— Me puse de pie. —Vamos, te llevaré a la salida lateral.

EL FISCAL O'LEARY ME ENCONTRÓ EN EL ESTACIONAMIENTO Y ME llevó a una sala contigua a su oficina. Apretó un botón del control remoto y se encendió un monitor que mostraba una transmisión de video de su despacho.

—Están esperando abajo. Haré que los suban.

—Gracias. Sé que no es habitual, así que te agradezco que me dejes ver esto.

—Te lo ganaste, Beck. Nos vemos luego.

O'Leary cerró la puerta tras de sí. Segundos después, apareció en la pantalla. El fiscal levantó el teléfono e hizo una breve llamada.

Un minuto más tarde, O'Leary dijo:

—Adelante.

La puerta se abrió. El congresista Kravitz y su abogado, Gordon Frost, entraron. Intercambiaron saludos y se sentaron en las sillas de color verde trébol frente al escritorio de O'Leary.

Frost dijo:

—Me alentó su llamada. El congresista está ansioso por

dejar atrás este malentendido para poder volver a ocuparse de los asuntos del pueblo.

La referencia al servicio público me dio arcadas.

O'Leary dijo:

—Como presentó la moción de desestimación, pensé que sería mejor evitar cualquier situación embarazosa.

—Aunque el registro ilegal merece una humillación pública, los intereses del congresista radican en una resolución rápida y discreta.

—Excelente, ¿empezamos?

Kravitz cruzó las piernas mientras su abogado decía:

—Sé que no daría una buena imagen de su fiscalía, pero cuando retire los cargos, realmente debería hacer una declaración pública. Como es una figura pública, es lo mínimo que podemos pedir. Puede encontrar la manera de culpar a la policía...

—Señor Frost, permítame ser claro: no tenemos ninguna intención de retirar los cargos.

Kravitz descruzó las piernas y miró a Frost. El abogado dijo:

—¿Hay otro malentendido?

O'Leary sonrió.

—Ninguno en absoluto.

—Entonces, ¿cuál es el propósito de esta reunión? Usted dijo que quería mantener esto... «de bajo perfil» fue la frase que usó.

—Eso es correcto. Aunque los cargos son de la mayor gravedad, le ofrezco la oportunidad de declararse culpable.

Frost se puso de pie.

—Esto es una pérdida de tiempo. Nos veremos en el tribunal.

Mientras Kravitz se levantaba, O'Leary dijo:

—Yo, que usted, no haría eso. Perdería y su cliente sería humillado públicamente.

Me incliné hacia adelante mientras Frost decía:

—Yo diría que será su fiscalía la que quedará en desgracia.

—Por favor, siéntese. Solo tomará un momento. Quiero mostrarle algo.

—Nos quedaremos de pie. ¿Qué es?

O'Leary tomó un control remoto y un televisor se encendió. Era la grabación de la reunión que tuve con el congresista en Baker Park.

Kravitz dijo:

—¿Me estaban filmando? ¿Sin mi consentimiento?

Frost dijo:

—Mi cliente tiene una expectativa razonable de privacidad. Esto será desestimado en el tribunal.

O'Leary dijo:

—Esto se grabó fuera de su oficina, en público. No se necesita consentimiento, ya que no hay expectativa de privacidad en medio de un parque del condado.

Frost protestó, y el fiscal dijo:

—Guárdese sus objeciones hasta que lo ponga.

Kravitz y yo estábamos cara a cara.

—Como le he dicho, la idea de proporcionar un refugio seguro es un tema que me llega al corazón, y estoy más que dispuesto a ayudarlo a convencer a sus colegas de que es una necesidad urgente.

Kravitz escaneó el área antes de decir:

—Incentivarlos sería una empresa costosa.

—Lo entendemos.

—¿Cuánto está preparado para gastar? Necesito repartir el dinero.

Me gustó la forma en que me había inclinado hacia él.

—Por una subvención de diez millones de dólares, usted obtiene cien mil. Si puede conseguir doce millones, lo subiré a ciento cincuenta.

Kravitz sonrió.

—¿Cien mil por diez millones? Eso es el uno por ciento. Apenas se puede considerar una comisión de intermediario.

—¿Qué quiere usted?

—Trescientos mil por diez, cuatrocientos si consigo que aprueben los doce millones.

Dudé.

—Suena justo, pero conseguir esa cantidad de efectivo es un problema para mí y, francamente, levantaría sospechas.

—Yo puedo encargarme, pero es crucial que pasemos desapercibidos.

—Sería difícil. Lo que puedo conseguir son diamantes.

—Esa es una idea interesante. Nunca los he usado antes.

—Yo los uso todo el tiempo. Almacenan un valor tremendo en un paquete pequeño.

—Tendré que pensarlo.

—Confíe en mí, se usan todo el tiempo. Los federales no los rastrean como lo hacen con el efectivo.

Kravitz asintió levemente.

—De acuerdo. Lo intentaré.

—Bien. ¿Cuándo se pondrá a trabajar en ello?

—Tendré algunos gastos iniciales. Hay algunas personas de las que debo encargarme. Voy a necesitar un adelanto.

—¿Qué le parecen diez mil?

—Que sean veinte mil, y tiene que ser en efectivo.

Le extendí la mano. Kravitz la estrechó, diciendo:

—Un placer hacer negocios con usted.

O'Leary detuvo la cinta.

Kravitz negó con la cabeza.

—Esto es una trampa, simple y llanamente —se volvió hacia Frost y dijo—. Consiga que desestimen esto por ser una trampa. De inmediato.

Frost se llevó un dedo a los labios.

O'Leary dijo:

—Eso no va a funcionar, congresista. Usted pidió una

compensación a cambio de financiar su proyecto. Es el clásico quid pro quo.

Frost asintió y se dejó caer en una silla.

—Discutamos esto, teniendo en cuenta que la gente dice cosas, como que quieren matar a alguien, pero nunca pasan a la acción. Puede que el señor Kravitz se haya expresado mal, pero él no recibió dinero y no se consumó ningún trato.

—Seguramente no se ha olvidado de los diamantes, ¿o sí?

Kravitz se desplomó en una silla mientras su abogado decía:

—Esos eran propiedad de la familia Kravitz décadas antes de este desafortunado incidente.

O'Leary sonrió.

—Buen intento, abogado. Abrió una carpeta sobre su escritorio y le deslizó una hoja de papel a Frost. —Esta es una lista de los números de serie grabados en las gemas que se encontraron en la casa del congresista.

Los hombros de Kravitz se hundieron y O'Leary levantó otro documento.

—Esa lista coincide con el registro del inventario proporcionado por Crown Jewelers, que prestó las piedras a las autoridades.

Frost exhaló.

—Vamos a tener que examinar estos para verificar su autenticidad...

—Va a tener que hablar con su cliente sobre un acuerdo.

—Si nos presenta una oferta justa que considerar, podríamos llegar a un acuerdo.

Laura me tomó de la mano mientras las olas del Golfo nos bañaban los pies. Dijo:

—Qué agradable es esto. Deberíamos caminar por la playa todos los sábados.

—Tenemos que salir temprano, como hoy.

—Por mí está bien. El dormilón eres tú.

Yo no era de levantarme tarde. No era el sueño lo que me mantenía callado y reacio a programar citas temprano por la mañana. Me gustaba leer los periódicos y repasar los planes que tenía en marcha.

—Hagamos un trato. Los sábados, a más tardar a las nueve, nuestros pies tocan la arena.

—Vaya. ¿Estás seguro de que puedes soportar tanto de mí?

No lo había pensado bien. Significaba que probablemente estaríamos juntos todo el día.

—Será una prueba.

Sonó mi teléfono. Era Larson.

—Hola, Ray. Estoy caminando por la playa Vanderbilt con Laura. ¿Ya estás aquí?

—Qué bien. No, tengo demasiados mandados que hacer hoy.

—¿Qué pasa?

—¿Puedes hablar?

—Claro.

Dudó.

—Encontraron a Melvin Weiss muerto esta mañana.

Me detuve en seco.

—¿Qué?

—Se ahorcó en su balcón. Una empleada doméstica lo vio cuando entró esta mañana.

—Dios mío, esto es terrible.

—¿Qué pasa? —dijo Laura.

La aparté con un gesto mientras Larson decía:

—Supongo que no pudo soportar la deshonra.

—La cagué.

—Tú no hiciste nada. Él...

—Puras mierdas —dije—. Weiss no se habría suicidado si no hubiéramos ido tras él.

—Tranquilo. No tienes idea de lo que pasaba por su cabeza antes de que lo conocieras. Estas cosas no surgen de la nada.

—Tengo que colgar. Te llamo más tarde.

—¿Weiss se suicidó? ¿Quién es él? —dijo Laura.

Me dejé caer en la arena.

—Qué desastre.

—¿Weiss? ¿El hombre que intentó matarte?

Tomé un puñado de arena y lo arrojé al Golfo.

—¡Argh!

Laura se sentó a mi lado.

—Tranquilo. Lo hecho, hecho está.

Había soltado una frase estoica.

—Sí, y un hombre está muerto por mi culpa.

—Estás exagerando, ¿no?

—Bien, si quieres saber por qué creo que fui yo, te lo diré.

Sus ojos se abrieron como platos mientras le contaba sobre el caso Weiss.

—No digo que debiera haberse suicidado, pero era un hombre terrible. Le prendió fuego a tu casa...

—La gente siempre puede conseguir otro trabajo, pero cuando estás muerto, estás muerto.

Me frotó la espalda.

—Ese desgraciado hizo que su esposa pareciera una tonta.

—Ella se estaba divorciando de él. Esto está tan jodido.

—No sé por qué estás tan alterado. Ese hombre intentó matarte.

—Eso no hace ninguna diferencia.

—¿Estás loco? Claro que sí. Demuestra el monstruo que era. No tenía consideración por nadie. Era el colmo del egoísmo.

—Y ahora está muerto por mi culpa.

—Se suicidó. La gente no se levanta un día y se mata. Probablemente tenía problemas mentales, demonios con los que estaba lidiando, mucho antes de conocerte.

Larson había dicho lo mismo.

—¿Tú crees? Digo, estoy seguro de que lo empujamos al límite, pero puede que tengas razón.

—No sabes qué más estaba pasando detrás de la fachada de miles de millones de dólares que Weiss proyectaba. Y la culpa que debió sentir por la forma en que consiguió su dinero tuvo que estar carcomiéndolo.

—Quizás.

—No te culpes. Estabas apoyando a la gente a la que Weiss lastimó.

Me puse de pie.

—Vámonos.

Me tomó de la mano y tiré de ella para levantarla. Me rodeó con sus brazos.

—No dejes que esto te afecte. Sacúdetelo. Eres una buena

persona y no eres la razón por la que ese hombre se quitó la vida.

Quería creerlo, pero tenía serias dudas.

—Gracias.

Caminamos en silencio durante unos diez minutos. Al pasar por The Turtle Club, sonó mi teléfono; era Larson otra vez.

—¿Ray? ¿Qué pasa?

—Acabo de colgar con O'Leary y me dijo que Solenko hizo un trato y se convirtió en testigo del Estado contra Weiss. No eras el único al que tenía en la mira.

—¿Weiss sabía que lo había delatado?

—Sí. O'Leary se comunicó con su abogado ayer por la tarde.

Me sentí más ligero mientras el alivio me invadía.

—Entonces, por eso se ahorcó.

—Sí, y O'Leary dijo que la SEC también estaba investigando a Weiss.

—Su mundo se estaba desmoronando.

—Así es.

—Gracias por avisarme. Pero ¿por qué no nos lo dijo O'Leary?

—Su hija estaba jugando al fútbol y se rompió los ligamentos del tobillo. Salió corriendo de la oficina.

—Oh, no. ¿Está bien?

—Dijo que la cirugía salió bien.

—Qué bueno. Lo llamaré más tarde.

Colgué y dije:

—El tipo que Weiss contrató para matarme llegó a un acuerdo con el fiscal y soltó un montón de trapos sucios sobre Weiss.

—¿Ves? No fue tu culpa.

Puede que no lo fuera, pero tuve un papel en la película y no me gustó cómo terminó.

Llamé a mi amigo el detective Moreno. —Oye, Moe, ¿cómo te va?

—Bien. ¿Y tú, todo tranquilo?

—Sí. Escuché lo que dijiste el otro día y no voy a dejar que eso me condicione el día a día. Mantendré los ojos abiertos y veremos adónde lleva todo esto.

—Así se habla. Seguiremos con las patrullas y nos mantendremos alerta.

—Gracias. Oye, te llamé para invitarlos a cenar; yo invito.

—Puedo pagar lo mío.

—Esta vez no. Si no fuera por ti, Weiss me habría metido en un ataúd. Así que cenaremos y punto.

—No es necesario.

—Mira, elige un lugar. Nada demasiado elegante, pero un sitio que les guste a ti y a tu esposa. Ya es hora de que tengamos una cita doble.

—Vaya. ¿Finalmente voy a conocer a la misteriosa Laura?

—No me fastidies o retiro la invitación.

Se rió entre dientes. —Íbamos a salir el viernes. Así que sé que esa noche podemos, pero elige tú el restaurante y me avisas.

—Suena bien.

Diez minutos después, llegó Laura. Entró en la casa como una exhalación con una bolsa de Whole Foods. —Tenían hamburguesas de pavo en oferta.

—Qué bien.

—Con un cincuenta por ciento de descuento. Voy a hacer una ensalada.

Mientras abría la puerta del refrigerador, le dije: —Mira, el viernes por la noche vamos a salir a cenar con el detective Moreno y su esposa.

Con las hamburguesas en la mano, se quedó helada. —¿El viernes?

—Sí. ¿Por qué? ¿Tienes planes o algo?

—No, no. Es solo que, no sé, estoy un poco sorprendida.

—Te va a encantar. Es un tipo genial y su esposa, Tammy, es divertidísima.

—Estoy deseando conocerlos. ¿Adónde vamos?

—¿Adónde te gustaría ir?

—¿A mí? No depende de mí. Cualquier lugar me parece bien.

—¿Qué te parece el Bice?

—Claro.

—Voy a encender la parrilla y luego hago la reservación.

Encendí la barbacoa justo cuando llegó un mensaje de texto de Larson.

Después de cenar, levantamos la mesa. Encendí la tele y busqué el canal WINK News. Laura dijo: —Pensé que no te gustaba ver las noticias.

—No me gusta, pero Ray quería que viera algo.

Terminó un anuncio de control de plagas y comenzó el noticiero. El presentador dijo: —La noticia principal de esta noche es una caída en desgracia.

Una foto de Kravitz llenó la pantalla. —El congresista Kravitz fue censurado por unanimidad hoy por la Cámara de Representantes. La censura está relacionada con los cargos de soborno presentados en su contra.

—Los nombramientos del congresista en comités también fueron revocados y circulan informes de que Kravitz renunciará tan pronto como este fin de semana.

—El congresista...

Apreté un botón del control remoto. Laura dijo: —¿Por qué querías ver eso?

—Hicimos un trabajo con él.

—Leí sobre él. Es tan corrupto.

—Eso pensábamos.

—¿En qué trabajaron con él?

—Anda, Toby necesita salir a pasear.

———

LAURA DORMÍA. Yo yacía en la cama, dándole vueltas a todo lo que había sucedido. A pesar de lo malo que fue el suicidio de Weiss, me sentía bastante bien. En lugar de fastidiarme por lo que había hecho, Laura me apoyó, ayudándome a racionalizar lo que pasó.

Quizás las cosas entre nosotros podrían pasar a la siguiente etapa. Si iba a tener un hijo, no podía dejar pasar mucho más tiempo. Y ella tenía los valores adecuados para ser una gran madre.

Mi mente se desvió hacia el trabajo. Probablemente tendría que cambiar de trabajo; no podía arriesgarme a que alguien viniera por mí cuando fuera padre.

La amenaza, real o imaginaria, había disminuido. No había pasado nada inusual y pude relajarme un poco. Pensé en Larson.

Tenía un par de trabajos interesantes que considerar.

Quería tomarme un respiro, irme de viaje con Laura y mantenerme fuera del radar por un tiempo. Estar con ella me sentaba bien, pero tenía que eliminar cualquier duda de que ella era la indicada, y el tiempo lo revela todo.

Pero los casos de los que me habló Larson eran urgentes y lucrativos. Con los párpados cada vez más pesados, prometí tomar una decisión para el fin de semana. Acomodé la almohada y apagué mis pensamientos.

———

LAURA y yo estábamos sentados en la terraza. Leía el periódico cuando el sol se asomó por encima de los árboles. Dije: —Mira ese cielo. Va a ser otro día hermoso.

Laura sonrió. —Por eso llaman paraíso al suroeste de Florida. —Se levantó— ¿Quieres otra taza de café?

—Claro. —Le entregué mi taza y ella entró en la casa.

Asomó la cabeza sosteniendo un teléfono. —Alguien está llamando.

Le tomé el celular. —¿Hola?

—Señor Beck, soy Jim Duber.

—Ah, hola, ¿cómo estás?

—Bien, bien.

—¿Y Katy?

—Está genial.

—¿Qué pasa?

—Queríamos darte las gracias. No esperábamos nada, pero te digo que recuperar esos cuarenta mil es increíble, y los diez mil para la educación de Katy, es decir, no sabemos qué decir.

Larson había puesto los diez mil dólares extra. —Nos alegra poder ayudar en lo que sea.

—Significa mucho para nosotros, créeme.

Y el universo para mí.

———

ESPERO que hayas disfrutado de leer ***Más Allá De La Venganza*** ieras una breve reseña en Amazon o en tu sitio de libros favorito. Las reseñas son las mejores amigas de un autor, e incluso una o dos líneas son de gran ayuda. Gracias, Dan.

EL ARTE DE LA VENGANZA

CARRERA HACIA LA VENGANZA

MÁS ALLÁ DE LA VENGANZA

ESTO NO HA TERMINADO

OTRAS OBRAS DE DAN PETROSINI

EL ENEMIGO FINAL

TESTIGO CÓMPLICE

HACER RETROCEDER

AMBITION CLIFF

Puedes mantenerte al tanto de mis escritos y tener acceso a libros sin descuento uniéndote a mi boletín. Normalmente se publica una vez al mes y también contiene notas sobre autoestima, artículos motivadores y artículos sobre vinos. Es gratis. Ver abajo de mi sitio web: www.danpetrosini.com

SOBRE EL AUTOR

Dan es uno de los autores más vendidos de USA Today y Amazon, escribió su primer cuento a los diez años y lo mismo disfruta contando una historia o un chiste.

Obtiene sus ideas explorando la pregunta: ¿Qué pasaría si...? En casi todas las situaciones en las que se encuentra, Dan explora qué pasaría si ocurriera esto o aquello. ¿Qué pasaría si esta persona muriera o hiciera algo inusual o ilegal?

La incesante creatividad de Dan le genera abundante material para tejer interesantes historias.

Fan de libros y películas con giros inesperados y difíciles de predecir, Dan elabora sus historias de manera que busca impedir que los lectores adivinen el desenlace. Escribe todos los días, forzando las palabras cuando es necesario y hasta la fecha ha escrito más de veinticinco novelas.

No es cuestión de querer escribir, Dan simplemente tiene que hacerlo.

Él cree fervientemente que la gente puede hacer realidad sus sueños si se concentra y actúa, y eso es precisamente lo que él fomenta.

Su dicho favorito es: "El precio de la disciplina es siempre menor que el costo del arrepentimiento".

Dan recuerda a la gente que debe eliminar la negatividad de su vida. Cree que es contagiosa y aconseja alejarse de las personas negativas. Él sabe que tener una mentalidad auténtica y positiva te hace sentir como si la vida estuviera manipulada a tu favor. Cuando se despista, se dice a sí mismo: "No puedes tener un buen día con una mala actitud".

Está casado, tiene dos hijas y un consentido maltés; Dan vive en el suroeste de Florida. Nativo de Nueva York, ha enseñado en universidades locales, escribe novelas y toca el saxofón tenor en varias bandas de jazz. También bebe demasiado vino y nunca se toma a sí mismo demasiado en serio.

Publica dos veces al mes un boletín con artículos, textos suyos y ofertas especiales.

Inscríbase en www.danpetrosini.com